강을 버린

세 계 에 서

살아가기

강을 버린 세계에서 살아가기

황규관

산문집

한티재

책머리에

여기에 모인 글들은 대부분 이명박 정권이 시작되면서 썼다. 어떤 연유로 이런 글들이 시작되었는지는 기억이 잘 나지 않지만 어쨌든 이런저런 실천적 인식으로 쓴 것은 사실이다. 거창하게 이것을 '문학적 투쟁'이라고 부를 생각은 없다. 책으로 묶어내기 위해서 다시금 돌아보니 산만하고 견강부회가 심하다. 어떤 글들은 할당된 원고지 매수를 채우기 위해 무리한 면도 눈에 띈다. 그럼에도 부끄러움을 무릅쓰는 것은, 글이란 것은 그 나름대로 인연과 운명이 있다고 믿기 때문이다.

아주 오래전 전태일문학상 수상 소식을 듣고 그 당시 전태일문학상을 주관하던 월간지와 인터뷰를 한 적이 있었다. 아마도 내가 다니던 일터 가까이에서였을 것이다. 기자가 시 말고 다른 글쓰기를 하고 싶은 생각은 없냐고 물었다. 그런데 놀랍게도 내 입에서는, 막연하지만 비평을 언젠가는 쓸지도 모르겠습니다, 이런 답이 나왔다. 물론 그 뒤로 내가 비평을 쓰려고 노력했거나 비평가적 자의식을 가지고 글을 쓴 적은 없다.

시가 아닌 다른 실천적 글쓰기를 늘 염두에 두고는 있었지만, 유감스럽게도 내 처지가 그리 녹록치 않았다. 덧붙여 일부 시인들의 사적인 글쓰기에 대해서 복잡한 심경을 내내 가지고 있었다. 아마도 이런저런 이유로 인해 내 산문의 특징이 만들어진 것 같기도 하다. 그러나 '필요'에 의해서 쓰긴 써야 했으나 현장의 감각도, 그리고 깊은 사유도 내 것이 아니었다.

누구에게나 그랬다시피 이명박의 등장은 내게도 무척이나 치욕이었다. 그리고 그가 벌인 일들은 나를 제법 동분서주하게 만들었다. 그의 임기 5년 동안 그를 의식하지 않고 산 날이 있었던가 싶기도 하다. 덕분에(?) 나는 이런저런 글쓰기 계획을 잡기도 했지만 가뜩이나 비관주의에 가까운 내 성정은 더욱 경직되어 갔다. 나는 춤사위같이 경쾌하지만 동시에 검을 닮은 문장을 갖고 싶었다. 그러나 발목에 중력의 족쇄는 채워졌지만 춤은 추지 못하는 가련함을 면치 못했다.

여기에 묶인 글 중 1부는, 내 삶의 문양들이 약간이나마 음각되어 있는 글들이 더러 있다. 나는 아직도 지난 시절의 이야기를 햇볕에 고스란히 내놓을 자신이 없다. 이 도저한 자기노출의 시대에 그것은 아무래도 마이너스적인 요소일 것이다. 그래서 우회하는 방법을 택한 글도 있는데, 사실 그런 글도 소수에 불과하다. 대부분은 짧게나마 세상에 대한 발언이다. 그것도 시사적인 직접 발언은 가급적 삼갔다. 아무래도 그쪽은 내 피의 색깔과 친연성이 떨어진다.

2부에서는 조금 더 본격적으로 우리 사회에서 벌어진 일에 대한 비평을 시도해 봤다. 대부분 이런저런 지면의 부탁으로 쓴 것인데 억지스러운 면이 적지 않다. 왜냐면 시를 쓰는 내게는 감당키 어려운 형식의 글이었기 때문이다. 중언부언한 이유는 또 있다. 내게는 현상의 배후에 대한 집착이 있는데 그만한 힘과 실력이 없으니 난들 어쩔 도리가 없었다. 책임을 회피하자는 게 아니라, 이렇게나마 한계를 고백하지 않으면 안 될 것 같아서 하는 말이다.

3부에서는 문학과 시에 대한 내 생각을 피력해 봤다. 나는 문학교육을 제대로 받아본 적이 없는 사람이다. 그러다 보니 문장의 틈새에 아집과 독단이 없지 않다. 이것은 독학자의 특징이기도 하고 한계이기도 하고 힘이기도 하다고 나는 아직도 믿고 있다. 김남주, 김수영, 백무산에 대한 글은 내가 정신적으로 사숙했던 시인들에 대한 오마주이다. 아직도 그들은 역설적이게도 나의 아포리아aporia이다. 나는 스승과 대결하는 제자가 되고 싶지, 맹종하는 모범생이 될 생각은 없다. 그러나 그러기 위해서라도 그들을 사랑해야 했다.

시인에게는 일생 동안 딱 한 권의 산문집이 필요할지 모른다는 생각을 한 적이 있었다. 만일 내게 그 기회가 주어진다면 언제쯤이면 좋을까 생각한 적도 있다. 하지만 이승의 인연이란 "예기치 않은 순간"(김수영)에 오는 구원이기도 하고 질곡이기도 하다는 것을 어렴풋이 알 무렵에 이 책이 나오게 되었다. 대구에서 여러 모로 애를 쓰는 오은지, 변홍철 때문이다. 가벼운 농담이 일을 크게 만들었다는 생각은 변함이 없지만, 그렇다고 하더라도 두 벗에게 드는 고마움은 별개의 문제다.

이 어설픈 책이 부디 세상에 누만 끼치지 않았으면 하는 바람 간절하다.

2015년 가을 볕을 숨쉬며
황규관

차
례

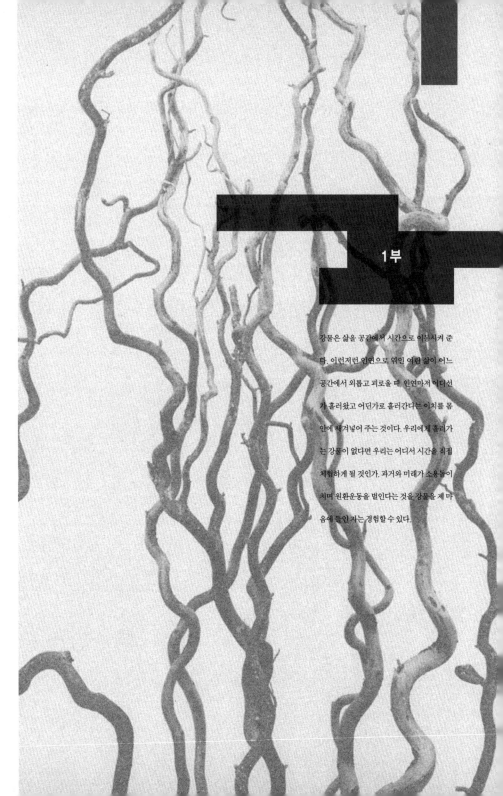

1부

강물은 삶을 공간에서 시간으로 이동시켜 준
다. 이런저런 인연으로 엮인 여런 삶이 어느
공간에서 외롭고 괴로울 때, 인연마저 어디선
가 흘러왔고 어딘가로 흘러간다는 이치를 몸
안에 새겨넣어 주는 것이다. 우리에게 흘러가
는 강물이 없다면 우리는 어디서 시간을 직접
체험하게 될 것인가. 과거와 미래가 소용돌이
치며 원환운동을 벌인다는 것을 강물을 제 마
음에 들인 자는 경험할 수 있다.

강을 버린 세계에서
살아가기

얼마 전 영월을 짧게 다녀왔다. 피서는 가야겠는데 계획을 짜서 무슨 일을 하는 것에 젬병인 나로서는 무작정 떠나는 방법밖에 없었다. 언젠가 태백에서 일을 마치고 영월을 지나 돌아오다가 그 풍광이 인상에 남아서이기도 했다. 그 스타카토 같은 인상의 실상이 나의 시간을 배신한다 하더라도 어쩔 수 없다는 안일도 조금 작용을 했던 것 같다.

아주 오래전에 댐 건설에 반대하는 차원에서 일행과 함께 간 적이 있던 자리에는 많은 피서객들이 래프팅을 즐기고 있었다. 그 당시 동강을 어떻게 보존해야 하느냐 하는 관점에서 래프팅까지는 허락해야 되지 않겠느냐와 래프팅을 허락하면 동강에 사는 물고기들이 스트레스를 받아 살기 힘드니 안 된다로 나뉘기도 했다. 나는 후자를 지지했다. 인간은 필요 이상으로 자연의 질서를 어지럽히고 있다고 판단하기 시작하던 무렵이었다. 그런 입장 탓이었는지 많은 피서객들을 보면서 마음이 복잡해졌다.

나는 인간이 이성적인 존재라는 데에 별로 동의하지 않는 편이다. 멀리 갈 것도 없이 우리가 이성적으로 매사에 살고 있지 않다는 것은 경험적으로 증명 가능하지 않은가. 동강의 아름다움을 많은 사람들이 느끼겠다는 데 이의를 제기할 생각은 없지만, 분명 그 모습은 별로 아름답게 보이지 않았다. 그래서 슬펐다. 이성적 추론이나 판단과는 별개로 심장은 묘하게 어긋나며 뛰는 법이다.

심장과 일그러진 강의 만남. 여기서 우리의 영혼은 몸을 비틀며 자기 변형을 시작한다.

영월을 떠나기 직전에야 나는 영월이 산이 아니라 강으로 이루어진 고장이라는 것을 알게 되었다. 봉화에서 남한강, 그리고 정선에서 동강, 평창에서 서강이 영월에 와서 서로 만난다는 것을 말이다. 영월역 앞에 세워진 영월의 지도를 보면서 얼마 전에 품었던, 우리나라 지도를 강과 내를 중심으로 그려보면 어떨까 하는, 좀 덜떨어진 몽상이 다시 떠올랐다. 길이 인간의 행적이라면 강과 내는 무엇의 흔적인 걸까.

돌이켜 보면 지나온 모든 시간이 어떤 사건과 몸의 만남으로 된 범벅이었다. 나는 시가 재능이나 후천적 노력으로 쓰는 것이라고 생각하지 않는다. 시는 시인의 내면에 주름 잡힌 시간으로 쓴다는, 조금은 원칙론적인 입장에서 비켜날 생각이 아직은 없다. 문제는 시인 자신의 내면에 주름 잡힌 시간에 대한 질문과 그 이후의 고투이겠는데, 이것을 밝히는 과정이 시적 형식으로 나타난다고 생각한다.

누이는 학교에 가고 어머니는 고무 다라이를 들고 장에 가시고 나면 나머지는 온통 내 것이었다. 뒷산 쪽으로 향하는 오솔길에 서 있는 밤나무 위의 다람쥐의 눈빛도, 먹을 것이라고는 고춧가루와 간장과 김치 쪼가리만 있는 찬장도, 오포가 불면 물을 길러 주전자를 들고 걷던 신작로의 열기도. 가끔은 동무들과 골목길 바닥을 땅강아지처럼 기어 다니다 전주천변에서 고무신으로 벌을 잡아 꿀을 빨아 먹기도 했다.

전주천 냇물들, 장마철이면 돼지나 개집 같은 것들의 멱살을 잡고 질질 끌고 가던 그 거친 물살들. 끝내는 내 동생을 삼키고 멀리 바다로 흘러가 버려 젊은 어머니를 일주일 내내 통곡케 했던. 그러나 냇물은 내 작고 외로운 몸을 부드럽게 핥아주던 양수이기도 했다. 마치 돌멩이처럼 나는 구워지다가 식혀지고 식혀지다가 다시 굴러다녔다. 그렇게 유년을 지나면서 오이디푸스 콤플렉스를 아버지 없이 체득했다.

강물이나 냇물을 바라보면 모든 감각이 아득해지는 건 아마도 강과 내에 대한 이런저런 기억들이 지금의 나를 구성하고 있어서일 것이다. 그러나 우리는 전주천을 떠나야 했다. 그리고 잠깐 산만 첩

첩한 곳에서 살았는데 어떻게 된 일인지 그 시절의 기억이라는 것이, 짧기도 해서겠지만, 강도의 측면에서 훨씬 물렁하다는 것은 확실하다. 우리 가족이 드디어 강물 옆에다 생활을 꾸리기 전까지 말이다.

시간이 흐른다는 은유는 강물이 만들어주었을지 모른다. 우리가 할 수 있는 언어적 비유나 표현도 바깥 세계의 물질에서 어떤 결을 읽어내느냐에 따라 달라진다고 나는 배웠다. 그러니까 사람의 정신이라는 것 혹은 내면이라는 것은 모두 이러한 것들이 모여서 만들어진 조각보 같은 것이다. 그렇다면 우리의 신체는 '빈 서판'tabula rasa이기만 한 것일까? 이것은 매우 복잡한 질문인데, 직관으로만 짧게 답하면, 그것은 아니다. 생명은 그리고 그 생명이 꾸려가는 삶의 진실은 아무튼 간단한 사칙연산으로 도식화될 수 없다. 여기서 내가 인간의 언어가 바깥에서 온 것이라 말하는 것은, 그만큼 우리의 언어가 독자적인 길을 걸어오지 않았다는 것을 강조하고 싶어서이다.

강물 옆에서 시작된 생활을 꾸려가며 나는 어머니의 악몽을 배워가고 있었다. 그것은 물론 어머니가 내게 의식적으로 학습시켜 준 것이 아니고, 내가 태어나기 이전의 시간이 나와 무관하지 않다는 사실을 어머니 모르게 습득해 가고 있었단 뜻이다. 지금 생각해 보면 그 시간에 대한 학습에 강물이 적지 않은 역할을 했던 것 같다. 삶이 거대한 벽처럼 느껴질 때 어떤 식으로든 강물에게 의탁했던 건 아닌가 하는 회고가 이루어지는 것은 현재의 고난을 그 시절에 투사한 결과만은 아닐 것이다. 그때나 지금이나 어떤 고통의 총량은 변함없고 다만 그 질과 내용만 달라졌기 때문이다.

아이가 태어나서 엄마의 품속에서만 살 수 없듯이 내게도 강물을 표표히 떠날 때가 다가왔다. 남들보다 조금은 빠른 것이긴 했지만, 우리는 무수한 선택을 세상으로부터 강요받으며 살아갈 수밖에 없잖은가. 물론 그 자리에 머무르는 것도 하나의 선택이 될 수 있다. 그러나 대체로 우리는 떠날 수밖에 없는 실존적 혹은 사회적 조건 속에서 살았고 지금도 살고 있다. 아직 어린 나로서는 떠나는 것이 무척 두려웠지만 또 설레기도 했다. 지난 선택에 대해서 되돌아보는 일만큼 부질없는 일도 없을 것이다. 왜냐면 그 선택이 지금의 나를 만들었기에 예전의 선택을 후회하는 것은 지금의 자신을 부정하는 결론에 도달할 수밖에 없기 때문이다.

오래전에 황지우 시인은 자신에게는 기차가 끔찍한 모더니티였다고 말한 적이 있다. 그러나 내게 그것은 설레는 모더니티였다. 전라선 열차가 "단풍잎 같은 몇 잎의 차창을 달고"(곽재구, 「사평역에서」) 달리는 모습을 동경하며 자랐기에 나는 용감하게 전라선 열차에 여린 청춘을 실었다. 하지만 내가 밤마다 설렘을 다독이며 바라봤던 모더니티는 끔찍한 모더니티와 연결되어 있었다. 그것에 대한 어떤 귀동냥도 없이 나는 근대의 중심부로 단번에 발을 들여놓고 만 것이다.

콜럼버스가 신대륙이라 생각하고 도착한 곳은 카리브 해의 섬인

데 지금은 도미니카 공화국과 아이티가 있는 곳이다. 이 겁 없는 모험가는 원주민들의 삶을 통해서 기독교 세계가 꿈꿨던 성서 속의 에덴동산을 본 듯했다고 한다. 어쩌면 종말 이후의 천년왕국을 미리 봤을 수도 있고. 원주민들은 노동 대신 예술을 영위하고 경쟁 대신 사랑을 하면서 살고 있었다고 한다. 그러나 콜럼버스는 스페인의 이사벨라 여왕에게 갚아야 할 빚이 있었다. 그 빚을 갚으려고 콜럼버스는 원주민들을 노예로 만들어 강제노동을 시켰다. 이것이 근대의 상징적인 시작이라고 역사가들은 입을 모은다.

이 강제노동의 역사, 이 노예노동의 역사가 바로 근대라고 한다면 얼마만한 사람들이 믿을 수 있을까. 종교개혁가로 알려진 칼뱅도 일하지 않고 빈둥거리는 사람들을 핍박했다고 하는데, 계절노동, 자연의 리듬에 맞는 노동에 익숙했던 사람들에게 하루 종일 하는 노동은 이해가 불가능한 것이었을 테고, 노동을 하느라 사랑을 하지 못하는 사태가 무척 괴로웠을 것이다. 가끔 구로공단에서 일하고 있던 누이에게 대신 편지를 써 보내기도 했지만, 그 노동이 우리의 영혼을 무너뜨리는 과정과 동시에 진행되고 있었다는 것은 알지 못했다. 그것은 강물과 냇물을 떠난 다음에야 알게 되었다.

우리가 사는 땅의 지도를 강물이나 냇물을 중심으로 다시 그려보면 어떨까 하는 몽상은 영월을 다녀온 뒤로 나를 더 강하게 휘감았다. 아마도 그것은 현실적으로 불가능에 가깝겠지만, 내 영혼에 강물이나 냇물이 범람하고 있다면 그것 또한 실제 지도를 그리는 일만큼 가슴 뛰는 일이 아니겠는가. 창조는 "전반적인 불가능성에 사로잡혀" 있을 때에만 가능한 법이다. 나는 이런 공상을 하며 이 시대의 복판을 가로질러 가 볼 작정이다. 지옥의 문이 하나 둘 열리는 묵시록적 상황이 현실인 것도 알겠지만, 이 지옥 밖의 세계는 이 지옥 안에서만 가능한 것임을 나는 아직 알고 있다, 사랑이여!

잃어버린
자전거

　이명박 대통령이 기필코 해내겠다는 '4대강 살리기 사업' 내용 중 하나가 강변에 자전거 도로를 만드는 일이다. 강을 따라 자전거를 타고 달리는 일은 생각만 해도 상쾌하고 짜릿한 일이다. 자전거에 대한 기억 한두 가지는 누구나 가지고 있지만, 집에서 학교까지 거리가 거의 십 리에 달하는 내 중학교 시절은 자전거를 빼고 나면 참으로 공허해진다.

　교사校舍 뒤편은 모두 자전거 주차장이었다. 자전거 도난 사고야 비일비재했고 한여름 뙤약볕이 자전거 주차장에 집중될 때, 바람을 너무 많이 넣은 자전거는 뻥! 하는 소리와 함께 '빵꾸'가 나기 일쑤였다. 그럼 뭐 집에까지 끌고 가야지 다른 수가 있었겠나. 도대체 어린이도 아니고 청년도 아닌 중학생은, 지금 내 아들놈만 보더라도, 사람이 아니다(!). 새로운 몸을 갖기 위한 시기인 만큼 마음도 또한 도깨비다. 자전거를 타고 다니다 나는 사고가 그치질 않은 것이다. 드디어 학교에서는 2인 승차 금지가 선포되었다. 만일 2인이 승차한 자전거를 타다 지도주임 교사에게 걸리는 날은 된통 혼이 나기 일쑤였다. 한번은 같은 동네에 사는 일 년 선배의 뒤에 타고 하교하다가 지도주임 교사인 수학선생님께 제대로 걸린 적이 있었다. "거기 서!"를 무시하고 우리는, 아니 그 선배는, 자전거 페달을 밟는 장딴지에 힘을 불어넣었다. 물론 잡히면 겪어야 될 일에 대한 두려움 때문이었지만, 어쨌든 도망가는 학생과 잡으려는 선생님 사이에 추격전이 벌어진 것이다. 그러나 삼십대 후반의 선생님으로서는 중학교 2학년의 자라나는 장딴지를 당해내시기 힘들었던 같다. 우리는 결국 유유히 도망쳤다.

그 후 이 사태와 상관없이 나는 3학년이 되어서 1학년 때 나를 쫓던 수학선생님의 자전거 관리자가 되었다. (물론 내가 2년 전 선생님께 쫓기던 아이임은 끝내 숨기고 졸업했다.) 청소 시간에 다른 것은 안 하고 선생님의 자전거만 반질반질하게 닦으면 되는 일이다. 그리고 간혹 선생님이 학교 앞까지 버스를 타고 출근하시면 삼례 배차장 맞은편에 있는, 선생님들 자전거 보관소 역할을 하는 집 마당에서 선생님의 자전거를 타고 등교할 수 있는 특전이 허용됐다. 전주에서 출퇴근하시는 선생님들 대부분은 삼례 배차장까지 버스를 타고 와서 자신의 자전거를 이용해 학교까지 가든가 아니면 봉동행 버스로 갈아타야 하는 방법밖에 없는 고약한 위치에 내 모교는 있었다.

아무튼 그 시절 자전거는 등하교 때뿐만이 아니라 어른들이 논에 물을 대러 가야 하거나 아이들이 읍내에 심부름을 가야 하거나 간에 생활에 필수적인, 그리고 가장 빠른 이동수단이었다. 정말이지 강바람을 가슴 가득 불어넣으며 강둑 위를 자전거로 달리던 열너댓 살 때의 기억이 없다면 그 일의 쾌감을 섣불리 상상하지 않는 게 좋다. 내게, 아니 그 당시의 누구에게든 자전거 타기는 레저나 운동이 아니었다. 생활이었고 사춘기였고 만경평야 서쪽에 가득하던 저녁노을이었고 더 멀리 나가고 싶은 열망이었다. 집을 떠날 거야, 혼자 울던 설움이었다.

지난봄 '4대강 살리기 사업' 때문에 유기농 단지가 위험해진 두물머리를 가려고 회기역에서 전철을 갈아탔을 때, 두 정거장 다음인가에서 몰려 들어오던 무슨 자전거동호회의 자전거 무리를 보고 나는 무척 놀랐다. 안양천 천변에서 우뢰매 같은 복장을 하고 자전거를 타는 사람은 많이 봤지만, 양평 즈음 남한강 강변까지 자전거를 타러 가는 사람들을 직접 목격하면서 어떤 혼란이 밀려온 것이다. 물론 그 사람들에게는 북적거리는 상춘객들의 곱지 않은 시선이 몰렸다. 가만히 읽던 책을 내려놓고 그들의 말을 들어보니, 이제는 서울에서는 자전거를 탈 데가 없다는 것이다. 복잡한 전철 안에 자전거를 대여섯 대나 실은 자신들의 처지가 난처해서 둘러대는 건지 아니면 진짜 속마음이었는지는 모르겠지만, 아예 전철의 한 칸을 자전거 전용칸으로 만들어줘야 한다는 것이다. 가만, 자전거 한 대에 수백만 원, 아니 천만 원 한다는 풍문도 있던데……. 젊은 나는 열 살 이상 더 먹어 뵈는 자전거동호회 회원들에게 거꾸로 문화적 격절감을 느꼈다. 그들은 어디를 달리고 싶은 것일까. 그들에게 강은, 자전거는 무엇일까. 나는 그들을 비난하고 싶지는 않았다. 하지만 말하기 힘든 불편함과 곤혹은 참으로 참기 힘들었다. 이 거대한 도시 서울에서 그들의 자전거 타기 욕망이 도덕적으로 하자가 있는 것도 물론 아니다. 그것은 단지 그들이 자신의 삶을 윤활하게 운용하기 위한 일종의 취향일 뿐이다. 자전거가 생활의 적절한 도구에서 문화로 진화한 것일 뿐이다. 그에 비해 내 자전거는 만경강 가를 달리다가도 자주 체인이 벗겨지던 것에서 전혀 진화하지 못한 것일 수도 있다. 아니 진화를 망각했다는 게 정확할 것이다.

안전장구로 빈틈없이 몸을 감싼 채 별별 기능과 기관이 장착된 자전거를 타고 천변이나 강변을 달리는 현실은, 넘어지면 정강이가 긁히고 무릎에 피가 맺히다 못해 울음까지 터뜨리던 과거와는 판이하게 다르다. 이게 발전이라면 나는 할 말이 없다. 이게 '더 나은 삶'이라고 한다면 말이다.

그런데 혹 이 발전의 종착점에 강의 파괴가 놓여 있다면 어떻게 되는 것일까. 도대체 우리의 삶은, 왜 이리 즐거워진 것일까. 편안하지 못하면 왜 못 견디는 지경에 이른 것일까. 자전거마저도 속도가 평범치 않아 이제는 자전거 안전을 위한 규제와 제도가 필요하다는 주장도 더러 있는 모양이다. 이 규제와 제도는 물론 자전거의 기능 추가와 정밀한 기관화에 투여되는 자본과 은밀히 상호작용 중일지도 모른다. 결국 이제 자전거는 자전거가 아닐지 모른다. 자전거가 녹색 교통수단이라는 환경주의자들의 주장은 최소한 대한민국에서는 그냥 허언에 불과할지도 모른다.

우리가 잃어버린 것이 비단 자전거일까. '녹색'도 더럽혀졌고 '생명'도 타락했고 '시인'도 비루해졌다. '행복'이 저급해져 버린 것은 아주 오래전의 일이다. 지금 이런 시간을 우리는 살고 있다. 어쩌면 이명박 정부가 벌이는 '4대강 살리기 사업'은 필연일지 모른다. 우리는 지금 한 가닥 양심은 남아 있다고 그것을 목청껏 반대하고 있지만 말이다. 대한민국에서 이명박 같은 사람이 대통령이 된 것처럼, 이제 산과 들에서는 해 먹을 게 없으니 강으로 욕망의 방향을 선회하고 있는 게, 대한민국 자본주의의 필연같이만 보인다.

조금 샛길로 빠지는 듯한 느낌을 줄 수 있겠지만 알게 모르게 형성된 우리의 어떤 관념을 여기서 한번 되짚어 볼 필요가 있다. 기능의 복잡화와 기관의 정밀화가 마치 생명의 진화 과정에서 어떤 정점을 표상하는 것으로 알고 있는 사람들이 꽤 있는 듯하다. 어떤 소설가는 사석에서, 자신은 인간이 (영장류에서) 진화했다는 과학적 사실이 믿기지 않는다고 했다. 그 말의 배면에는 인간이 영장류보다 더 나은 존재라는 전제가 깔려 있다. 물론 최근 우리 사회에서 벌어지는 기막힌 비인간적 사태에 대한 깊은 탄식과 함께 뱉어진 말이지만 말이다.

일단 생물학에서 말하는 진화는 복잡화된 종이나 유의 탄생이 아니라 생명체들이 다양화되어 가는 과정임을 유념할 필요가 있다. '단순화에서 복잡화로'에 대한 관점의 주체는 인간일 뿐이다. 구조의 복잡화로 발생한 중추신경계를 들어 인간이 생명체의 위계 구조에서 제일 꼭대기라는 인식은 거의 우리의 무의식층을 형성하고 있는 게 사실이다.

이 논리의 무서운 점은 단지 인간중심주의가 낳은 생태학적 오류에 있지 않고 무의식적 심층에서 자본의 논리와 친연성을 가지고 있다는 데 있다. 즉, 기관의 복잡화와 기능의 고도화가 진행된 인간의 생체구조가 자본주의 근대문명에 점점 더 적합한 것으로 제시되는 경향이 있다는 말이다. 혹자는 이미 아예 폐기처분된 사회진화론을 말하는 것이냐고 힐난할 수도 있겠다. 그러나 우리의 무의식에서도 그 한물간 사회진화론이 완벽히 사라졌다고 생각하는지 다시 한 번 묻고 싶다. 레토릭이나 학문의 포장지 재질은 내게 중요하지 않다. 지금—여기의 무의식이 두려울 뿐이다.

이러한 무의식은 버러지나 말 없는 풀 한 포기의 본능적 삶보다 이성을 가진 인간의 삶이 더 우위라는 가치 전도를 연달아 발생시킨다. "인간은 간헐적으로 이성적이다"라고 화이트헤드도 말한 바 있거니와, 이성의 탄생은 생물학적 층위에서 바라보면 개체 혹은 종

족 보존을 위한 변이의 일부일 뿐, 인간은 본능의 바다를 깊이 품고
있는 존재이다.

단 인간의 이성이 빛나는 때는 다른 생명체에게 간계를 부리는
때가 아니라 다른 생명체를 배제 혹은 착취하는 구조를 비판·성찰
할 때뿐이다. 인류의 탄생 전, 초기 생명체의 세계는 호혜적이었다
는 학자들의 판단도 있다. 어떻게 보면 개체 혹은 종족 단위의 보존
을 위해 인간이 이기적일 거라는 편견은 자본주의 근대 문명이 학
습시킨 이데올로기일 뿐이다.

유구한 공동체의 역사를 더듬어보건대 이러한 걱정은 설득력이
있다. 물론 이성의 역할과 기능을 단선적으로 정리하는 일은 또다
른 독단을 불러들일 개연성이 높다. 그런데 역으로 자본주의 근대문
명의 병적 거대화와 복잡화를 해체시키는 일에 이성의 역할은 없는
것일까. 이성에 관한 무슨 심오한 통찰력이 내게 있어서 이런 말을
하는 것이 아니다. 정작 말하고 싶은 것은 기능의 복잡화와 기관화
가 진화라는 관념은 날조된 것임을 짚어보려 했던 것이다.

하여튼 자전거의 눈부신 진보 자체는, 지금—여기의 구체적 삶이
자본의 쓰나미로부터 자유로울 수 없다는 아주 무서운 사실을 역설
적으로 확인시켜 준다. 현재로서는 자본의 오염을 피한 삶의 양태를
상상하기 쉽지 않다. 혹자들은 자전거만 한 친환경적인 이동수단이
나 레저 활동이 어디 있느냐고 강하게 반박할지 모르지만, 만일 자
전거의 질주를 위해 천변에서 들꽃들을 철거하거나 개구리며 뱀이

며 작은 벌레들의 삶을 파괴해야 한다면, 대체 친환경이라는 수사는 어떻게 생긴 물건인지 묻지 않을 수 없다.

이러한 주장이 극단적이고 근본주의적이라 비판받을 소지도 있다는 점을 시인하기는 어렵지 않다. 하지만 정작 극단적인 것은 바로 자본주의 근대문명 이후를 상상할 줄 모르는 우리들의 삶이 아닌가? 이만큼 극단적인 문명이 있었던가? 이만큼 삶의 터전이 공공연히 파괴되는 역사가 있었던가?

먼지가 더께로 낀 기억의 창고를 들여다보면, 내게 자전거는 쌀가마니를 너끈히 실었던 짐자전거서부터 아버지가 논에 물 대러 갈 때 삽자루를 묘하게 끼워 넣던 삼천리호 자전거를 거쳐, 우리 아이들이 어릴 때 타던 세발자전거, 그리고 거금 15만 원을 주고 학원 다닐 때나 타라고 아들에게 생일선물로 사 주었던 자전거까지가 나름대로의 족보다. 그렇게 자전거는 생활이 그릴 수 있는 최소한의 동선 안에서 달렸다.

자전거를 차에 싣고 멀리까지 나가서 자전거를 탄다는 사실 자체가 내게는 불가사의한 일이다. 어쩌면 우리는 가장 기본적인 삶을 잃어버리고 치밀히 조작된 문화의 버캐 속에서 살고 있는지도 모른다. 이 문화의 버캐가 '더 나은 삶'이라고 자족하면서 말이다.

관점의 윤리학

아닌 게 아니라 세계를 바라보는 관점은 자신의 처지에서 파생된 것임이 확실해 보인다. 결국 관점이라 함은 내가 지금 어디에 속해 있는가, 즉 실존의 양태가 무엇인가를 보여주는 방증인 것이다. 대체로 사람들은 자신의 발언이 편치 않은 결과를 야기할 때 덧붙이는 말로 실수를 들먹이거나 본심이 잘못 전달되어 발생한 오해라고 변명을 한다. 그러나 우리가 유념해야 할 중요한 것은 실수와 오해를 야기한 언행의 심층이다.

그리고 우리는 얼마간 상대방의 실수와 오해를 야기한 언행을 통해 그의 심층을 헤아릴 수밖에 없는 한계적 존재들이기도 하다. 그래서 조심스럽게 우리는 상대방의 관점을 통해 그 마음의 무늬를 어림잡아 보는 것이다.

영동고속도로를 타고 가다 강릉을 지나쳐 동해 쪽으로 내달리는 고속도로가 있다. 이 근방은 다들 아시다시피 해안도로인 7번 국도가 있어서 대도시에 지친 사람들에게 시원한 해안선을 제공하고 있다. 맑은 날에는 까마득한 지평선의 푸르름에 무의식적으로 탄성을 지르는 일도 있을 것이다.

강릉에서 동해로 가는 하행선 휴게소 중 풍경의 으뜸은 망상해수욕장을 발아래 두고 있는 동해휴게소이고, 동해에서 강릉 방향 휴게소 중 으뜸은 망상해수욕장을 오른쪽에 한라시멘트 공장을 왼쪽에 두고 있는 옥계휴게소다. 이 두 휴게소는 내가 다녀본 고속도로 휴게소 중 경부고속도로 금강휴게소와 더불어 아름다운 풍경을 배경에 두고 있는 곳이다.

장거리 여행에 지친 몸에게는 동해 바다 수평선이 그렇게 장쾌하고 아름다울 수가 없다. 내게도 몇 번의 경험이 있는데, 언젠가 삼척에서 일을 보고 올라오다가 장거리 이동에 대비하는 의미에서 일찌감치 휴식을 취하기로 했다. 그런데 지금껏 바다 쪽만 바라보다가 놓친 풍경이 있었는데 그것은 바로 고속도로와 휴게소를 짓기 위해 깎아버린 산이었다. 바다를 보다가 뒤를 돌아보니 까마득한 절개지가 눈앞에 가득 차는 것 아니겠는가.

옥계휴게소에서 휜히 보이는 아득한 수평선은 산을 파괴하고 얻은 더러운 전리품이었던 것이다! 우리가 누리는 모든 편의와 문명이 이렇다. 수평선이 아득한 바다를 바라보며 지구의 아름다움에 대해 내내 탄복을 거듭했으면서도 그 탄복이 지워버린 윤리를 한번도 떠올리지 못했던 것이다. 동해안의 바다와 산은 삶에 지친 인간을 위한 풍경이기 전에 보이지 않는 뭇생명의 거대한 공동터전이었던 사실을 말이다.

여기뿐만이 아니라 우리나라 곳곳에 펼쳐진 절개지를 보면 근대인의 실존 양식이 얼마나 비윤리적인지 뼈저리게 느낄 수 있다. 옥계휴게소에서 새삼 느낀 절개지의 비명을 들으면서 지금, 우리는, 삶의 윤리를 생략하고 사는 것은 아닌가 하는 의구심이 들었다. 일테면 산을 뭉개고 강변을 파헤쳐 닦아놓은 도로를 효율성의 이름으로 내달리는 우리 자신처럼 말이다.

이 근대인의 실존적 한계를 우리는 너무도 가볍게 당연시하고 있는 것은 아닐까? 그래서 옥계휴게소에서 바라본 바다에 깊이 빠져드는 것이 마치 사람이 가져야 할 서정과 마음 자세라고 착각하고 있는 것은 아닐까? 뒤돌아서면 들리는 절개지의 비명, 파괴된 산허리의 신음은 원래 없었던 것처럼 치부해야 문화인이라고 자기를 기만하고 있었던 것은 아닐까?

상식에 속하는 말에 불과하겠지만 세상과 사물은 어느 방향에서 보느냐에 따라 전혀 다른 모습을 보여주기도 한다. 그런데 문제는 이 상식을 자신이 처한 구체적 현실에 투여하기를 무의식적으로 꺼린다는 점이다.

우리의 실존 양태가 생산하는 관점에 대해서 성찰하지 않은 그러한 업보가 쌓여 지금 강이 대신 앓고 있는지도 모른다. 아니다, '그럴지도 모른다'가 아니라 확실히 그렇다! 오늘날 우리는 물질에 대한 탐욕과 파괴의지를 주체하지 못하고 있다.

자연을 뭉개고 문명을 건설하는 것이 사람의 삶에 꼭 유익하지만은 않다는 사실은 이제 조금씩 받아들여지고 있기는 하지만, 세계를 바라보는 관점이 자신의 실존 양태에 따라 형성된다는 깨달음은 근원적인 회심 없이는 불가능하고, 따라서 그리 녹록한 일도 아님은 분명하다.

지난한 수행의 문제를 말하자는 게 아니다. 풍경을 바라보는 우리의 시선 자체가 파괴된 자연 위에 있음을 절실히 받아들이는 일부터 선행되지 않는다면, 이명박의 말대로, 4대강 사업이 완공되면 뱃놀이를 하는 자신을 훗날 발견하게 되거나 자전거를 타고 잘 뻗은 강줄기를 신나게 내달리는 여가를 즐기고 있을지도 모른다. 아니면 인공적으로 조성된 강변의 공원길을 웃으면서 산책하고 있을지도. 그게 타락인지 뭔지도 모르면서 말이다.

그래서 우리는 생활마저 중용을 가지고 바로 보는 시간을 필요로 한다. 사견임을 전제하고 말하지만, 자신의 관점에 대한 윤리적 성찰이 붕괴되는 시점이 바로 타락의 시작임을, 훗날 깊은 장탄식과 함께 발견하게 될지 모른다. 그러나 이미 세계는 치유 불가능 상태에 처박혔을 테고, 우리의 내면은 폐허가 된 이후일 것이다. 왜냐면 우리의 내면은 외부 공간과의 조우 없이 생성되는 게 아니기 때문이다. 관점과 자신의 실존적 양태, 내면과 바깥 세계는 그러니까 결코 분리되어 있지 않다.

　아니 더 정확히 말하면, 그것들은 모두 선택과 실천을 통해서 함께 생성되고 함께 소멸한다.

스피노자의
렌즈

    스피노자는 약관의 나이에 그 자신이 속한 유대인 공동체에서 파문당했다. 스피노자와 친구가 되고 싶다던 어떤 이들에게 순진하게 자기 속내를 내보였는데, 점점 이들이 마뜩찮아진 스피노자가 그들을 대하는 태도를 달리 하자 앙심을 품고 공동체에 소문을 내고 다닌 것이 시초가 되었다고 한다.

    예를 들면, "신은 위대한데, 만일 외연이 없다면, 다시 말해 신체가 없다면, 그 위대성이란 파악이 불가능하다"는 투의 신념을 내비쳐 모세의 율법을 증오하고 경멸한다고 유대인 공동체에 고발당한 것이다.

    신은 세계의 외부에 초월적으로 그리고 인격체로 존재하는 게 아니라 세계 내에 존재한다는, 우리가 흔히 들었던 범신론을 주장했기 때문이다. 젊은 스피노자를 아꼈던 스승 모르테이라가 그를 어떻게든 변호해 보려 했으나 스피노자는 이렇게 냉랭하게 자신의 속내를 드러냈다. "저는 기꺼이 사람들이 저를 어떻게 파문하는지 보여드리고자 합니다."

1656년 암스테르담 회당에서 낭독된 판결문은 단순한 판결 이상이었다. "낮에도 그에게 저주가 있을 것이고, 밤에도 그에게 저주가 있을지어다. 그가 앉아 있을 때에도 저주가 있을 것이고, 그가 일어나서 있을 때에도 저주가 있을지어다. 그가 밖에 나가도 저주가 있을 것이고, 그가 안에 있어도 저주가 있을지어다."

20세기에 들어와 이른바 스피노자 르네상스를 일으킨 장본인인 들뢰즈는 스피노자의 파문을 이렇게 요약했다. "오히려 스피노자주의를 스캔들의 대상으로 만들었던 실천적 논제들로부터 출발하는 것이 필요하다. 이 실천적 논제들은 다음과 같은 삼중의 고발을 함축하고 있다. '의식'에 대한 고발, '가치들'에 대한 고발, '슬픈 정념들'passions tristes에 대한 고발. 이것이 바로, 스피노자가 살아 있을 때 이미 사람들이 그를 유물론, 비도덕주의, 무신론으로 비난했던 이유들이다."(『스피노자의 철학』, 민음사, 31쪽)

간단히 말해서 스피노자가 파문당한 원인은 신이 세계 내에 존재한다는 철학 자체 때문이 아니라 그것을 바탕으로 해서 당대의 무의식을 형성한 체계들을 다 뒤집을 수 있기 때문이라는 것이다. 주목할 것은 스피노자가 파문 후 살아온 삶의 과정을 복기하면서 들뢰즈는 오늘날 우리가 새겨듣기에 충분할 의미심장한 구절을 남겨놓았다.

"스피노자는 희망을 믿지 않았으며, 심지어 용기도 믿지 않았다. 그는 기쁨 그리고 전망만을 믿었다. (…) 그는 단지 영감을 불러일으키고, 일깨우고, 보게 하려고 하였을 뿐이다. 제3의 눈으로서의 증명은 요구하거나 심지어는 설득하려는 목적을 갖고 있지 않으며, 단지 영감을 얻은 이 자유로운 전망을 위해 안경을 만들거나 안경 렌즈를 세공하려 할 뿐이다."(같은 책, 26~27쪽)

스피노자는 실제 렌즈를 세공하며 생계를 이어갔고, 1673년에 제안 받은 하이델베르크 대학의 철학교수직도 자신의 철학을 하는 데 하등 도움이 안 된다고 거절하기도 했다. (그러나 렌즈를 세공하면서 발생된 렌즈 가루가 유전적으로 약한 폐를 망가뜨리는 데 일조했다.)

스피노자가 자신의 철학을 통해서 제공하려 했던 영감 혹은 전망을 위한 '렌즈'가 정확히 무엇인지 아직 나는 모른다. 그러나 소설가 헨리 밀러가 했다며 들뢰즈가 소개하는 문장을 읽어보면 가슴속에 스쳐 지나가는 어떤 섬광은 느낄 수 있을 것 같다.

"예술가들, 학자들, 철학자들은 렌즈를 세공하는 일로 아주 바쁜 것처럼 보입니다. 이 모든 것은 한번도 일어난 적이 없는 한 사건을 위한 광범위한 준비일 뿐입니다."

그렇다면 스피노자의 렌즈는 이 세계 밖으로 향하는 출구라는 뜻일까? 물론 이것은 하나의 비유이다.

우리에게는 어떤 사태의 진실을 조금 더 정확히 이해하기 위해 간혹 비유적 수사나 이미지의 도움이 필요할 때가 있다. 스피노자는 "국가의 목적은 자유이다"라고 믿었으며, 홉스와는 달리 개인이 국가와 계약을 맺을 때에는 통째로 모든 권리를 넘겨준 것이 아니라 언제든 갱신 가능하다고 주장했다.

특히나 '양심의 자유'는 양도의 대상이 아니라고 했다. 내가 말하고 싶은 것은 스피노자의 정치학이 아니라 44세의 나이로 죽기 전까지 스피노자가 세공했던 렌즈의 현재성이다. 스피노자가 생계의 방편으로 했던 렌즈 세공을 통해서 들뢰즈는 교묘하게 자신의 이야기를 하고 있는지도 모르겠으나, 어쨌든 철학이나 예술은 미래로 열린 영감과 관계가 있다고 스피노자는 (혹은 들뢰즈는) 본 것 같다.

분명히 이건 예언과는 다르다. 왜냐면 스피노자는 점을 치기 위해서가 아니라 자신의 당대를 위한 렌즈를 세공했기 때문이다. 희망이나 용기를 주창하는 의인의 길도 쉽지 않은 게 분명하지만, 공동체의 일반적인 상식을 관통하는 영감을 세공하는 '장인-철학자' 혹은 '장인-예술가'의 길은 어떤 길인 걸까.

스피노자의 렌즈가 먹먹하게 가슴에 남는 것은 우리에게 해결하기 버거운 과제가 산적해서인지도 모르겠다.

새집 이야기

새로 이사 간 마을의 아이들은 그 집을 새집이라고 불렀다. 새와
관계된 집인지 아니면 새로 지은 집이라는 뜻인지는 아무도 알지
못했다. 뒤란 대밭에서는 늘 참새들이 재잘거렸고 마당은 정갈했다.
집도 마을에서는 가장 깔끔했다. 아마도 집 주인이 직접 농사를 짓
지 않았기 때문일지 모른다. 그 집에 사시는 할아버지와 할머니도
고운 분이셨다. 할머니는 많이 구부러진 허리로 일요일이면 성경책
이 들어 있을 법한 묵직한 가방을 들고 교회를 가셨다. 할머니는 할
아버지께 나를 가리키면서, 애가 잘생겼지 않냐며 환히 웃으신 적이
있는데, 할아버지도 웃음을 얼굴 가득 머금은 채 내 머리를 쓰다듬
어 주시곤 했다. 주말에는, 졸업하면 마도로스가 되는 학교를 다니

는 그 집 아들이 다녀갔고, 군산에서인가 산다는 딸도 가끔 얼굴을 비추기도 했다. 마을회관을 겸한 마을 점방에 담배 심부름 갔다가 나는 할머니와 할머니의 딸인 그 누나와 마주친 적이 있다. 다른 것은 기억나지 않지만, 그 누나가 내 볼을 쓰다듬어 주고 그 옆에서 할머니가 조용히 웃고 계셨던 기억은 어찌 그리 선명한지. 지금 생각하면 희한한 일이지만 그 집 식구 모두 내게 무척 다감한 마음을 주셨던 거다.

그리고 할머니와 할아버지의 두 손녀가 있었다. 큰 아이는 나보다 한 살 적었고 작은 아이는 세 살인가 아래였다. 큰 아이는 약간 쉰 목소리에 갸름한 얼굴이 예뻤지만, 무척 수줍음을 타 어릴 때만 해도 소심했던 나로서는 그 아이에게 말 붙이기가 무척 어려웠다. 반면에 작은 아이는 언니와는 다르게 활달했고 붙임성이 좋아 나에게 오빠, 오빠 하면서 따랐다.

새집은 동네를 길게 가로지르는 고샅길보다 위치가 높아 둑 너머 강물이 보이는 자리였다. 길 쪽으로 얕은 블록 담장이 둘러쳐져 있고, 군청색 대문 부근에는 넝쿨장미가 심겨 있어 초여름이 되면 빨간 장미가 피곤 했다. 또 대문 앞 내리막을 이십여 미터만 내려오면 일제 때 농수로로 냈다는 냇물이 있어, 여름이면 늘 그을린 어린 알몸들이 분주했다. 그러니까 거의 마을 아이들의 놀이터 격인 게 새집 앞 길이었다. 빨래터 양옆으로는 무척 큰 미루나무도 두 그루 있었다. 내가 놀다가 집으로 돌아가던 길이나 강안에 매 두었던 소를 몰고 가던 저녁 어스름에 넝쿨장미 속에서 나를 물끄러미 바라보다가 눈이 마주치면 화들짝 사라지던 아이는 큰 아이였다.

그러나 그 아이는 길에서 나를 만나거나 학교에서 나와 마주칠 때에도 눈인사 한번 하지 않고 얼굴을 숙여버리곤 했다. 나는 그 아이의 목덜미까지 달아오른 모습을 지금도 간직하고 있다. 작은 아이는 내게 만화책을 빌려가기도 했지만, 큰 아이는 내게 끝내 말 한마디 주지 않았다. 일 년 즈음 지난 무렵 새집에는 작은 아이 혼자 남겨졌다. 엄마와 아빠가 헤어져 큰 아이는 엄마를 따라갔고 작은 아이는 아빠와 같이 살기로 했다는 소문을 들었다.

엄마와 아빠 사이에 뭔가 애매한 일들이 생겨서 잠깐 두 소녀가 할아버지 집에 의탁한 듯했다. 어머니가 한숨과 섞어서 뱉으시던 말의 조각을 모아 맞추어 보면, 나는 생부에게 버려진 아이였다. 지금은 돌아가신 의부의 눈치를 너무 많이 본 탓에 어릴 적에는 무슨 일을 해도 자신이 없었다. 버려진 나의 눈에 두 아이의 처지는 예사롭게 보이지 않았다.

그로부터 시간이 좀 지난 어느 날, 나는 읍내에 참고서를 사러 가기 위해 강둑을 자전거로 달리다가 작은 아이가 강둑에 앉아 강물을 넋 놓고 바라보고 있는 것을 목격했다. 나는 순간 작은 아이가 제 마음의 어혈을 강물에 풀고 있는 중임을 직감했다. 참고서 사러 가는 일은 관두고 나는 그 아이를 자전거에 태워 상류 쪽으로 내달리고 싶었다. 어쩌지 못할 연민과 자기 설움이 나를 관통하고 지나간 것이다. 마음의 어혈을 강물에 푸는 일이라면 나도 많이 해본 일이라서 더욱 그랬을 것이다. 하지만 그 아이의 마음을 살피기에는 나는 무척 적당한 처지가 아니라는 생각이 나를 꽉 움켜쥐었다.

나도 강물에 마음의 어혈을 풀면서 내 삶의 상류에 대한 몽상에 빠지고는 했었다. 미래는 오지 않은 시간이 아니라 가버린 시간일지 모른다는 몽상, 아마 언어화되기 이전의 심상에 사로잡혔던 것 같다. 강물을 오래 바라보고 있으면 내게는 어떤 환영이 생겼다. 새들이 강물을 따라 전라선 철길을 넘어 사라질 때, 석양에 강물이 벌겋게 반짝일 때, 강안의 갈대밭이 바람에 휘어질 때, 어린 나는 어디론가 떠나리라 다짐을 했었다. 그런 경험에 비추어 나는 작은 아이가 '잃어버린 시간을 찾아서' 여행 중일 거라 생각했다. 엄마와 아빠, 그리고 언니랑 함께 살던 그 시간 말이다.

나의 지난 시간은 차라리 지워져버린 시간이었으므로 어린 나는 작은 아이의 그런 모습이 더 서러웠던 것 같다. 그리고 떠나고 없는 큰 아이가, 갑자기 그러나, 지독하게 그리워졌다. 나는 열네 살이었다. 그렇게 조금 이르게 청춘이 온 것이다.

강물은 삶을 공간에서 시간으로 이동시켜 준다. 이런저런 인연으로 엮인 여린 삶이 어느 공간에서 외롭고 괴로울 때, 인연마저 어디선가 흘러왔고 어딘가로 흘러간다는 이치를 몸 안에 새겨넣어 주는 것이다. 우리에게 흘러가는 강물이 없다면 우리는 어디서 시간을 직접 체험하게 될 것인가. 과거와 미래가 소용돌이치며 원환운동을 벌인다는 것을 강물을 제 마음에 들인 자는 경험할 수 있다.

나는 열여섯이 되었을 때 드디어 집을 떠나기로 결심했다. 강물처럼, 알지 못하는 곳으로 흘러가서 살기로 했다. 반은 체념이 섞인 심정이었다. 돌이켜 보면 그때 내게 주어진 삶의 조건 중 마을 앞 강물 외에는 어떤 것도 의미가 있지 않았던 것 같다. 그렇게 집을 떠나자마자 이상하게 세상은 빠르게 낡아갔다. 새집 할머니도 방학 때만 나타나는 나를 잘 기억하지 못하셨다. 아마 어린 때의 내 모습이 많이 지워져서 그랬을지도 모른다.

들리는 말에 의하면 큰 아이는 나를 예뻐해 주던 제 고모를 따라 군산에 갔을 거라고도 했지만, 누구도 정확한 사실을 알지 못했다. 그 아이들이 어디서 온지도 몰랐고 간 곳도 알 수 없었으나 뜨거운 물음만 언제나 심장에 그득했던 것이다.

고등학교 3학년 여름방학 때 나는 교회 친구들과 함께 여름캠프에 참석했다가 일주일여 정도 늦게 집에 왔다. 사실은 어디 마땅한 곳만 있다면 집에 오지 않을 작정이었다. 내게는 집도 고향도 없다고 가슴에 든 멍이 지워지지 않은 때였다. 그러나 누구에게나 그렇듯 현실은 비정한 법이다.

묵직한 마음을 품고 집에 왔는데, 한동안 잊고 있었던 새집 넝쿨장미 이파리 속에서 나를 바라보는 눈빛이 느껴졌다. 갑자기 내 눈동자 속으로 백광이 밀어닥쳤다. 휙 돌아보니 큰 아이가 황급히 등을 돌려 사라졌다. 그날 밤 이야기는 아껴두기로 하자. 그 이상은 산문의 세계가 아니다.

여름 방학 내내 의부와 싸우고 나는 혼자 강둑에 나가 울었다. 견디기 힘든 열아홉은 그렇게 흘러가고 있었다. 나는 드디어 최종 결론을 내렸다. 사랑만이, 사랑만이 이 세상의 출구라고. 얼마나 무모했던 열아홉이었나! '비정한 현실'이란 표현은 적지 않게 유치하긴 하지만 열아홉의 내게는 너무도 정확하게 들어맞았다.

어쩐지 그 아이에게 내 울음의 정체를 고백할 수 있는 마지막이 다가오고 있다고 느껴졌다. 그 마지막을 놓치고 싶지 않았다. 그 마지막을 언제 맞을 것인가 가만히 마음만 헤아리고 있던 어느 날, 큰아이는 강둑을 따라 마을을 떠나가고 있었다. 마을회관 앞 국기 게양대에서 점점 멀어져 가는 그 아이의 등을 말없이 바라보는 일 말고는 열아홉은 너무도 무기력했다. 그 아이가 사라지는 옆으로 강물이 하얗게 빛나고 있었다. 마지막은 그렇게 왔고 나도 그 마을을 떠나 세상 속을 헤매기 시작했다.

강을 떠나 왔으니 그것은 당연한 일이었다.

싸움에
대하여

『씨알의 소리』 제24호(1973년 7월호) 권두언에서 함석헌 선생은 "생명은 싸움입니다. 몸에서는 병과의 싸움이요, 정신에서는 악마와의 싸움이요, 그리고 생활의 역사에서는 정치와의 싸움입니다"라고 말한 적이 있다. 싸움이라니? 비폭력 평화주의자로 알려진 그가 기실은 민중에게 싸움이나 독려하는 호전적 선동가였단 말인가?

오늘날 언어가 사물과 일대 일의 대응관계에 있다고 믿고 싶어하는 사람들은, 어떻게든 상대방의 말꼬리나 붙잡고 맥락을 제 입맛대로 뗐다 붙였다 하기를 당연시한다. 함석헌 선생의 말을 더 들어보면 이렇다.

생명이 생명인 한은 버팁니다. 싸웁니다. 한 알의 씨가 지구와 겨뤄댈 때 흙 속에 숨어 있던 아름다움과 힘을 잎과 꽃과 열매로 드러냅니다. 한 마리 작은 새가 가지 끝에 앉을 때 지구와 싸우는 것입니다. 그럴 때 음악이 나옵니다. 그것은 바람과 새 속에 잠자고 있던 것입니다.

사람으로 살았으면 마땅히 생사를 잊고 선악을 초월한 자리에서 권력 관계를 떠나서 싸워야 합니다. 그래야 자유가 있습니다. 그래야 살았습니다.

이러한 싸움에 대한 통찰은, 적지 않은 시간 동안 회자되고 있는 '관계론'의 정치적 상상력을 보여준다고 감히 말할 수 있다. 나아가 관계 그 자체를 실체화하는 오늘날에는 신선한 환기구가 되기도 한다. 이제 '관계'는 상식이 되어 버렸다. 어떤 새로운 선언이나 개념이든 상식이 되어버리는 그 순간에 난파된다는 것은 고금의 예가 입증한다.

사회에서 상식이 되었다 함은, 최소한 우리가 사는 자본주의 사회에서는, 자본에 포섭되었다는 것을 내포한다. 따라서 우리가 지금 한 걸음 더 떼어야 할 방향은 관계론에 대한 식상한 되풀이가 아니라 '어떤' 관계인가에 대한 표독스러운 물음이다. 여기서 함석헌 선생은 "싸움"을 내민다.

지금껏 우리가 알고 있던 관계 맺음이 기실은 싸움이라는 것! 이 싸움이 생명의 한 속성이라는 것이다. 이 싸움만이 "흙 속에 숨어 있던 아름다움과 힘을 잎과 꽃과 열매"를 생성한다는 것이다.

싸움이 새로움을 생성하지 못하는 관계라면 그것은 투항에 다름 아니다. 그래서 순응을 관계 맺음의 한 양상으로 간주하는 것은 사실 퇴폐일 뿐이다. "내가 중력과 싸우기를 그만두고 그 하자는 대로 순종해 버릴 때 지구는 내 무덤밖에 되는 것이 없습니다. 지구는 내게 대해 죽었고 나는 지구에 대해 죽었습니다."

대지가 대지일 때는 민중이 대지의 척박함과 싸움이라는 관계 맺음을 통해서이다. 그래야 민중도 민중이 된다. 새가 제 가냘픈 날갯짓으로 허공과 관계를 맺을 때만 하늘은 하늘이 된다. 까마득한 허공이 하늘인 게 아니라, 구름과 새와 천둥소리가 서로 으르렁거리면서 싸우면서 관계할 때 하늘인 것과 같은 말일 게다.

그런데 그 싸움은 "선악을 초월한 자리에서 권력 관계를 떠나서" 하는 행위다. 대지의 척박함이 민중을 압도할 때나 민중이 대지를 끝내 정복해 권력이 형성되는 순간, 지금껏 행했던 싸움은 싸움이 아니라 탐욕에 지나지 않게 되는 것이다. 싸움은 적을 변화시키고 그와 동시에 내가 변화되는 것, 이것은 당위 명제가 아니라 "생명이 생명인 한" 피할 수 없는 생리다.

언제나 중요한 것은 변화의 벡터이지 변화 그 자체가 아니다. 독재자와 싸우면서 독재자를 닮아버린 많은 사람들이 그것을 증명하고 있지 않은가! "끊임없이 싸우는 것이 사랑"이라는 말씀은 차마 받아들일 용기가 나지 않지만, 정말 버겁도록 쌓이는 적에 대한 미움과 원한을 힘닿는 데까지 덜어내는 일은 싸움의 고갱이에 해당한다고 볼 수 있다. 도덕이나 윤리를 떠나서 자신의 삶을 지켜내기 위해서라도 말이다.

결국 싸움도 자신의 삶을 위한 싸움일진대 어설픈 공명심이나 자리 바꿔 앉기 위한 싸움의 끝이, 결국 삶의 파괴로 드러나는 일은 슬픈 일이다. 『노자』 33장에는 "다른 사람을 아는 이는 지혜로우나 스스로를 아는 이는 밝다. 다른 사람을 이기는 이는 힘이 있으나 스스로를 이기는 이는 강하다"知人者智 自知者明 勝人者有力 自勝者強는 금언이 자리 잡고 있다. '강하다'强는 것은 앞 문장 '밝다'明의 부연이다. 견강부회가 허락된다면, 적을 통해서 자신을 이겨 나아가는 자는 자신의 내면이 밝아지는 경험을 맛본다는 뜻이리라.

어쩌면 적은 적 이상이다. 단순하게 극복하거나 승리해야 할, 즉 굴복시켜야 할 존재만이 아닐 수 있다. 생각이 여기까지 이르면 우리는 모두 예민해질 수 있으나, 하나의 세계에서 다른 세계로 넘어가는 첨점尖點은 언제나 예민하고 위험한 법이다. 생활 현장의 예를 들어보건대 액체인 물이 기화되려는 첨점은 엄청난 운동에너지가 요동치는 위험지대다. 여기를 통과하지 않은 창조가 있다고는 들어보지 못했다. 니체도 『차라투스트라는 이렇게 말했다』에서 이렇게 썼다. "내가 나의 적들을 향해 내던지는 창이여! 결국 내가 창을 던질 수 있게 되었으니, 내 적들이 얼마나 고마운가!"

　함석헌 선생의 말을 약간 비틀면, 싸우지 않으면 적도 나도, 그리고 이 세계도 다 죽는다는 말이다. 그렇게 생명의 역사가 비틀거리며 예까지 왔으니, 지금 우리의 싸움도 고통스러운 하나의 과정이라 새겨두면 어떨까. 생명은 고통임과 동시에 "기쁨이 솟아오르는 샘"(니체)이라고, 오늘은 혼자 있어 보면 어떨까.

공부하며 투쟁하는 일
혹은 투쟁하기 위해
공부하는 일

시를 쓴다고, 그리 많은 경우는 아니지만, 투쟁 현장에서 시낭송을 해달라는 요청을 받는 일이 더러 있다. 시 한편 낭송하는 게 고통스런 시간을 사는 이들에게 시원한 물수건이 되고 따뜻한 손난로가 될 수 있다면 그것도 다행한 일 아니겠는가. 하지만 시를 낭송하면서 또는 시낭송을 끝내고 나면 헛헛한 적막감은 매번 찾아왔다. 아마도 그게 시를 낭송하면서 그들의 시간을 내 시간으로 삼지 못해서일 가능성이 가장 높다. 그러니까 나는, 어떤 체면치레를 서둘러 마친 것이리라.

설령 내가 윤리적 감각을 빼어나게 갖고 있다고 하더라도 칼바람과 눈보라와 여름이면 어김없는 뙤약볕이 내 몸이 되지 못했다면,

그 고통과 직접적으로 연결되지 않았다면, 정서의 변화가 있을 리만무하다. 확실히 정서의 변화는 신체적 감각과 연결되어 있다. 신체적 감각이 채근하는 어떤 갈림길에서 우리의 내면은 이성의 도움을 받아 운동하기 시작한다.

한번은 이런 일이 있었다. 기룡전자 싸움이 막바지로 치달을 무렵, 시인들이 문화제 때 시낭송을 해 줄 수 없겠느냐는 제안을 받았는데, 나는 거꾸로 다른 제안을 했다. 시낭송을 해 주는 거야 그리 어려운 일은 아니지만, 기룡전자 싸움 현장에서 작가들이 다른 프로그램을 운영할 수 있겠는가? 대답은 '아니오'였다. 어떤 사정이 있어서인지는 가늠할 수 없었지만 작가들의 지지방문이나 낭송 등은 문화제를 운영하는 자신들의 프로그램 안으로 들어와야 한다는 것이다. 아마도 문화적인 투쟁도 어떤 질서와 논리를 유지해야 할 필요성이 있었을 것이다.

그때 나는 수동적인 시낭송 대신 투쟁 현장의 노동자들과 함께 대화를 하거나, 책 얘기를 하거나, 문학논쟁을 하는 시간을 가지면 어떨까 하는 생각을 버리지 못하고 있었다. 여기에는 몇 가지 나름의 이유가 있었다.

첫째, 시인들의 시낭송이 시낭송을 하는 시인이든 그것을 듣는 사람이든 간에 의례적인 관성이 되어가고 있다는 느낌 때문이었고, 다음으로는 시가 노래인 것은 분명하지만 사색의 결정체이기도 하다는 것. 그리고 시는 선전·선동에 유용하기도 하지만 동시에 아무

것도 할 수 없는 것이기도 해서 싸움 자체를 성찰할 수 있게도 한다는 것. 마지막으로 시인이나 작가들의 낭송이 단순히 현장의 분위기를 고양시키는 것에 국한된다면 투쟁 현장이 문학적으로 표현되기 어렵지 않겠는가 하는 게 그것이었다.

우리는 아무런 회색을 허용하지 않는 오래된 병통을 다시 앓고 있는 것만 같았다. 푸르른 생명은 붉고 뜨거운 불에서 곧바로 태어나지 않는다. 불은 태우고 파괴하는 역할까지가 제 몫이다. 파괴 없이 창조도 없다지만 그렇다고 파괴가 곧 창조는 아닌 것이다. 그렇겠지? 지금 당장 죽느냐 사느냐 하는 판국에 무슨 말을 하고 있느냐고 역정을 내겠지?

오늘날 민중의 삶은 일상까지 자본에 의해 확실히 점령당했다. 자본은 민중의 일상을 충분히 착취하고 더이상 필요가 없으면 언제든 내다 버린다. 그게 바로 철거와 해고와 비정규직 양산의 깊은 원리이다. 노동 현장의 싸움은 그간 중간 지대에서 한발짝 밀려난 지점에서 타협이 이루어졌다. 그러한 타협을 비난하자는 게 아니라, 타협을 중간 지대에서 한발짝 밀어붙이기 위해서라도 노동자에게 일상의 경작耕作은 중요하다.

그보다 더 나쁜 것은 타협 이후다. 조금 지난 이야기이지만, 김진숙은 살아 내려오고 송경동, 정진우는 감옥에 들어갔다가 보석으로 나왔지만 지금 재판 중이다. 여기까지는 내게 그리 나빠 보이지만은 않았다. 내게 나빴던 것은 한진중공업에 실용(?)을 추구하는 노조가 만들어졌다는 것, 또는 쌍용자동차에 이상한 노조가 존재하고 있다는 것이다. 뭐라고? 자본의 더러운 공작이 있었다고? 그러나 협잡 없는 자본을 상상하는 것이 더 바보 같은 짓 아닐까?

돌아다녀보고 주워들은 것만 대강 추려봐도 우리 사회는 가히 인문학 르네상스다. 대학의 인문학과가 망하고 나자 역으로 사회에 인문학 바람이 불기 시작한 것은 아무리 생각해도 통쾌한 일이 아닐 수 없다. 인문학이 대학의 커리큘럼 내에서만 작동한다는 것이 인문학을 위해서나 그것을 학습해야 하는 입장에서나 불편해지기 시작한 게 꽤 되었다는 게 짧은 내 소견이다. 그것이 인간의 인간다운 삶을 위해서가 아니라 '교양 수준'으로 떨어져 유통된다는 것은 아무리 생각해도 편치 않은 일이기 때문이다. 중·고등학교 과정이 얼마나 인문학과 동떨어진 교육이었기에 강제로 그것을 이수케 한다는 말인가. 책 속에 길이 있다는 잠언 자체도 그저 억압에 지나지 않는다. 그것이 강제 교육하에서 이루어지는 한 말이다.

그런데 그 많은 인문학이 노동자나 철거민, 농민들만 솜씨 있게 비켜 간다는 점은 참으로 이상한 현상이다. 현실적인 맥락을 고려했을 때 이해하지 못할 일은 아니지만, 가장 인문학이 필요한 이들에게 인문학이 그저 하나마나한 담론 따위라면, 그것을 우리는 어떻게 받아들여야 할까. 기륭전자가 아닌 다른 사업장에서 시낭송을 해달라는 제안을 작가들과의 대화 시간으로 바꾸자고 했다가 또 거절을 당한 적도 있었다.

아마도 작가들의 한가한 문학 강연쯤으로 알아들었던 모양이다. (뭐, 별로 유명한 작가들도 아니면서 말이다.) 오해 때문에 이루어지지 않았건 긴박한 현장의 여건상 어울리지 않아서 그랬건, 문학이나 철학이 민중에게 거절당하는 현상은 뒷맛이 생각보다 쓰다. 우리는 자본이 저질러 놓은 부조리에만 사후적으로 대처할 뿐이라는 생각에까지 미치면 이건 단순한 씁쓸함이 아니라 열패감을 함께 불러들인다.

인문학이 민중의 일상에 머물 수는 없는 것일까? 자본에게 전적으로 침탈당한 일상의 문화를 한번 되돌아볼 기회를 가질 수 없는 것일까? 되돌아보는 힘이 없는 상태에서 싸움을 이긴다면 그것은 무슨 의미를 갖는 것일까? 싸우면서 공부하면 투쟁력이 약화되는 것일까? 긴박한 여건 속에서 자본의 맨얼굴을 스스로 대면하게 해줄 수 있는 사색의 시간은 사치인 걸까? 굳이 싸움을 위해서가 아니라도 헝클어진 자신의 내면을 들여다보게 해주는 인문학을 함께 하는 것이 야만적인 대한민국 자본주의에서는 불가능한 것일까?

아니, 나는 나의 제안을 거절했던 노동자들을 비난하는 것이 아니다. 정략적인 노동조합과, 헌신적이기만 한 활동가들과, 갈수록 왜소해져 가는 이 땅의 인문학자들과, 참으로 물색도 없이 이런 글을 쓰는 나 자신을 비판하는 것이다.

스피노자,
공동체를 파문하다

"오히려 잘 됐다. 그들은 내가 수치를 당할까 봐 두려워서 자발적으로 할 수 없었던 것을 행하도록 나에게 강요하지 않는다. 그러나 그들이 그 길을 원하기 때문에, 내가 떠나는 것이 옛날 히브리인들이 이집트에서 나왔던 것보다 더 결백할 것이라고 위로하면서, 나는 나에게 펼쳐진 그 길로 기쁘게 들어간다."

이는 스피노자의 전기 작가 뤼카에 의해 전해져 내려오는, 스피노자의 자신의 파문에 대한 변이다. 급진적인 관념으로 인해 스피노자는 유대공동체에게 파문당했다. 파문 직전 그가 속한 세파라디 유대인 공동체는 유대교의 제의적 관습을 지킬 것을 약속하면 공동체가 조성한 기금에서 보조금을 지급하겠다고 했지만, "오직 진실만을 추구하지 외형을 좇지 않겠다"며 공동체의 제안을 거절했다. 이쯤 되면 공동체가 스피노자를 파문한 것이 아니라 스피노자가 공동체를 파문했다고 해도 결코 억지가 아니다. 위에 인용한 뤼카의 기술이 사실이라면 스피노자는 자신의 파문을 자발적인 '출애굽'으로 받아들이고 있지 않은가 말이다.

로마의 식민통치와 지배계급의 폭정에 맞서 유대인들은 서기 66년에 봉기를 일으켰다. 로마의 수비군을 몰아내고 마사다 요새를 차지한 유대인들은 장기간의 농성 체제에 들어갔다. 로마 장군 플라비우스 실바가 10군단을 이끌고 마사다 요새를 공격하지만 워낙 천혜의 요새인지라 쉬 함락시키지 못했다. 치밀한 공성전 준비 끝에 로마군은 서기 73년 마사다 요새를 결국 함락시키지만, 저항하던 유대인들은 모두 스스로 죽음을 택하는 것으로 로마군을 놀라게 했다. 자살이 금지된 율법을 피해, 제비뽑기로 서로를 죽이고 마지막 남은 사람만 자살을 택한 것이다.

결국 마사다 요새가 로마인들에게 함락된 이후로 유대인들은 떠돌이diaspora가 되었다. 스피노자가 속한 공동체의 조상들도 포르투갈에서 나름의 공동체를 형성해 살고 있다가 기독교의 탄압을 피해 네덜란드까지 흘러와 정착하게 되었다. 네덜란드는 나름 관용적인 정치체제와 문화를 가지고 있었지만 기독교의 박해에 따른 유대인의 트라우마는 언제나 그들의 무의식을 괴롭히고 있었다. 하지만 네덜란드가 유대인 공동체에 관용적이었던 것은 그들이 가진 부 때문이기도 했다. 유대인들은 무역을 통해 벌어들인 부를 가지고 공동체를 운영하고 있었던 것이다.

스피노자는 아버지가 일찍 죽자 동생과 함께 무역을 하게 되지만 아버지가 쌓아놓은 적지 않은 보증 때문에 사업에서 크게 재미를 보지 못했다. 거꾸로 생업을 통해 공동체의 바깥세계를 접했고, 네덜란드의 자유로운 분위기에서 철학을 공부하기 시작했던 것 같다. 스피노자는 생업 때문에 공동체에서 운영하는 '정규학교'를 채 마치지 못한 것으로 작가들은 보고 있다. 사료가 워낙 부족해 이런저런 정황으로 맞춘 퍼즐에 의하면, 스피노자는 일종의 평생교육 모임에서 공부를 한 것으로 추정된다. 아무튼 스피노자의 철학은 자신이 처한 환경 속에서 태동했다고 봐도 무방할 듯싶다.

데카르트의 철학을 접하면서, 그리고 유대인들의 말도 안 되는 선민의식에 반발하면서 독창적인 생각을 하고 있다는 것이 발각되어 참으로 심각한 파문을 당한 스피노자는, 기다렸다는 듯이 뚜벅뚜벅 바깥으로 향한 문을 열고 나가버린 것이다. 이쯤 되면 스피노자는 '디아스포라 중의 디아스포라'가 되는 것이며, 스피노자가 공동체의 요구를 거절한 것을 더하면, 스피노자 자신이 자신의 공동체를 파문한 모양새가 되는 것이다. 파문당한 주체가 정신적으로는 자신을 파문한 공동체를 파문하는 이 묘한 역설은 우리에게 단순한 심리적 카타르시스만 주는 것은 아니다.

이 사건에서 폼 나는 처세훈을 끄집어낼 일은 없다. 그리스 정신의 기원을 추적한 어떤 책의 구석에서 발견한 이야기인데, 그리스 철학의 기원은 아테네가 아니었다고 한다. 소아시아와 삶의 동선이 연결되어 있던 지중해와 에게해의 여러 섬으로부터 시작되었다는 것이다. 이는 새로운 것의 발생이 언제나 다른 것과의 혼융을 통해서 시작된다는 사실을 재확인시켜 준다. 스피노자의 경우도 이와 비슷한 진리를 새삼 드러낸다. 스피노자가 공동체의 '정규교육'을 코스대로 밟았다면 그의 이단적인 사상이 생겨날 수 있었겠는가 하는 물음이 그것이다.

한 가지 더. 스피노자가 자신을 파문한 공동체를 스스로 파문함으로써 자유의 문을 활짝 연 것은, 우리가 깊은 습속으로 가지고 있는 '상식의 재인식'만으로는 정신의 자유가 불가능하다는 것을 보여 준다. 달리 말하면 자신이 속한 세계의 틀을 스스로 거부하는 생명의 약동을 틀 지우지 않는 게 곧 자유인 것이다. 우리에게 익숙한 것을 파문하는 일은 고통스러운 일이지만 아무런 고통도 없이 자유가 주어지는 일은 없다. 이것은 개인의 경우에도 그렇지만 사회의 경우에도 그렇지 않은가?

기껏해야

1,500만 년!

생명이 먼지 한 낱으로 시작되었다는 말은, 종교적 비유나 문학적 수사가 아니다. 그 먼지 한 낱이 자율신경계를 거쳐 의식이라는 '생명의 백열등'에까지 이른 시간은 그 깊이가 참으로 어마어마하다. 언어가 존재의 집이라는 언명을 그대로 받아들인다면 우리의 존재 시간으로 생명의 시간을 가늠하는 일은 불가능하다.

여기서 우리의 언어는 깊은 심연으로 곤두박질친다. 이성을 통해 생명의 기나긴 도정을 더듬어 보면 언어는 삶의 바깥에 종종 자리 잡곤 한다. 이게 존재의 소금이라는 상상력의 역능potential 아닐까?

우리가 삶을 언어의 바깥으로 끄집어냈을 때 분명해지는 것은 거대하게 소용돌이치는 혼돈의 힘에 잠깐이나마 침묵이 가능해진다는 것이다. 생각이 정지되는 사태 말이다. 이걸 침묵이라 부를 수 있을까. 물론 이 사태에 담긴 내포가 단순한 백치 상태를 가리키는 건 아니다. 지금껏 누적되어 왔던 습속과 코드code가 가엾어지는 섬광이 짧게나마 지나간다는 뜻이다.

삶은 직접적이고 구체적인 감각의 총체임과 동시에 정형화된 생활로 단순히 치환될 수 없는 것이다. 그래서 그만큼 복잡하고 역동적이며 상호작용 중인 과정이라 불러도 무리는 아니다. 그러나 역사를 인류의 역사로만 국한시켜 이해하려는 일반적 경향과 마찬가지로 삶을 생활과 동의어로 인식하고 있는 경우도 흔한 것 같다.

단언컨대 삶을 생활로만 인식하려는 습속을 떼어내지 못하면 단순한 리얼리즘적 세계관만으로 근대 자본주의 문명이 저지른 악업을 씻기가 쉽지 않은 상황에 우리는 와 있다. 우리에게 어떤 근원적인 회심이 있어야 하는데, 그 회심의 추진력 중 하나가 바로 생명에 대한 성찰적 묵상이라 하지 않을 수 없다.

근대 자본주의 문명은 고작 200년에서 길게 잡으면 300년이고, 우리가 아는 것과는 다르게 근대의 시작에는 역사의 필연성이 발견되지 않는다는 주장도 있다. 그리고 근대 이전의 세계는 우리가 생각하는 것처럼 그렇게 암흑의 세계도 아니었다. 물론 근대 문명의 옹호자들이 생각하는 것처럼 이윤의 추구가 인간의 본성도 아니라는 게 경제인류학자들의 주장이기도 하다.

어느 고생물학자가 캄브리아기에 있었던 생명의 대폭발의 기간이 "방사성연대측정법으로 추정한 최근 자료에 따르면 기껏해야 1,500만 년밖에 걸리지 않았다"고 말한 적이 있다. 기껏해야 1,500만 년밖에라니!

물론 사후적인 입장에서, 특히나 오염될 대로 오염된 인간의 언어로 표현된 것이긴 하지만 개인적으로 '기껏해야'라고 아무렇지 않게 말할 수 있는 그의 시간관을 우리도 한번 깊이 생각할 필요가 있다고 본다.

그 학자가 하는 일이 화석 발굴을 통한 생명의 역사를 연구하는 일이다 보니 아무래도 시간에 대한 관념이 일반적인 통념과 다를 수도 있을 것이다. 다만 나는 1,500만 년을 쉽게 말하는 그 학자의 내면을 찬찬히 생각해 볼 뿐이다.

생명의 역사는 공간 속으로 개체를 연속적으로 솟아나게 하는 과정이기도 하지만 하나의 개체가 자신의 탄생에 필요했던 시간을 머금는 것을 말하기도 한다. 유감스럽게도 우리의 문명은 지구의 나이 45억 년을, 그리고 현생인류의 나이 100만 년을 지워버리라 한다.

그 거대한 시간의 결과값은 우리 자신임을 끊임없이 부정해야만 살아갈 수 있다는 것인데, 우리가 우리의 시간을 상상력으로나마 회복하지 못한다면 우리의 정신이라는 것도 대체로 허깨비일 공산이 크다.

인간만이 정신적인 존재라는 착각은 인간 아닌 생명체를 인간을 정점으로 한 위계구조의 아래쪽에 자리잡게 한다. 다시 말해서 인간은 물질적인 존재가 아니라는 편견 자체가 생명의 세계에 대한 가치를 전도시키는 것이다.

인간의 시간 자체가 최소한 생명의 시간을 근거로 해서 성립된다는 인식은 그래서 무척 중요하다. 근대의 탄생이라는 사건이 생명의 내적 필연성과는 상관없는 것임을 깊이 받아들인다면 우리는 길 잃고 헤매는 가엾은 존재가 아니라 끊임없이 새로 태어나는 존재임을 받아들일 수 있을지 모른다.

이게 미련한 희망이라 조롱해도 상관없다. 생명의 역사를 말하는 지금까지의 모든 주장의 요약은, 생명은 주어진 길을 따라온 게 아니라는 것! 여기서 비관과 허무를 읽기에는 삶이 펼쳐 보이는 기쁨과 슬픔, 아픔과 환희의 착종이 간단치 않다.

아무튼 생명은 길을 잃지도, 길을 의도하지도, 그리고 어떤 종점을 목적 삼지도 않았다. 다만 변화무쌍한 공간과 관계 맺으면서 길을 닦아온 것이다. 그러니까 길은 미래시제가 아니다! 지나온 길만 길이고 미래의 길은 그냥 미지일 뿐이다.

여기까지 말하고 나면 우리 앞에 펼쳐진 시간은 다시 살아 꿈틀대는 세계가 된다.

다만 미래는 과거의 시간을 통해서만 현실화되므로 우리의 지난 시간은 풍성할수록 좋고 여기에서 현재를 어떻게 살아야 하는가에 대한 윤리가 탄생한다. 이러한 맥락에서만 "1,500만 년"은 단지 화석이 된 시간이 아니라 우리 안에 자리잡는 시간이 되는 것이다.

먼지 한 낱의 느리디 느린 변신에서 다양한 자연을 펼치는 것까지의 거리에는 "기껏해야 1,500만 년밖에" 걸리지 않았다! 그런데 삶은 왜 근대 문명 200년에 벌써 지치고 폐허가 되어 가는 것일까. 우리의 나약함을 자책하기에는 억울한 점이 하나 둘이 아니지만, 우리의 삶은 지금도 풀어나가야 할 사건들과 마주하고 있다.

이것들을 풀어나가면서, 그리고 다른 문제를 만들어가면서 우리의 시간은 짜여진다. 1,500만 년의 시간이든 200년의 시간이든 이렇게 얽히고설킨 실타래를 풀며 동시에 다른 옷 한 벌을 만든 과정이 삶이라는 것. 시간은 공간을 통해서 펼쳐지고, 공간 속으로 수렴되는 것이니까. 그런 것이라고 나는 믿고 있으니까.

예술과 현실

　공자가 자신의 뜻을 펼치기 위하여 고향인 노나라를 떠나 천하를 주유한 때는 그의 나이 55세가 된 무렵이었다. 일생에 단 한 번뿐이었던 관직을 버리고 떠난 까닭은 물론 고국이었던 노나라에서 '도'를 실현시키는 게 힘들겠다는 판단이 서서였을 것이다. 공자가 생각하는 도의 현실적 모습은 과거 주나라의 예를 현실에 적용시키는 거였다.

　왕은 왕답고 신하는 신하답고 애비는 애비다운 봉건적 질서가 혼란스러운 춘추시대의 대안일 수 있었는지는 오늘날의 시각으로 쉬 판단할 문제는 아니다. 숱한 쿠데타와 몇몇 가문의 국정 농단 사태가 공자에게는 아주 상스럽게 보였을 것이고, 기본적인 질서만 잡혀도 현실세계가 훨씬 아름다워질 수 있으리라는 생각은 오늘날 대한민국의 모양새를 봤을 때 수긍할 수 있는 점이긴 하다.

공자가 생각한 봉건적 질서의 핵심은 바로 백성의 편안한 삶이었다. 그래서 그 냉대와 조롱을 참아가며 현실에 개입하고 싶었던 것이다. 더러운 현실을 벗어난 은자들의 삶을 공자 또한 동경했다. 그러나 그는 안 되는 줄 알면서도 되게 해야 하는 천명을 느꼈다. 그것이 그의 선천적 기질이었든 아니면 후천적 소명의식이었든 말이다.

석문이라는 곳에서 제자 자로가 묵을 때 이른 새벽 어느 성문지기가 자로에게 물었다. 어디서 오셨소? 네, 공자의 제자입니다. 그러자 성문지기가 되물었다. 아! 그 안 되는 줄 알면서도 행하는 사람 말이오? 공자는 자연적 세계인 질質과 문화적 세계인 문文이 빈빈彬彬하는, 즉 조화를 이루는 세상을 원했다. 그 당시 이미 중국은 농경문화를 이루고 산 지 오래였다.

그러나 공자의 주유 14년은 별 성과가 없었다. 말 못할 고생만 하다가 다시 고향인 노나라에 돌아왔을 때는 이미 일흔이 코앞이었다. 14년 동안 현실 정치에서 아무런 쓰임을 얻지 못한 채 빈손으로 돌아온 것이다. 몇몇 부름이 없었던 것은 아니지만, 협잡꾼이나 정통성 없는 쿠데타 정권에는 생을 의탁할 수 없었다. 공자도 자신의 신세가 무척이나 고달팠지만 끝내 자신의 존엄함을 잃지 않았던 것이다.

마지막 5년을 있었던 위나라에서 벌어진 일 하나를 『좌전』은 이렇게 전한다.

위나라 대부인 공문자가 대숙을 어떻게 공격할지 그 비책을 공자에게 찾아와 물었다. 공자는 "제례에 대해서는 일찍이 배운 적이 있지만 군사에 관한 일은 배운 적이 없습니다"라고 답했다. 공문자가 떠난 후에 공자는 "날아다니는 새도 쉬어갈 가지를 고르는 법, 나무가 어떻게 새를 고를 수 있겠느냐?"라고 하며 제자들과 함께 위나라를 떠나려고 했다.

니체는 『아침놀』에서 "우리가 높이 올라가면 올라갈수록, 날 수 없는 사람들에게 우리는 더욱 작게 보인다"라고 썼다. 다른 뜻은 없다. 존엄함은 존엄할수록 비루한 현실세계에서는 작게 보인다는 의미다. 물론 이 존엄함의 내포는 치열한 성찰과 자기 긍지가 채운다. 삶이란 누구에게나 주어지지만 같은 삶은 없기에 더욱 그렇다. 공자는 하늘을 날아다니는 자신의 존엄함을 재확인했지만, 그렇다고 해서 현실이 변한 것은 아니다.

새가 날갯짓만으로 살 수 없듯이 사람은 현실사회를 떠나서 살 수 없다. 새는 언제인가는 쉬어 갈 가지를 찾아야 하고, 사람도 관계를 맺어야 할 세계를 선택해야 한다. 여기서 우리는 존재의 균열을 경험하며, 혹 이 균열 '자체'가 존재는 아닐까 하는 아픔이 찾아오는 것이다.

앞에서 인용한 니체의 금언을 오해하면 더러운 현실을 벗어나는 일이 곧 존엄함이라는 엉뚱한 결론도 가능해진다. 사실, 일부 시인이나 예술가들이 빠지기 쉬운 함정이기도 하다. 니체는 또 다른 책에서, 자연의 입장에서는 개개의 꽃이 낭비되듯이 "우리가 인류로서 (그리고 단순히 개인으로서만이 아니라) 자신이 낭비되고 있는 것을 느끼는 것은 모든 감정을 넘어서는 감정이다. 그러나 누가 이것을 느낄 수 있는가? 분명 시인뿐이다: 시인들은 언제나 자신을 위로하는 법을 알고 있다"(『인간적인 너무나 인간적인』)라며 시인(예술가)의 나르시시즘을 꼬집었다.

내가 보기에 삶의 존엄함과 비참함을 니체는 동시에 탐색하고 있지만 이 존엄하기도 하고 비참하기도 한 삶을 예술적 경지로 이끌기 위한 고투도 병행했던 것으로 보인다. 그런데 삶의 예술적 경지는 허공을 날던 새가 나뭇가지를 찾아 앉는 순간에 드러나는 것은 아닐까? 그래서 공자가 14년 동안 '한자리 얻기' 위해 유랑했다고 폄훼할 수는 없는 것이다.

그가 보기에 현실을 바꿀 수 있는 가장 직접적인 실천은 현실정치에 참여하는 것이었기 때문이다. 수레를 끌고 위나라에 당도했을 때 공자는 백성이 참 많다고 큰 숨을 내쉬며 말했다. 염유가 물었다. 백성이 많으면 무엇을 해야 합니까? 공자의 대답은 망설임이 없었다. "백성을 잘 살게 해줘야 한다." 그리고 그 다음에 해야 할 일은 가르치는 것이라 했다. 공자의 이데올로기는 주나라의 예법이었지만, 그 예법조차도 백성이 잘 산 다음에 이뤄야 할 것이라고 했던 것이다.

이상과 현실을 이렇게 혼동하지 않는 것은 언제나 무척 지혜로운 일이며 바로 이 지점에서 비참한 삶은 몸을 뒤틀어 예술적 경지를 향한다. 시인이 "언제나 자신을 위로하는 법을 알고 있다"고 해서 위로할 대상이 시인 자신이라고 생각한다면 계산법이 잘못 돼도 한참 잘못된 것이다. 타자의 삶 없이 시인 자신의 삶 또한 불가능하기 때문이다.

이렇게 말하고 나서도 모든 문제가 풀리는 것은 물론 아니다. 공자는 결국 현실정치에 개입하지 못했고 아울러 세상도 바꾸지 못했다. 손자뻘 되는 제자들을 가르치는 것과 책을 쓰는 일이 그의 말년의 삶이었다. 거꾸로 오래된 제자들이 정계에 진출했으나 현실과 타협하는 것을 지켜봐야만 했다. 유력자가 된 염유가 자신의 한계를 고백하자 공자가 한계를 긋는 행위 자체를 꾸짖기는 하지만, 이 또한 가르침 이상의 것은 될 수 없었다.

즉 백성을 잘 살게 해주는 일은 공자 자신도 역부족이었던 것이다. 이게 이상주의의 종말인지는 모르겠다. 그러나 현실은 정리되지 않는 문제들로 여전히 어지럽다. 삶이 예술이 될 수 없는 것이라면, 예술은 삶을 어떻게 표현해야 하는 것일까. 정녕 예술이 삶을 바꾸지 못한다면 예술은 무엇을 노래해야 하는 걸까. 그러나 이런 번민이 단지 괴로움이기만 한 것일까?

새로움은
어디에서 오는 걸까

그리스 철학의 발원지는 짐작하는 바와는 다르게 아테네가 아니다. 고대 지중해의 역학 관계는 아테네와 스파르타 그리고 페르시아의 삼각구조였는데, 페르시아가 그리스 동맹군에게 연달아 패함으로써 그 주도권을 잃은 후에 스파르타의 펠로폰네소스 동맹과 아테네의 델로스 동맹이 대립하게 된다.

이 상황에서 아테네는 자신의 동맹국들에게 동맹을 유지하는 데 필요한 힘을 지속시키기 위한 명분으로 조공을 받는다. 이 조공은 요즘 말로 하면 협회비 비슷한 것인데, 이것이 아테네의 황금시대를 여는 데 사용되었다. 여기서 델로스 동맹의 동맹국들이 대체로 소아시아 지방의 도시국가들과 이오니아 해의 섬나라들인 것만 봐도 델로스 동맹이 바다를 매개로 하는 연합 구조였음을 알 수 있다.

바다는 고래로 거대한 장벽이며 동시에 도약대이기도 하다. 바다를 건널 수만 있다면 그간 단절되어 있던 이질적인 세계들이 파노라마처럼 펼쳐지면서 한 세계와 다른 세계 사이에 창조적인 융합이 일어날 가능성이 높다. (들뢰즈는 이 바다를 '매끈한 공간'의 비유로 사용한 적이 있다.)

트로이 전쟁을 마치고 이타카로 돌아가던 오디세우스의 여정은 곧 숱한 이질적인 세계를 가로지르는 대장정에 다름 아니었다. 그러니까 오디세우스는 바다라는 백척간두에서 몸을 던짐으로써 엄청난 세계'들'을 경험하게 된 것이다. 하여튼 아테네로 델로스 동맹국들의 부와 문화, 그리고 기타 재원들이 몰리면서 그리스 철학은 그 장대함의 인프라를 갖게 된다.

예컨대, 그리스 철학의 시조로 분류되는 탈레스를 비롯한 아낙시만드로스, 아낙시메네스가 소아시아에 위치한 도시 국가 밀레토스 출신이며 피타고라스는 사모스 섬 출신이고 헤라클레이토스는 에페소스 출신이라는 것. 그리스 철학의 대미를 장식하는 아리스토텔레스는 그리스 반도 북쪽 지방인 마케도니아 출신인 데다 그리스 사회에서 비주류에 지나지 않았던 마케도니아의 왕자 알렉산드로스의 스승 노릇을 하기도 했다.

다만 이들이 아테네에 결집하게 되는 데에는 아테네가 가진 문화적인 구심력과 바다를 가로지를 수 있는 훌륭한 항해술이 작용했을 것이다. 물론 그것은 앞에서 말한 대로 델로스 동맹을 통해 아테네가 축적한 경제적 풍요로움을 그 물적 토대로 하고 있지만 말이다. 어찌 되었든 소크라테스 등장 이전까지 그리스 철학의 토양을 다진 것은 탈레스 이후 헤라클레이토스까지의 자연철학자들이었다. 역사는 현재와의 대화라는 정의가 이제는 고루하기까지 하지만, 역사를 짯짯이 살피는 일은 확실히 현재를 이해하는 데 큰 도움을 준다.

왜냐면 역사적인 사건은 늘 되풀이되며 그 되풀이되는 패턴을 읽는 일이야말로 역사 공부의 핵심이기 때문이다. 그런 측면에서 그리스 변방의 도시 국가에서 사상과 문화가 싹튼 맥락을 살피는 일은 의미 있는 일이다. 이오니아 해의 섬나라들이나 이오니아 해 연안의 그리스 도시 국가들에서 기왕의 신화에 얽매이지 않는 독특한 사상이 발아한 까닭은 그들이 그리스 문명과 바빌로니아 문명의 사이에 '낀' 존재들이어서일 확률이 높다.

어쩌면 바빌로니아 문명의 외압이 그리스적인 내면을 조형했다고 추측하는 것도 그리 과장된 것은 아닐 것이다. 이렇게 모든 새로움은 외부의 압력에 맞서는 내부의 능동적인 반응의 결과물이다. 아테네의 황금시대의 끝자락이 가져온 혼란 속에서 그리스 철학의 봉우리를 차지하는 플라톤과 아리스토텔레스가 등장한 것도 눈여겨볼 만한 일이다.

어쩌면 플라톤과 아리스토텔레스 철학 역시 그리스적 내면이 붕괴되는 현실에 대한 응전이 아니었을까. 그러나 물리적인 현실을 직접적으로 바꾸는 일이 철학이나 예술의 몫은 아니다. 철학이나 예술이 현실을 바꾸는 물리력의 성질에 어느 정도 영향을 미칠 수는 있어도 말이다.

마케도니아의 젊은 패왕 알렉산드로스의 동방 원정은 (결과적으로) 세계사적인 사건이었음은 분명하다. 그 일은 끔찍한 전쟁이라는 방법으로 바빌로니아의 영혼을 겁탈하고 헬레니즘 문명이라는 사생아를 낳았다.

동방과 서방의 문명이 뒤섞일 수 있는 계기가 꼭 전쟁만은 아닐지라도 전쟁은, 그 충격과 슬픔과는 별개로, 한 문명의 단절과 다른 문명의 태동을 극적으로 보여주는 계기인 것은 사실이다. 우리가 짧게 더듬어 볼 수 있는 역사를 통해 살펴보고자 하는 것은, 꽃은 예기치 못한 데서 불어오는 바람에 흔들린다는 것, 그것도 어느 깊숙한 변방에서 이런 일은 발생한다는 것이다.

새로운 것은 폭력적인 외부 현실에 능동적으로 대응하는 자기 내면의 힘 사이에서 새어 나오는 신음 소리다. 그에 대한 실례를 고대 그리스 철학과 헬레니즘 문명에서 찾아보는 것에서 놓치지 말아야 할 것은, 폭력적인 외부 현실이야 우리의 주관적인 의지와 다른 문제일 수 있으니 잠깐 보류해 두더라도, 어떤 사태에도 그 생명성을 잃지 않는 내면의 힘일 것이다.

그 힘은 그러나 선천적인 무엇인 걸까? 아니 그것은 바로 외부 현실과의 관계에서 발생하는 어떤 것이 아닐까? 외부 현실과 자기 내면의 차이에서 발생하는 전하電荷 같은 것. 여기서 자기 내면의 힘도 고정되어 있는 실체가 아니라고 상상해 보면, 우리는 한발 더 나아갈 발판을 갖게 된다.

내면의 힘이 고정되어 있는 실체가 아니라면, (양적인 비유를 들자면) 그 힘의 증가와 감소가 가능하다는 얘기이고 (질적으로 접근하자면) 그 힘의 성질 또한 우리 자신이 스스로 정제할 수 있다는 뜻으로도 풀이된다. 힘 그 자체는 도덕 이전의 것이다. 단순하게 말해서 그 힘이 파괴하는 힘인지 건설하는 힘인지, 혹은 파괴와 동시에 건설하는 것인지는 힘이 현실 속에서 어떻게 발현되느냐에 달려 있다. 힘은 언제나 위험하지만 동시에 가능성의 다른 이름이기도 하다. 차라리 이 두 가지를 같이 고려하고 인정하는 것이 진실에 더 가까울지 모른다.

니체에 기대 말하면 약자는 이 위험한 힘에서 도덕이나 선善을 정제해 내지만, 강자는 그것 또한 하나의 이데올로기에 지나지 않음을 명철하게 파악한다. 문제는 위험천만한 힘을 어떻게 삶의 역량을 증가시키는 일에 사용할 것인가이며, 그럼에도 이 힘이 소멸되거나 변질되지 않게 계속 생성시키느냐 여부이다. 왜냐면 이 힘은 영원히 회귀하는 그 무엇이기 때문이다.

우리가 그것을 억압하거나 부정한대서 사라지는 것도 아니다. 단지 다른 모습으로 우리의 삶에 관여할 게 분명하다. 힘을 부정적으로 받아들이는 일은 항상 타락을 동반한다. 하지만 그 힘을 진실되게 받아들이는 일은 맑고 의연하며, 또한 그 힘에서 자유로울 수 있게까지 한다. 정작 자신은 힘의 조화와 불화의 결과물일 뿐임을 잘 알고 있기 때문이다.

새로움은 내면의 힘으로 주어진 현실을 전복하는 상상력에서 발원할 터이고, 그 상상력은 주어진 가치를 물구나무 세운 괴물을 만들어 제출하는 힘의 다른 이름일 것이다. 그리고 그것은 바로 움직이는 내면의 힘을 긍정하는 데 있을 것이다.

아무튼 현실의 외압은 언제나 유동적이고 내면의 힘도 당연히 출렁이는 바다다. 암튼 나는 이렇게 생각한다.

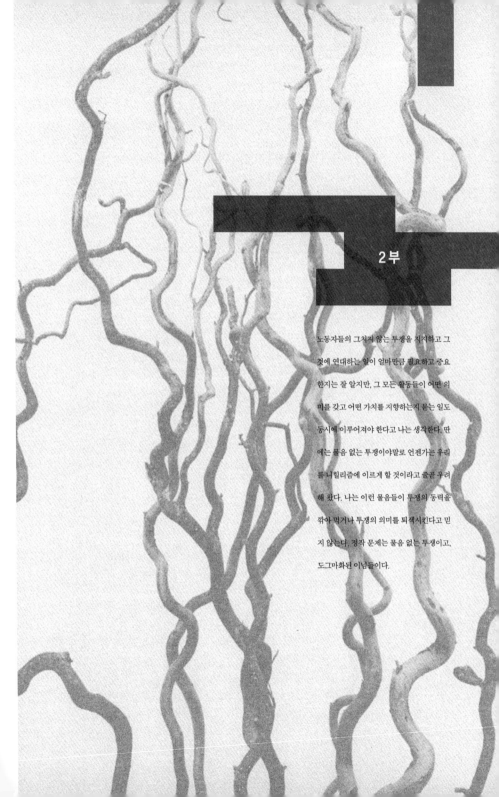

2부

노동자들의 그치지 않는 투쟁을 지지하고 그

것에 연대하는 일이 얼마만큼 필요하고 중요

한지는 잘 알지만, 그 모든 활동들이 어떤 의

미를 갖고 어떤 가치를 지향하는지 묻는 일도

동시에 이루어져야 한다고 나는 생각한다. 딴

에는 물음 없는 투쟁이야말로 언젠가는 우리

를 니힐리즘에 이르게 할 것이라고 줄곧 우려

해 왔다. 나는 이런 물음들이 투쟁의 동력을

깎아 먹거나 투쟁의 의미를 퇴색시킨다고 믿

지 않는다. 정작 문제는 물음 없는 투쟁이고,

도그마화된 이념들이다.

지속불가능한 임금노동 대신
기본소득을

기본소득의 의외성

처음 기본소득에 대해 들었을 때 적잖이 놀랐던 기억이 난다. 파격성보다는 엉뚱함 때문에. 어떻게 일을 하지 않는 사람에게 급여를 지급할 수 있다는 것인지, 그때까지의 내 관념으로서는 받아들일 수 없었던 것이다. 다시 말하면 거부반응에 앞서 일종의 어불성설로 느껴져 별다른 반응을 보이지 않은 것 같은데, 그 후 "기본소득을 실시하면 무엇이 달라지는가?" 하고 물었을 때 "노예노동이 사라진다"는 답을 듣고 나서 나는 나도 모르게 무릎을 쳤던가 아니면 짧은 탄성을 뱉었던가. 덧붙여 기본소득이 어떻게 가능한지 그 이념적 배경을 알고 나서는 우리에게 왜 기본소득이 필요한지 깨닫게 되었다.

그때는 내가 노동운동의 흐름에 대해 본능적으로 고개를 가로젓고 있을 즈음이었다. 노동운동이 뭔가 핵심적인 것을 망각하고 있는 것은 아닌가 하는 막연한 느낌을 가지기 시작했던 것이다. 나는 개인적으로 노동운동에 크게 참여한 적은 없으나 내가 임금노동자라는 실존적 상태를 잊어본 적은 없었다. 내가 짧게 경험한 노동조합은 현실 정치의 축소판이었지만 노동조합이 고상한 도덕주의를 견지해야 한다고는 생각하지 않는다.

그러나 노동운동에 습관처럼 배어 있는 언어들, 상상력들, 싸움의 양식들은 예민한 나를 지치게 하기에는 충분했다. 물론 모든 것을 노동운동의 책임으로 물을 수는 없다. 최소한 이 나라의 자본가나 정치 엘리트들은 최소한의 시민적 양식도 가지지 못했으니 그들과 싸워야 하는 노동조합의 처지는 불 보듯 뻔한 일이다. 니체가 그랬던가. 괴물과 싸우는 사람은 그 과정에서 괴물이 되지 않게 조심해야 된다고. 니체의 금언이 아니더라도 우리는 그것을 일상에서 무수히 경험하며 산다.

아무튼 나중에 깨달은 것이지만, 노예노동은 철폐되어야 한다는 무의식이 아주 오랫동안 나를 붙잡아 두고 있었던 것 같다. 그래서 기본소득을 실시하면 노예노동이 사라질 수 있다는 단 한 마디에 기본소득을 앙망하는 쪽으로 자리를 옮긴 것이다. 물론 여기서 노예노동을 없애는 방식이 꼭 기본소득만이라고 주장하는 것은 아니다.

하나의 상상력으로서, 그리고 불가능하지만도 않은 정치적 의제로서 기본소득은 인상적이었고, 덧붙여 그것이 현실에 접목하기가 아예 가당찮은 형이상학적인 문제도 아니라는 점은 명확해 보였다.

노동자들의 그치지 않는 투쟁을 지지하고 그것에 연대하는 일이 얼마만큼 필요하고 중요한지는 잘 알지만, 그 모든 활동들이 어떤 의미를 갖고 어떤 가치를 지향하는지 묻는 일도 동시에 이루어져야 한다고 나는 생각한다. 딴에는 물음 없는 투쟁이야말로 언젠가는 우리를 니힐리즘에 이르게 할 것이라고 줄곧 우려해 왔다. 이를테면, 정리해고/비정규 노동자 투쟁은 우리에게 어떤 의미를 생산하는가? 그것은 우리의 삶에 어떤 인식을 제공하는가? 모두 정규직 노동자가 되고 나면 그 다음에 노동운동은 무엇을 주창할 것인가?

나는 이런 물음들이 투쟁의 동력을 깎아 먹거나 투쟁의 의미를 퇴색시킨다고 믿지 않는다. 정작 문제는 물음 없는 투쟁이고, 도그마화된 이념들이다.

임금노동은 지속되지 않는다

미루고 미루다 얼마 전에 읽은 앙드레 고르의 『프롤레타리아여 안녕』이란 책에는 나의 이런 고민에 대한 통찰을 제공하는 인식이 적잖았다. 무엇보다도 현재 노동운동이나 전통 좌파들이 가지고 있는 노동에 대한 옹호나 숭배, 혹은 '노동 중심성' 같은 가치들은 무엇보다 먼저 우리가 따져 물어야 할 것들이었다. "노동은 무엇인가" 투의 탈역사적인 질문은 잠시 접어두기로 하자. 이 글에서 말하는 노동은 지금 바로 여기에서 펼쳐지고 있는 자본주의 노예노동을 가리킨다.

앙드레 고르는 서문에서부터 작심한 듯 전통 좌파들의 주장을 조목조목 따져 묻는다. 이런 식이다. "자본주의의 생산력은 자본주의의 논리와 필요와 관련해서만 발전한다. 이 발전은 사회주의의 물적 토대를 만들어내지 못할 뿐 아니라, 나아가 사회주의가 생겨나는 데 장애가 된다. 자본주의가 발전시킨 생산력에는 자본주의의 본성이 너무 깊이 각인되어, 그 생산력은 사회주의적 합리성에 따라 경영될 수도, 작동될 수도 없다." 사실 이 주장은 전통 좌파의 주장들보다 오늘날 훨씬 더 유물론적이다. 자본주의 양식이 만들어낸 생산물이 사회주의적 속성을 가질 수 있다는 것은 이미 실패한 예측이 되었다.

오늘날의 상황을 제대로 인식하기 위해서는, 일단 오늘의 현상에 먼저 솔직할 필요가 있다. 앙드레 고르의 책에서 특히 인상적이었던 것은 노동이, 즉 일자리가 계속 생성될 것이라는 착각, 다른 말로 하면 전혀 이성적이지 않은 표상적 인식에 대한 비판적 접근이었다. 그 방면의 연구자가 아니라는 점을 들어 이 자리에서 빠져 나가고 싶은 마음이 없지 않지만, 우리가 언론에서 늘 접하는 부족한 일자리 문제는 단지 다른 정부가 들어서거나 자본을 굴복시켜서 해결되는 일은 아니다.

우리가 자본에게 요구해야 할 것은, 궁극적으로 생산양식을 사회화하는 것이지 자본에게 일자리를 늘리라는 것은 아니다. 부는 축적할 대상이 아니라 사회의 구성원이 공유해야 할 것이라는 인식 자체가 이미 일자리 문제와 그 본성이 다른 것은 아닐까. 국가나 자본에게 일자리를 늘리라는 요구 자체는 그러니까 이미 낡은 것에 다름 아니다. 국가는 부르주아의 집행위원회라고 갈파한 사람은 마르크스였다. 대통령이 당선되고 나면 재벌들을 청와대로 불러 달래고 어르는 풍경이 벌어지는 것은 그 생생한 예다.

일자리를 늘리라는 요구는 결국 경제를 성장시키라는 것과 본질적으로 하등 차이가 없다. 이에 대해 앙드레 고르는 신랄하게 비판하고 있다. "물건들이 부서지고, 기능성을 잃고, 유행이 지나가고, 폐기되는 속도가 빠를수록 국내총생산은 증가하고, 정부의 회계사들은 우리는 부자라고 선전하게 된다. 약과 의료서비스 소비가 증가하는 한에서는, 심지어 육체적 상처와 병조차도 부의 증가의 원천으로 간주된다." 쓰레기를 생산하는 '계획된 진부화'와 노동자의 삶과 영혼을 파괴시키는 비용까지 모두 포함한 것이 바로 경제성장의 본질이다. 지금 노동운동 진영이 여기까지 사고하고 있는지는 심히 의심스럽다.

노동이 신성시되고 가치를 가지려면, 그 노동이 개별 삶과 개별 삶의 연합체인 사회를 아름답게 하거나 풍요로운 충만으로 바꿀 때일 뿐이다. 아주 오래전에 읽은 책에서 엥겔스는 노동이 인간의 진화에 그토록 이로운 행위였다고 역사 이전의 시대를 추적한 후 쓴적이 있었다. 그러나 엥겔스가 말한 그 노동은 지금의 자본주의 노동과는 다른 노동이었다. 단순하게 생존에 필요한 일자리를 늘리는것, 즉 지속가능한 임금노동을 보장하고, 사라지는 임금노동을 대체해 새로운 임금노동을 만드는 일이 엥겔스가 말한 노동인지는 잘모르겠다. 물론, 내 기억으로, 엥겔스의 텍스트는 노동 자체를 찬양하기 위해 씌어진 것이었다.

농민에게 기본소득을 우선적으로 지급하자

『녹색평론』 2015년 3-4월호에서 『한겨레21』 이문영 기자는 현재농촌에서 벌어지고 있는 이주노동자의 노동 실태를 보고하고 있다. 모두가 떠나버린 농촌에서 농업노동은 이주노동자들에게 상당수의존하고 있는데, 그 상황이 비인간적이고 그렇게 생산된 먹을거리를 우리가 소비하고 있다는 내용이다. 대한민국 근대 경제가 농촌과농업의 궤멸적인 파괴 위에서 성장한 것임을 인정한다면, 오늘날 농촌의 상황이 어떠한지에 대한 구체적인 데이터를 제시하는 것 자체가 무의미한 노릇이다. 농업마저 자본주의 경제체제의 하위 요소로 복속된 마당이니 다시 말하는 것 자체가 의미 없다는 말이다.

현재 말도 많고 탈도 많은 평창동계올림픽에 투여되는 국가예산이 13조 원으로 보도되고 있다. 여기에다 올림픽이 끝나고 난 뒤에 시설을 관리 혹은 유지하는 데 필요한 비용, 그것들을 짓는다고 파괴된 자연이며 기타 등등을 보수하고 관리하는 데 들어가는 비용을 계산하면 도대체가 그것 자체가 내 아둔한 머리로는 계산이 되지 않는다. 정부 관료나 정치가들이 지겹도록 되풀이하는 말로, 동계 체육시설을 잘 활용하면 그 비용을 벌충할 수 있다고는 하지만, 그리고 그를 통해서 허울 좋은 경제지표는 나아질지 모르겠으나, 그러한 레저산업이 불임의 경제성장인 것은 두말할 필요도 없을 것이다.

4대강 사업에 투입된 돈이나 요즘 정치권에 핵폭탄에 버금가는 후폭풍을 안겨준 해외자원개발에 들어간 헛돈은 잠시 제쳐 두고라도, 평창올림픽에 들어가는 비용 13조 원은 2013년 농촌 인구 930만 명을 기준으로 기본소득을 실시하면 1인당 약 140만 원에 해당하는 기본소득을 3년간 지급할 수 있다. (이 계산은 내가 재미 삼아 한번 해본 것이니 정밀하다고는 자신할 수 없다.) 거기다 현재 농가당 지원되는 몇 가지 지원제도를 수선해 활용하면 농민에게 기본소득을 지급하는 것은 당장 시행해도 불가능하지 않다.

만일, 140만 원이 아니라 70~80만 원 정도라도 농민에게 기본소득이 지급된다면 농촌의 환경은 적잖이 변할 가능성이 높다. 사실 현재 농민들은 생활에 필요한 돈을 벌기 위해 환금성 작물에 매달려 있고, 또 그것 때문에 빚더미가 쌓이고 있다는 사실은 여기저기에서 보고되고 있다. 농민에게 기본소득이 지급된다면 작물의 다양성은 눈에 띄게 나아질 것이다. 이것은 도시에 사는 우리 같은 산업적 존재들은 가늠할 수 없는 농민만의 감수성을 아직 믿기 때문에 상상하는 것이다.

생활하는 터전이 어디냐에 따라 사람의 내면은 미세하게 또는 아주 많은 면에서 다르다. 소비와 향락에 물들어 있는 도시 인간의 눈으로 대지와 자연에 속한 농민을 폄훼하는 것은 정당하지 않다. 이 말이 낭만적으로 들릴지 모르겠으나, 앞에서 말했듯, 오늘날 돈벌이에 치중하는 현상을 농촌에 불러온 것은 바로 도시와 산업문명이 강제한 결과였다. 이 점을 접어둔 채 농민의 타락상을 문제 삼는 것은, 예를 들면 선진 자본주의 국가들이 지구온난화의 책임 일부를 개발도상국의 이산화탄소 배출에 뒤집어씌우는 것만큼 도덕적으로 정당하지 않다.

아무튼 내가 이런 거칠고 돌발적인 제안을 하는 것은 농촌과 농업에 대한 향수에 젖어서만은 아니다. 앞에서 말했듯이 지속가능한 임금노동이 가능하냐는 문제의식이 첫 번째이고, 이와 더불어 만일 일자리의 질이 누구나 기피하는 노동이거나 저임금의 기계적인 노동이라면 이즈음에서 일자리 자체에 대한 근본적인 인식의 전환을 필요로 하기 때문이다. 덧붙여, 갈수록 심각해지는 토양의 파괴와 이로 인한 먹을거리의 질적 저하는, 그것의 근본적인 원인에 칼을 대지 않고는 변화가 불가능하다는 생각에서이다. 농업마저 자본주의 상품경제 체제로 강제로 편입되면서 유전자조작 농산물을 위시한 온갖 것들이 밀려들어오고 있는 현실을 헤아려 보면 이해하기가 더 쉬울 것이다.

농민에게 기본소득을 지급하는 일이 곧바로 농업을 자본주의 상품 시장에서 이탈하게 하는 일인지는 잘 모르겠다. 하지만 어떠한 근본적인 변화도 어느 날 갑자기 벼락처럼 이루어지는 법은 없다. 그 생각이야말로 물질적 세계를 도외시한 관념론에 불과하다. 체제의 변화가 단 한 번의 혁명으로 바뀌리라는 것이 미망인 것처럼. 할 수 있고, 해야만 하는 실천의 지속이 작은 변화들을 누적시킬 것이고 그 누적된 변화가 질적인 변화를 가져온다는 명제는 아직도 타당해 보인다.

만일 농업(이쯤에서는 농사라는 말을 쓰고 싶지만)에 종사하는 인구가 늘어나고 건강한 먹을거리를 생산할 수 있는 기본적 토대가 마련된다면, 우리는 지금보다 나은 정신적·문화적 풍요를 누릴 수 있을지 모른다. 시쳇말로 우리를 생존하게 해주는 것은 좋은 먹을거리와 물, 그리고 공기가 전부라고 해도 과언이 아니다. 나머지는 막말로 없어도 되는 물건들이거나 한낱 쓰레기에 지나지 않는다. 결국 농업이라는 사회의 물적 토대가 단단해지지 않는 한 우리 사회는 사상 누각일 뿐이다.

이쯤에서 해야 할 말이 있는데, 만일 농민에게 기본소득이 지급된다면, 도시에서 갈 길을 잃은 예비노동자들 혹은 공장에서 추방당한 노동자들이 아직은 살아 있는 고향으로 대거 유턴하지 않는다는 보장은 없다. 도시에서의 임금노동자 생활은 우리에게 심각한 내면의 분열을 야기한다. 그것은 자본주의 경제구조하에서는 당연한 노릇이다. 실제로 임금노동의 의미는 생존을 위한 것 이상은 거의 없다고 봐도 무방하다. 그런데 생존을 위한 노동이 노동자 자신에게 아무런 기쁨과 윤리적 정당성을 선사하지 않는다면 어떻게 되는 걸까. 거기다 물질적 보상마저 미미한 저임금 장시간 노동이라면?

이는 노동의 가치 이전에 노동의 의미를 다시 물어야 하는 철학적 질문이기도 하다. 이제 우리의 삶은 생명노동으로 전환해야 하는 시급한 시기에 이르렀다고 나는 본다.

기본소득과 노동운동

항간에는 농민에게 기본소득을 먼저 주자는 주장에 대해서 불평등의 문제로 보는 경향이 있는 것 같다. 표면적으로는 정당성이 있어 보인다. 하지만 기본소득이 조금 더 구체적이고 미래지향적인 정책적 제언으로 제출될 때는 우리 사회가 향후 어떤 모습으로 변해가야 하는가 하는, 보다 근원적인 고민과 병행되어야 한다. 농민에게 기본소득을 주자는 주장은 단순히 농업국가를 지향하자는 데 그 목적이 있지 않다. 무엇보다도 지속가능하지 않은 일자리와, 허울만 좋은 경제구조를 혁신하는 일에 생명노동으로서의 농업 외에 다른 대안이 있는가 하는 물음도 포함되어 있다.

주위를 잠시만 둘러봐도 우리의 노동은 지금 심각하게 퇴행적인 과정을 보이고 있다. 물론 임금노동의 가치와 사회적 인식의 변화를 위한 노동운동의 투쟁은 당연히 필요하고 멈추어서도 안 된다. 하지만 마치 노동의 가치와 의미를 묻는 과제가 노동운동에게만 있다고 보는 견해에는 우려스러운 점이 없지 않다. 앙드레 고르는 앞의 책에서 사회적 노동(임금노동)의 축소와 자율노동의 점진적 확대를 주장했지만, 그것을 위해서라도 노동운동의 투쟁은 지지받아야 한다.

그러나 앙드레 고르가 말한 자율노동은 생명노동으로서 농업은 고려되고 있지 않은 듯하다. 자율노동이 확대된다는 것은 개인적 차원에서도 필요한 일이지만, 사회적 차원에서도 임금노동에 투여되는 에너지를 줄일 수 있는 방안이 고안되어야 한다. 궁극적으로는 앙드레 고르가 말한 것처럼 "최저근본생계비"가 지급되기 위해서라도, 임금노동이 아니라도 생존이 가능한 사회 구성원의 층을 다양하게 하는 것이 필요하다.

여기에서 노동자와 농민의 대립 또는 적대적 관계를 염려하는 일은 고루한 발상일 뿐이다. 내가 말하고 싶은 것은 자율노동/생명노동을 확대해 가는 싸움과 임금노동의 가치를 향상시키는 싸움이 동시에 진행되어야 한다는 것이다. 그 일환으로 농민에게 기본소득을 우선적으로 지급하고 임금노동자 일부를 농업에 종사케 할 물적 토대를 구축한다면, 임금노동이 차지하는 사회적 영역은 줄어드는 대신 그만큼 자율적인 삶의 가능성이 높아질 수 있다.

기본소득을 말하면 언제나 대두되는 문제가 재원에 관한 문제인데, 그것에 대한 보다 나은 정책적 제언들은 내 역량도 아니기에 생략하겠지만, 한 가지 말하고 싶은 것은, 우리가 국가나 자본에게 뭔가를 요구할 때 우리에게 공개되지 않은 국가나 자본의 내부 사정에 두려움을 미리 가질 필요는 없다는 점이다. 감히 말하건대, 대한민국은, 어떤 형태의 기본소득이든 시행할 수 있는 재원도 그리고 시스템도 충분하다. 그래서 기본소득 시행에서 중요한 것은 바로 상상력과 투쟁이 된다. 일단의 기본소득론자들이 기본소득을 행정의 개선으로 가능한 것처럼 지금껏 말해 왔던 것은 오해의 소지가 충분했다. 그리고 만일 기본소득이 그렇게 가능하다고 생각했다면 그것은 환상에 지나지 않는다고 말할 수 있다.

기본소득은 분명히 계급투쟁적 속성을 어쩔 수 없이 가질 수밖에 없으며 대한민국의 경제구조를 혁명적으로 (단순한 소득분배 차원이 아니라) 재편성하는 일이 될 수 있다. 지금까지의 전통적 좌파들이 주장했던 '노동 중심성' 대신 사회구조 전체를 염두에 두는 계급투쟁일 수밖에 없다는 점에서 그렇다. 그러나 '노동 중심성'의 비판적 검토 때문에 노동조합이 기본소득에 찬성하지 않는 것은 아닌 것 같다. 거꾸로 기본소득을 우파적 발상이라고 보는 일면적 인식이든

가 기본소득으로 인한 노동가치에 대한 부정으로 나타나는 것이 두려운 것인지도 모른다. 그것도 아니라면 대기업 노동자들이 중심이 된 일종의 보수적인 심리 때문인가?

그러니 기본소득을 농민에게 먼저 지급하자는 주장 역시 많은 오해를 받는 것이다. 그래서 기본소득이 혁명적 상황을 향해 발사되는 방아쇠가 될 수 있다는 상상을 사람들은 미처 하지 못하는 것 같다. 『녹색평론』 발행인 김종철이 주장했듯이, 대한민국은 새정치 따위로는 어림없다. 혁명적 정치를 해도 부족한 판국이 이미 되어버렸고 그 구조가 어느새 고착화되어 버렸기 때문이다. 계급사회로 굳어져 가는 마당에 노동자계급적 관점만 강조하면 할수록 진짜 무산자들은 점점 더 소외되어 가는 역설적인 현상이 벌어질지도 모른다.

미래를 현실화시키자!

미래를 상상하는 일이 현재로부터 도피하기 위한 당의정이 되어서는 물론 안 된다. 그리고 또 실천적 함의가 빠진 '준비론'이 되어서도 안 된다. 미래를 상상하는 일은 곧 현재와의 싸움을 통해서만 존재해야 한다. 이 상상력이 과연 우리에게 무엇을 선물할지에 대한 토론은 있을 수 있겠지만, 미래를 현재에 잠재된 세계라고 인식하지 못하고 현재 다음에 오는 단계론적 입장으로 보는 것도 또한 현재를 회피하는 다른 모습에 다름 아니다. 그러므로 기본소득은, 특히나 농민에게 먼저 배당하는 기본소득은 의외의 결과를 가져올 수도 있다.

광범위한 탈수도권화를 촉발시킬 전기가 되어 보수 정치인들이 자주 입에 담고 하는 '균등 발전'이 실제로 진행될 수도 있고, 지방 정부가 산업화를 통한 방법 말고 지역별 특색을 고려한 지속가능성을 위한 프로그램을 마련할 수 있는 토대가 될 수도 있다. 대한민국의 경제발전이 농촌을 파괴한 기반 위에서 가능했다는 것은 주지의 사실이다. 새마을운동이라는 '울타리 치기 운동'을 통한 값싼 노동력의 보급을 이제 역으로 되돌리는 상상력은 전혀 엉뚱하거나 시대착오적이지 않다.

반대로 그것은 시대적인 깊은 절망을 인식한 바탕 위에서 나타날 수 있는 정치적 불온성에 가깝다. 설령 일단의 좌파에서부터 우파에 이르기까지 기본소득론자들이 걸쳐 있다 하더라도, 그러한 이유 때문에 폐기해야 할 의제는 아니다. (좌파에서부터 우파에까지 걸쳐 있기는 노동자계급도 마찬가지이다.) 이미 노무현 정부 시절에 대통령 스스로가 앞으로의 일거리는 서비스업이 주로 담당할 수밖에 없다고 말한 적이 있었다. 그 서비스업이라는 것이 물자를 소비하고 버리는, 한마디로 쓰레기를 생산하는 과정인 것은 두말할 필요도 없다. 서비스란 물자의 전달과 분배를 위해 필요한 최소한의 것이지 하나의 산업으로 변질, 성장해야 할 것은 아닌 것이다. 예컨대 그 서비스업의 극단적인 형태인 금융산업을 보라!

　물론 이윤 추구의 극단적인 경향이 꼭 금융업 같은 서비스업에만 있는 것은 아니다. 공공재를 비롯해서 생존에 필수적인 모든 것이 이윤 추구의 수단이 된 게 오래전 일이다. 아직도 우리에게 말로 하기 힘든 고통을 주는 세월호 참사는 그 생생한 사례가 아니었던가! 이러한 흐름에 대한 가장 강력한 저항은 '멈추라'는 구호를 넘어 다른 생명적 가치를 계발하고 공유하는 일이다. 그것의 효과들이 점점이 퍼져 나갈 때, 우리의 감수성과 내면은 변화될 수밖에 없다. '정지' 이후, 경제 '성장' 이후의 모습을 운동적 차원에서 제시해 주는 것, 부재하는 것처럼 보이는 시간이 현존하고 있음을 보여주는 것, 이것이 내가 농민에게 기본소득을 우선적으로 지급하자고 생뚱맞게 주장하는 진짜 이유이다.

메르스 사태가
우리에게 가르친 것

　지난번 메르스 사태 때 내게 가장 의미심장했던 에피소드는, 삼성서울병원 감염내과 과장이란 사람의 국회 답변 내용, 아니 답변 자세였다. 그는 메르스가 확산되는 데 대한 삼성서울병원 측의 이해 못할 대응을 지적하는 박혜자 의원의 질의에 "우리 병원이 아니라 국가가 뚫린 것"이라고 답변했다. 재차 물어도 그는 "병원의 잘못이 없었다"고 대답했다.

　물론 추후 여론은 좋지 않았다. 흥미로운 것은 그의 당당함이었는데, 과연 그것이 의사라는 전문가적 소명의식 속에서 나온 것이었는지는 의견이 엇갈릴 수도 있을 것이다. 그러나 그뿐만이 아니었다. 그 일이 있기 전에 박원순 서울시장이 메르스에 감염된 삼성서울병원 의사가 다중이 모인 장소의 회합에 참석했다고 발표하자 해당 의사는 박원순 시장에게 정치적인 신경질을 부리기도 했다.

여론은 삼성의 오만을 질타했지만 병원 잘못이 아니라 국가의 잘못이라는 감염내과 과장의 발언은 사실 여러 겹의 의미를 포함하고 있다고 나는 생각했다. 그 중요도나 우선순위와 상관없이 그것을 꼽아보자면, 첫째로는 이미 대한민국의 의료체계는 자본의 손아귀에 장악돼 있다는 점이다. 먼저 삼성서울병원이 2차 감염지의 구심점으로 떠올랐음에도 정부가 전혀 손을 쓰지 않은 점을 구체적인 예로 우리는 들 수 있다. 또 국립중앙의료원을 메르스 거점병원으로 정부가 뒤늦게 지정하자 무슨 일이 일어났던가?

다른 질환으로 입원해서 치료를 받던 저소득층 환자들이 다른 병원으로 거의 쫓겨나다시피 했다는 사실도 우리는 떠올려야 한다. 정부는 삼성서울병원에 별도의 조치를 취하지 않음으로써 삼성서울병원의 이윤은 애써 지키려고 했으나 반대로 '국립'병원을 이용하는 가난한 '국민'을 아무 대책도 없이 방치하다시피 했다. 가난한 '국민'은 자본의 이윤 축적을 위해서는 사전이든 사후든 고려 대상이 결코 될 수 없다는 이만한 상징이 또 있을까 싶다.

두 번째로는 의료자본(에 종사하는 사람)의 입으로 국가의료체계가 조롱당한 점이다. 이는 이미 우리가 느끼고 있는 것과는 상당히 다르게 병·의원의 시장화가 진행되었다는 점을 뜻하기도 한다. 단순히 일개 대형병원 과장의 생각이라고만 치부할 수 없는 맥락이 있다는 것이다. 그것은 그동안 메르스가 확산되는 데 있어서 공공의료 체계가 전혀 손을 쓰지 못한 저간의 사정과 연결시켜 봤을 때 조금 더 명확해진다.

언론은 골든타임을 놓친 정부의 무능을 탓했지만, 사실은 정부의 무능도 무능이거니와 이미 무능할 수밖에 없는 구조적 조건이 갖추어져 있었다고 봐야 맞을 것이다. 그런데 이런 광경은 작년 봄 맹골수로에서 벌어진 엄청난 일 앞에서 해경이 언딘이라는 일개 구조업체에게 절절매던 모습과 겹치지 않는가?

세 번째로는 긴급한 의료사태가 벌어지고 사태 수습이 엉망이 될 때는 그 원인을 의료자본에 돌려서는 안 된다는, 그러니까 대형병원 의사의 입에서 원치 않게 발설된 '리얼리즘의 승리'이다. 다시 말하면 그러한 대형병원들은 사회의 긴급한 의료사태에 아무런 책임을 지지 않아도 무방하다는 고백이기도 하다는 것이다. 왜냐면 의료자본의 목적은 오로지 이윤의 축적에 있으니까. (여기서 몇 해 전 삼성그룹 이건희 회장이 삼성의 미래 성장동력은 생명산업이라고 말한 적이 있음이 생각난다.)

누구나 아는 사실이긴 하지만 우리나라의 의료체계는 3단계의 의료기관으로 이루어져 있다. 우리가 아는 동네의 의원이나 보건소가 1차 의료기관이다. 여기에서 진단받은 질환에 따라 2차, 3차 의료기관에서 진료를 받을 수 있다. 우리는 대부분 1차 의료기관으로 개인병원을 찾으며 2차, 3차로 올라갈수록 병원의 사이즈와 그에 대한 의존도는 비례한다. 혹자들은 병·의원이 민영이긴 하지만 건강보험이라는 공공시스템이 있으니 의료의 공공성은 보장되는 것 아니냐고 말할 수 있겠다. 그런데 그것은 국가에서 관리 가능한 질병에 대해서만, 그것도 한정적으로 그렇다는 게 이번 메르스 사태로 밝혀졌다.

지금은 양태가 많이 달라졌지만 예전에는 지역의 보건상태에 따라 전염병을 앓곤 했다. 그런데 최근에는 사스나 홍콩독감, 메르스처럼 국외에서, 그러니까 토속적이지 않은 바이러스가 유입되는 형국으로 바뀐 듯하다. 내가 감히 그 분야에 대해서 언급하는 것은 적절치 않겠지만, 생명체의 접촉을 통해 바이러스의 흐름도 함께 한다는 것은 이제 기본적인 상식에 속하는 일이다.

특히 토양이나 생활습관의 차이 정도가 다르면 다를수록 혹은 종의 차이를 뛰어넘는 바이러스일수록 부정적인 사태를 초래할 가능성은 높다. 이종감염 같은 경우는 인간의 몸이 아무런 대비를 못 한 상태이기 때문에 더 그럴 것이다. 이번 메르스 사태를 맞은 정부나 의료기관들이 갈팡질팡했던 것에는 이런 점도 한몫 거들었을 게 분명하다.

바이러스나 세균이 인류사에 끼친 영향은 지대하다고 할 수 있다. 인간의 역사가 취급하지 않아서 그렇지 생명체의 변이에 바이러스나 세균의 간섭, 즉 인류와 그것들 간의 유기적 결합관계가 크게 작용했다는 과학적 연구 성과도 있는 것을 보면 우리가 겪는 이러한 사태도 그러한 과정 중 하나일 것이다. 물론 이러한 사태는 당대의 삶을 크게 위협한다. 일부 진화학자들은 바이러스나 세균이 종적 차이를 가로지르는 매개가 되기도 했다고 지적한다. 그 오래된 일례로 우리의 세포질 안에 있는 미토콘드리아를 들 수 있다.

물론 하나의 개체를 파괴하는 관계는 나쁜 것이지만 따지고 보면 당대의 삶은 기나긴 생명의 역사에서는 아주 짧은 찰나에 불과한 것이다. 이러한 인식은 바이러스나 세균으로 인한 질병을 허무주의적으로 받아들이게만 하지는 않는다. 도리어 이성적 대처를 가능케도 한다. 이번 메르스 사태 때 내가 본 것은 이성이 사라진 공포의 맨얼굴이었다.

스피노자는 『에티카』에서 "공포의 정서는 인식의 결핍과 정신의 무능력을 지시한다"고 말한 바 있다. 또 "우리들이 이성의 지도에 따라 생활하기를 애쓰면 애쓸수록 (…) 공포에서 우리 자신을 해방하도록 (…) 더욱더 노력한다"고 썼다.(제4부 「인간의 예속 또는 정서의 힘에 대하여」 정리 47의 주석)

그런데 이성의 실종은 국가나 공동체의 책임 방기가 불러오기도 한다. 왜냐하면 국가라는 문명장치는 인간이 홀로 자연 상태에 맞설 수 없는 한계를 나름 넘어서기 위한 고육책이기도 하기 때문이다. 즉 개체의 능력끼리 연합함으로써 그 능력을 극대화시키려고 우리는 국가든 공동체든 이룬다. 이 지점에서 국가의 보호가 나태와 권태를 가져오기도 한다는 주장은 대한민국에서는 경험한 바가 아직 없는 관계로 진지하게 거론하기에는 조금 민망한 점이 있다.

아무튼 국민을 보호해야 하는 국가의 기능은 추상적인 이데올로기의 문제가 아니라 상식적인 공동체의 원리이며, 국민이 국가라는 일종의 공동체에 참여하는 실존적인 이유이기도 하다. 그런데 대한민국의 역사는 국가가 책임과 의무를 방기한 역사에 다름 아니었다. 국가가 행해야 할 책임과 의무는 곧바로 사회의 최소단위인 가정에게 전가되었고, 가정의 가장은 자신의 가족을 보호, 부양하기 위해 노예적인 삶을 살아 왔던 것이다.

그러한 사태의 지속 앞에서 개인이 이성적이길 바라는 것은 나무에서 물고기를 구하는 것과 별반 다르지 않은 일이다. 현실 속에서 국가는 국민을 억압하고 착취하기 좋은 제도를 만들어 왔지만, 기실 우리가 국가를 이루고 국민으로 참여한다는 것은 바로 이러한 암묵적인 합의를 바탕으로 하는 것이었다.

이미 고인이 된 베네수엘라 전 대통령 우고 차베스가 베네수엘라 의료정책을 혁신한 인물인 것은 의외로 잘 알려지지 않은 사실이다. 그는 우방인 쿠바의 도움을 받아 "마을 안으로"라는 뜻을 가진 바리오 아덴트로 사업을 단행했다. 베네수엘라에서 '바리오'bario는 가난한 사람들이나 노동자계급이 모여 사는 마을을 부르는 말이다. 처음에 베네수엘라 혁명정부는 의사들에게 이 사업에 자발적 참여를 요청했다. 하지만 그에 대한 응답은 매우 미미하여 50명만 참여하겠다고 했으나 실제로 참여한 의사는 29명밖에 되지 않았다. 이에 베네수엘라 정부는 쿠바 의사들의 도움을 받아 바리오 아덴트로 사업에 착수하게 된다.

마을 단위로 '마을건강위원회'를 꾸려 1,500명에서 2,000명이 거주하는 마을마다 의사 10~20명을 배치했다. 마을건강위원회는 자발적으로 의사들에게 생활에 필요한 환경을 제공했고 바리오 아덴트로 사업은 점점 더 확장되고 개선되었다. 거기에다 쿠바 아바나에 있는 라틴아메리카 의과대학에 유학 보냈던 의학도들이 졸업 후 자발적으로 귀환해 자원봉사단체를 결의하면서 그 사업은 한 단계 도약하게 된다. 여기서 흥미로운 사실은 그들의 열정과 결의를 밑천 삼아 베네수엘라 정부는 "담장 없는 대학교"의 일종인 '지역 통합 의학교'라는 개념을 도입한 점이다.

이 지역 통합 의학교에서는 쿠바 의료진의 도움을 받아 이론과 임상 실습을 병행했는데 특징적인 것은 지역에 기반한 의료교육이 시행되었다는 점이다. 이것은 쿠바의 의료교육 시스템을 넘어서는 것이라고 평가받았으며, 도리어 교수진인 쿠바 의사들이 베네수엘라의 지역 통합 의료교육에 부응하기 위해 자신들의 능력을 더 갱신하지 않을 수 없었다고 한다. 이것은 의외의 창조적인 결과였다. 국제적으로 뛰어난 쿠바 의사들은 교육자로서의 역량도 추가하게 된 것이다.

　지역 통합 의학교를 가능케 한 기본 구상인 미션 수크레, 즉 담장 없는 대학교에서 가장 인상적이었던 것은 지역의 우수한 인재들이 의학을 공부하기 위해 수도인 카라카스에 갈 이유가 사라진 것도 있지만 학생들이 연구 주제로 삼는 문제 중에는 지역사회의 보건의료와 관계된 게 적잖았다는 것이다(자세한 것은 검둥소에서 펴낸 『세상을 뒤집는 의사들』 참조).

　오늘날 대한민국의 보건 상황이 토속적 질병보다 문명적 질병이나 국외에서 유입되는 바이러스 혹은 세균에 의한 형국으로 바뀐 듯한 것도 사실이지만, 의료지식이 없는 내가 보기에는 그러한 지역 기반 의료시스템은 외부 질병의 차단효과도 가져오지 않을까 싶다. 사실 이 이상의 언급은 내 개인의 역량을 훌쩍 뛰어넘는 일이니 더이상 자세한 언급은 자제해야겠지만 지역적 특색에 맞는 공공의료시스템의 구축은 글로벌한 환경에 대한 어떤 방어벽 기능을 할 수 있는 것은 아닐까?

　예컨대 이번 메르스 사태는 지역적 방어벽이 무너진 결과에서 비롯된 측면도 크다. 최초 감염자는 2차 의료기관으로 가서 바이러스를 퍼뜨렸고 다시 다른 감염자는 3차 의료기관으로 가서 감염 속도를 배가시켰다. 지역을 기반으로 한 의료체계의 붕괴는, 그것이 꼭 의료체계뿐만이 아니라 사회문화 전체적으로 비정상적인 집중화를 초래한다. 그리고 그만큼 우리는 허약해진다.

비유를 들자면 일종의 센터가 무너지니까 집단적인 아노미 상태가 발생한 것으로 내게는 보였다. 그런데 이 센터, 즉 중앙으로 동일화하려는/시키려는 욕망은 국가나 자본의 속성과 정확히 일치한다. 따라서 '세계는 하나'라는 중앙집중화에 대한 역발상인 지역적 특색의 강화는 공공의료 정책에서도 필요한 듯 보인다. 베네수엘라가 차베스 사후 바리오 아덴트로 사업을 얼마나 심화시켰는지에 대해서는 잘 모른다. 여기서 우리가 배워야 할 것은 그 '모델'이 아니라 혁신을 택한 그들의 의지와 이성이다.

베네수엘라 의료개혁정책의 특징은 의과대학이 대도시에 몰리지 않고 각 지역에 산재해 있었다는 점이다. 여기서 혹자들은 베네수엘라에서 발생하는 질병의 특징이나 베네수엘라 의료기기의 수준을 지적하며 대한민국 대형병원의 그것과 비교할지도 모르겠다. 이번 메르스 사태 때도 대한민국의 의료 수준 운운하는 기사를 읽은 적이 있다. 당연히 나도 베네수엘라 의료기기의 수준을 알지 못한다.

그러나 의료기기의 수준이 의료체계와 임상 실력의 수준을 곧바로 의미하는지도 잘 모르겠지만, 여기서 우리는 과잉 발달된 현대의료기술에 대한 이반 일리치의 통찰을 떠올릴 필요가 있다. 현대의료기술은 인간의 신체를 고통으로부터 완벽히 해방시킬 수 있다는 조작된 신화에 근거해 있으며 자본은 그 신화를 확대 유포시킨다. 그리고 그 결과로 현대의 인간은 현대의료기술이라는 울타리에 갇힌 가축에 지나지 않게 되었다. 그러나 가축은 울타리가 무너지면 뿔뿔이 방황하게 된다.

우리가 이번 메르스 사태를 통해 경험한 것은 국민이 위임한 기능을 국가가 자본에게 팔아치웠다는 사실이며, 삼성서울병원은 이미 사유화된 의료체계를 밑받침 삼아 오만을 부렸던 것이다. 다시 말하면 무능해진 것은 단순히 현정부가 아니라 공공의료체계이며, 심하게 말해 공공의료체계의 부재 상태를 인식하지 못하는 우리 자신이다. 이러한 상태에서 개인에게 이성적인 대처를 요구하는 것은 무리일 수도 있다. 국가가 어서 빨리 이성을 되찾는 게 순서상 맞다.

이성은 기계적 합리성과 알고리즘적 사고를 의미하지 않는다. 그것은 인류의 역사가 겪은 사건과 우리와 상관없어 보이는 실험과 우리의 현실을 종합하는 능력이다. 그리고 그것은 오로지 인간의 속성이기도 하다. 따라서 이성은 물질문명의 진보가 아니라 인간의 위엄을 회복하고 진정으로 풍요로운 삶을 위해서 움직여야 하는 것이다. 그럴 수 있을 때만이, 메르스 사태 속에서 은폐된 미군 부대의 탄저균 반입 문제도 바로 볼 수 있는 것이다.

구럼비를
위하여

아리스토텔레스의 연역논리에 반대해 귀납적 논리학을 내세운 프랜시스 베이컨은 단순한 근세 철학자가 아니다. 그는 강한 정치적 야망을 가지고 있었다. 때로는 성공하기도 했지만 실각도 경험했다. 또 재기를 위해서 그의 재능과 학문을 온전히 내바쳐야 하기도 했다. 그가 생존했던 당시의 정치권력은 공유지를 수탈했고 공유지에서 쫓겨난 민중들을 떠돌이로 만들어 선원, 하인, 성노동자, 신대륙 버지니아의 식민농장을 위한 노역꾼 등이 되게 하였다.

그러한 권력에 베이컨이 헌납한 학문이 어떻게 쓰였는지는 잘 모르겠지만, 최소한 그의 학문의 배경에는 권력과 공모해야만 했던 어두운 그림자가 있었음은 어렵지 않게 추론할 수 있을 것 같다. 물론 이러한 관점은 역사적이지 않고 17세기적 시대 맥락에서 그의 학문에 접근하는 것이 객관적이라는 주장도 있을 수 있다. 하지만 우리가 사는 시대를 성찰하기 위해서 그 연원을 계보학적으로 탐색해 가는 일은 오히려 실천적인 자세라고 할 수 있다.

하여튼 베이컨은 정치적 실각 뒤 재기를 위해「어떤 성전을 다루는 공론」이라는 논문을 집필했는데, 거기서 그는 파멸해야 마땅한 일곱 경우를 든 다음 이렇게 말한다. "비록 훨씬 엄청난 내용으로 부각되어야 하겠지만, 그대로도 그런 것이 거인들과 괴물들 그리고 외방의 압제자들을 절단내고 정복하는 것은 합법적일 뿐 아니라 영예롭고, 심지어 거룩하게 영광스럽다고 인정하는 데에는 모든 민족들과 세기에 걸쳐 일치됨을 분명히 설명해 주기 때문이다. 그리고 다만 이때 그 해방자는 세계의 한쪽 끝에서 다른 쪽으로 강림한다." (『히드라』, 갈무리, 68쪽) 오늘날의 관점으로 보자면 수탈과 식민화를 강하게 주장하고 있는 것이다.

한나라당의 박근혜 씨가 총선 전 제주 강정마을에 건설하려 하고 있는 해군기지에 대한 의견 표명에서 하와이의 예를 들었다고 한다. 언론에 의하면, "하와이 재정수입 중 관광이 24퍼센트, 해군기지로 인한 수익이 20퍼센트를 차지할 정도로 (해군기지가) 하와이 발전에 엄청난 역할을 하고 있다"는 것이다. 진주만에 있는 해군기지로 인해서 하와이가 경제적 도약을 이루었다는 뜻일 것이다, 아마도. 그런데 카일 카지히로라는 하와이의 시민단체 활동가는, 주권국가였던 하와이는 미국의 침략으로 식민화된 섬이며, 원주민을 내쫓고 건설된 군사시설로 인해 환경적으로 심하게 오염되었으며, 2차 대전 중 (일본으로 하여금) 하와이를 주요 표적으로 삼게 했다고 주장하면서 박근혜 씨에게 해군기지 앞바다에서 수영 한번 해 볼 거냐고 조롱하기까지 했다.

카일 카지히로 씨의 말대로라면 박근혜 씨는 (주권국가는 아니지만) 제주도에서 하와이처럼 원주민을 내쫓고, 섬을 오염시키고, 끝내 전쟁의 불구덩이에 밀어넣겠다는 것을 공개적으로 커밍아웃한 꼴이 된다. 물론 진주만에 들어선 해군기지 때문에 원주민들은 난민이 되었다. 관광객을 끌어들이기 위해서 훌라춤을 추는 무희들이 혹 그 원주민들의 후손은 아닌지 모르겠다.

강정마을의 해군기지 건설은 마을주민들과 평화활동가들, 예술인들, 작가들, 야당 정치인들, 일반 시민들의 줄기찬 반대에도 강행되고 있다. 지금도 강정마을을 상징하는 구럼비 바위는 깨어지고 있다. 당장은 지구가 오랫동안 제 몸을 뒤틀어 인간에게 선물한 대자연을 파괴하는 천인공노할 시간이지만, 해군기지가 들어선 이후에는 베이컨 시절 같은 주민의 난민화가 가속될 테고, 정말 상상만으로 그치기를 바라는 비극적인 시간이 도래하지 않는다고 장담하기 힘들지도 모른다.

전문가들이 그렇게도 중국과 미국의 마찰 가능성을 경고했건만, 중국이 제주도를 주요 표적으로 삼지 않는다고 누가 호언할 수 있겠는가. 이미 태평양전쟁 말기에 제주도는 일본과 미국의 일대 격전장이 될 뻔한 적이 있었다. 정욱식을 비롯해서 미국의 석학 노엄 촘스키와 배우 로버트 레드포드가 이미 그것을 지적하지 않았던가. 평화가 군사력을 통해서 지켜진다는 주장은 거짓이다. 여기서 우리는 군부의 기득권과 토건자본의 이익을 위해서 국가는 언제나 거짓을 일삼아왔음을 기억할 필요가 있다.

사실 국가는 절대로 진실을 말하지 않는다. 이게 어쩌면 국가의 속성인지도 모르겠다. 앞에서 예를 든 프랜시스 베이컨은 '버지니아 회사'의 투자자였는데, 이 회사는 아메리카 식민농장을 건설하는 일을 하고 있었다. 17세기 당시 영국에서는 공유지에서 쫓아낸 민중을 아일랜드나 아메리카의 식민농장을 위한 인력으로 사용하였는데, 자신의 터전에서 쫓겨난 민중의 삶이 어떠했는지는 상상하기 어렵지 않다. 빈곤과 노역, 그리고 탈주, 반역의 연속이었다.

산업문명이 오기 전의 자본주의 초기에는 부를 증식시킬 수단이 그리 마땅치 않았는지 어쨌는지는 모르겠지만, 정치권력은 민중을 끊임없이 대지에서 쫓아내 산업노동자로 밀어넣었다. 이것을 수탈과 착취의 맞물림이라고 부르면 어떨까.

산업문명의 도래와 삶의 터전에서 내쫓긴 민중의 급속한 증가는 내밀하게 상호작용했을 가능성이 높다. 만약 이 관계가 원활치 못했다면 가장 큰 위기를 맞는 것은 바로 당대 영국의 지배계급이었을 것이다. 이러한 사회적 급박성이 산업문명을 꽃피운 무의식적 원동력은 아니었을까. (이건 단순히 시인의 상상력이니 여기까지만 해두자.) 아무튼 베이컨의 목적은 정치적 출세였고, 그는 그것을 위해 언제나 진실을 말하지 않는 국가의 속성을 이용했을 수도 있다.

강정마을에 짓고야 말겠다는 해군기지에 대한 대한민국이라는 국가의 거짓말 퍼레이드는 이제는 떠올리기에도 넌덜머리가 나지만, 가만히 이전의 시간을 복기해 보면 그간에 벌인 토건사업들이 늘 이 모양이었다는 것을 발견하게 된다. 멀리 갈 것 있을까. 단군 이래 최대의 간척사업이라는 새만금 사업은 지금 어떻게 되었던가? 4대강을 살린다는 희한한 논리를 앞세운 4대강 사업은 지금 어떻게 되었는가? 이 지독한 거짓말들이 어떻게 민중의 눈과 귀를 멀게 하는지 참으로 벌린 입을 다물지 못할 지경이다. 강정마을 해군기지 사업 또한 얼마나 많은 거짓과 기만을 자행해 왔던가.

동서고금을 막론하고 끊이지 않는 국가의 거짓말을 막을 방도가 지금 당장은 없어 보일지는 모르겠지만, 이 거짓말을 비판하고 폭로하는 도덕적 투쟁은 멈추어지지 않을 것이다. 생각해 보면 국가의 오래된 거짓말은, 국가라는 추상적인 기관이 발하는 언어가 아니라 권력을 향한 인간들의 무의식이 뱉어놓은 것들이 복잡하게 뒤얽힌 집합체일지도 모르겠다. 지금 당장 진보를 표방하는 어느 야당에서도 기가 막힌 일들이 벌어지고 있지 않은가.

강정마을에 대한 관심이 총선 이후로 빠르게 식어가고 있다는 게 서귀포에 사는 지인이 알려준 소식이다. 여기에는 강정마을 자체가 너무 외따로 떨어져 있고, 내왕하기가 그리 편치 않은 것도 하나의 원인일 것이다. 그러나 강정마을에 들어서는 해군기지를 반대한다던 정치인들의 습관화된 언행도 한몫 단단히 했음이 분명하다.

정치가 의회와 정당과 조직에만 있다는 이 근거 없는 환영에서 우리는 언제 빠져나올 수 있을 것인가. 의회와 정당과 조직에 있는 것은 정치가 아니라 권력이다. 그것을 부나비처럼 좇는 저 모습들을 보라. 저 부나비의 몸짓 속에서 지금 구럼비는 천천히 죽어가고 있다. 강정마을 주민들의 삶터는 시시각각 파괴되고 있다. 미국 쇠고기 수입에 대한 관료의 말처럼, 지금 당장 괜찮으니 상관없다는 말인가.

17세기 영국의 예에서 보듯이 공유지에서의 민중의 축출은 수백 년을 면면히 흘러오면서 그치지 않는 수탈과 착취, 전쟁과 파괴, 이산과 난민, 죽음과 절규를 낳았다. 그리고 또한 지금도 진행되고 있다. 저 구럼비가 단순한 바위덩어리가 아닌 까닭이 여기에 있다. 구럼비는 이제 대한민국의 21세기적 수탈의 한 상징이 되었다. 수탈의 방조는 또다른 수탈을, 그리고 착취를 재생산함을 잊어서는 안 된다. 점점 더 다가오는 어떤 파멸을 막기 위해서라도, 파멸로 향하는 속도를 조금이나마 늦추기 위해서라도 우리는 기도와 노래와 투쟁을 멈추지 말아야 한다.

두리반의
계보학

인클로저

    근대 자본주의 문명의 확립에 기초를 제공한 것은 단지 기술혁신을 통한 산업혁명뿐만이 아니었다. 새로운 사회의 구성이 하나의 요소에 의해 좌지우지되는 것처럼 묘사되는 것은 허위다. 이전 사회의 파괴 없이 새로운 사회의 구성은 불가능하지만, 문명의 전환은 실질적으로는 그렇게 급작스런 단절과 이벤트 같은 사건만으로 가능하지 않기 때문이다. 지속적인 생활양식의 변화와 그에 따른 관념의 변화가 뒤따라야 하며, 사물의 본성 자체도 수정이 불가피하다. 본성이라는 것은 고정불변의 것이라 볼 수 없고, 니체 식대로 한다면,

하나의 관점 즉 해석에 지나지 않는다. 그러므로 선험적인 보편타당 자체에 대해서도 달리 생각해 볼 여지는 충분하다.

근대 초기 영국에서 일어났던 인클로저enclosure는 자본주의를 본격적으로 태동시킨 아주 중요한 하나의 축이었다. 인구증가와 산업혁명, 그리고 인클로저가 서로 얽히고 되먹임되면서 대지적 존재양식으로서의 인간이 산업적 존재양식으로 그 본성이 변한 것이다. 학자들에 의하면 18세기부터 진행된 급작스런 인구증가의 원인은 전반적인 생활수준의 향상에 있으며, 어찌 되었든 이것은 생산성의 증가에 힘입은 바가 있다고 한다. 인구증가의 주요 패턴은 예나 지금이나 다름없이 사망률의 감소 혹은 평균수명의 연장으로부터 시작된다. 향상된 생산성은 생존에 필요한 기본 재화의 풍요를 가장 먼저 가져왔다. 섭취 가능한 영양소가 늘었을 것이고, 그로 인해 면역력이 강해져 전염병 등에 의한 사망률이 줄어들었다는 것이다.

그러나 이러한 일반적인 현상이 계급 간 특수성까지 어찌하지는 못했다. 예컨대 1840년대 영국 리즈 지방의 경우 부르주아의 평균수명은 44세였고 상인과 농부는 27세, 직공은 19세였다. 근대 자본주의의 특징 중 하나는 상대적 빈곤의 확산이고, 이는 계급 간 상이한 문화와 의식을 형성하는 토대가 되었다. 어쩌면 삶의 비참함은 절대적 빈곤으로 맛보는 개체적 고통만큼 상대적 빈곤으로 느끼는 실존적 고통도 그 비중이 적지 않다. 이로 인한 인간성의 붕괴는 오늘날의 일로 미루어 근대 초기에도 있었을 것이라 충분히 짐작할 수 있다. 사망률의 감소로 인한 인구증가는 생각보다 가파른 것을 감안하면 맬 서스의 방정이 그 당시에는 꼭 엄살만은 아니었던 것이다. 그러나 이 인구증가가 자본주의 경제체제에서 봤을 때 가용할 수 있는 노동력의 증가를 불러왔음은 이미 드러난 사실이다.

인클로저 자체도 무슨 이벤트성 소용돌이가 아니라 영국에서 일상적으로 벌어진 변화였다. 부르주아 중심의 산업주의가 팽창하는 것과는 어긋나게 대지의 시간은 분명 다른 층위의 것이다. 인간이 대지적 존재일 때는, 농경공동체든 유목사회든, 어느 정도 정적인 생활양식에 매어 있기 마련이기에 부르주아들이 보기에는 노동력의 달팽이걸음 식 증가는 심히 불유쾌한 보수로 보였을 수도 있다.

1761년 이후 영국에서 인클로저 법의 통과는 노동력의 급속한 증가를 가져왔다. 당연히 인클로저는 지주와 대농에게는 긍정적인 결과를 가져왔고, 가난한 농민에게는 부정적인 결과를 가져왔다. "통과된 인클로저 법에 따라 토지를 배분할 책임을 맡은 인클로저 위원들은 토지에 대한 법적 권리를 가진 모든 사람들의 권리를 존중했으나, 관습이나 임차지에 근거한 권리는 대체로 무시하였다. 이것은, 소를 먹이거나 연료 채취를 위해 공동지를 관습적으로 사용해온 소농과 오막살이농에게는 공동지를 배분할 때 토지 지분을 주지 않았으며 그들의 종래의 권리를 박탈하였다는 것을 의미한다." (J.F.C 해리슨, 『영국 민중사』)

즉 지주들의 법적 권리는 존중했으나 민중의 삶에 대한 권리는 배제했다는 것이다. 이렇듯 사적 소유라는 것은 소유에 관한 개념이라기보다 배제와 침해의 권리라고 보는 것이 더 타당하다. 이후에 벌어진 사회 계급의 재편성은 두루 아는 바 그대로다.

근대 문명은 산업의 재료를 자연에서 발라내어 처리하고 그 나머지를 무단 방류하는 프로세스를 그대로 민중의 삶에도 적용했다. 농민의 삶은 끊임없이 대지와 공동체로부터 유리되었고 노동자의 시간은 기계의 리듬에 종속되어야 했다. 그 결과 민중에게는 꾀죄죄한 생활이 마지못해 허락되었지만 삶은 마구잡이로 짓밟혔다. 근대를 필연으로만 보는 것은 역사를 단지 사후적인 정리 작업의 결과로 인식해서이다. 근대의 탄생에 어떤 필연성이 기필코 내재한다는 신념 자체도 결과론적인 합리화에 불과한 것이다.

역사가들은 신석기문명과 근대산업문명이 아직까지는 현생 인류의 삶에 가장 지대한 분기점 같다고 말한다. 신석기문명과 근대산업문명 공히 인간의 삶과 자연의 관계양식의 급격한 변화를 그 배경으로 삼고 있는 것은 분명하다. 하지만 근대산업문명의 출현이 그이전의 여타 문명사적 전환과 다른 점은 자연을 착취할 대상으로 격하시켰다는 데 있으며, 그로 인해 인간의 내면 또한 질적으로 변하게 되었다는 데 있다. 이제 인간은 자연에 속하지 않고 자연을 소유할 수 있게 되었다.

공간

데카르트가 제시한, 생각하는 존재와 연장적延長的 실체인 대상의 분리는 정확히 근대 문명의 심층과 조응한다. 데카르트가 근대 문명의 사상적 기반을 다진 것인지, 데카르트 철학이 태동하는 근대 문명의 영향하에 있었던 것인지는 잘 모르겠지만, 생각하는 존재와 분리 가능한 연장적 실체의 대응은 인간 이성의 합리성과 효율성의 이름으로 공간으로서의 자연을 소유, 분리, 착취한 역사적 사실과 상통한다. 연장의 개념은 공간이 언제나 동일하고 불변하며 텅 비어 있다는 관념을 얼마간 동반한다.

이 주인 없는(?) 공간에 합리성과 효율성이 흘러들어와 연장을 갖는 인공적인 실체를 형성하는 것은 부르주아들에게는 너무도 자연스러운 일이었을 것이다. 인클로저와 콜럼버스의 '신대륙 발견'은 공간은 애당초 순수한 것이니 근대 문명의 진보적 가치를 실현하는 데에 어떤 윤리적 장애도 있을 수 없다는 무의식을 드러내주는 사건이다. 그래서 대지에 정착해 사는 농민의 삶이나 아메리카 선주민의 오래된 시간은 아무 의미나 가치도 없었던 것인지 모른다. 근대 문명을 옹호하는 관점에서 보면 이 두 사건은 긍정적인 것이겠지만 말이다.

하지만 '콜럼버스의 달걀'이 상징하듯이 근대 문명의 본질이 살아 있는 모든 생명체의 삶을 파괴하는 데 있다면, 그래서 그것이 지금까지 면면히 이어져 내려오고 있다면, 참 터무니없고 무책임한 낙관에 지나지 않는다. 분명히 근대 문명은 '개발'되지 않은 자연이나 공간을 결핍으로 치부했다. 다르게 말하면 제각각의 삶에 충실한 어떤 것도 자본의 논리에 부합병·의원동조하지 않으면 죄악시되었던 것이다. 그것도 인간과 다른 동물의 분기점이라고 주장한 이성의 이름으로 말이다.

화이트헤드는 그의 주저 『과정과 실재』에서 "인간은, 오직 간헐적으로만 이성적이며—단지 이성적으로 행위해야 할 책임이 있을 뿐이다"라고 말한 적이 있다. 이 말은 너무나도 자주 비이성적이었던 인간의 역사를 변호하려는 경구가 아니라 "이성적으로 행위해야 할 책임"을 더 크게 울려주는 금언이다. 모든 생명체의 삶의 시공간에 대해서 어떤 이성의 발휘도 보여주지 못한 게 바로 근대 문명 아니었던가.

『이기적 유전자』로 유명한 도킨스에 의하면 "유전자의 표현형 발현은 유전자가 그들의 생화학적 영향을 직접 발휘하는 세포 내에 머물 뿐만 아니라, 밖으로 확장되고 다세포의 몸 전체가 갖는 특징에 작용할 수가 있다". "비버의 댐과 흰개미의 무덤은 한 개체 이상의 행동적 노력이 결집되어 만들어진다. 한 마리의 비버에게 생긴 돌연변이는 비버들이 공유하고 있는 조작물에서 볼 수 있는 표현형의 변화로 나타난다."(『확장된 표현형』)

이러한 유전자 결정론에는 분명 사회적 관계와 문화, 제도, 규범

등을 도외시함으로써 초래할 정치적 반동이라는 함정이 도사리고 있지만, 역으로 생명체는 공간을 통해 자신의 삶을 전개시켜 나간다는 피할 수 없는 근원성을 적출해낼 수도 있다. 이러한 점을 밀고 나간다면 우리의 의식에 깊이 뿌리 내린 인간중심주의적 사고를 혁파할 수 있는 망외의 소득까지 노려볼 만하다.

일찍이 공간이 물리학 내부에서만 추상적으로 고찰될 때 러시아의 생리학자 엘리 데 시온은, 비록 유클리드 기하학의 한계 내에 머물러는 있지만 우리의 공간 감각이 귀의 반고리관에 기인한다고 발표했다. "반고리관이 두 개인 동물은 두 개의 차원을 경험하고 한 개인 경우는 하나의 차원을 경험하도록 되어 있다. 인간이 세 개의 차원을 경험할 수 있는 것도 서로 직각을 이루고 있는 세 개의 반고리관을 갖고 있기 때문"이라는 것이다.(스티븐 컨, 『시간과 공간의 문화사 1880~1918』)

이러한 생리학적 공간 개념이 얼마나 적실한 학문적 엄밀성을 이뤘는지는 내게는 요령부득이지만, 공간이 생명 단위의 지평과 연결되어 있다는 점만은 분명해 보인다. 웩스퀼의 지적대로 "모든 생물은 하나의 동일한 환경 속에서 살아가지만 그들 모두는 자신만의 주변세계umwelt를 갖고 있다"(같은 책).

이 말은 언제나 동일하고 부동인 공간이란 애초에 있을 수 없으며 삶의 양태에 따라 n개의 공간이 비평행적으로 혼재되어 있다는 뜻으로 새겨도 그리 큰 오해는 아닐 것이다. 즉 삶과 공간은 별개의 차원이 아니라 다중공유결합적인 성질을 갖는다는 말이다. 비평행적이라는 함은 "자신만의 주변세계"가 고립된 개별성을 갖는다는 의미가 아니라 끊임없이 상호작용하고 있다는 점을 암시한다. 상호작용을 함으로써 고립된 개별성을 벗어날 수 있지만 그렇다고 해서 "자신만의 주변세계"가 그 독특성을 잃어버리는 것은 아니다. 이 독특성은 결국 삶의 독특성을 가리킨다.

결국 삶은 공간과 관계하는 방식과 강도를 통해 구현되는 것이다. 여기에는 어떠한 동일자도 끼지 못한다. 삶은 동일자로 귀속되지도 않고 동일자를 매개로 해서 관계 맺지도 않는다. 여기서 잠깐 우리는 엄청난 생명의 역사를 떠올리는 것만으로도 충분하다. 근대 이전의 세계는 살아보지 못했으니 논외로 치더라도, 근대 문명에서는 그러나 이러한 생명의 논리나 형식이 통용되지 않는다. 근대적 삶은 끊임없이 자본이라는 동일자를 통해서 상호작용하게 되어 있기에 그렇다.

소외

2009년 12월 24일 오후 4시경, 알통을 가진 일군의 민중이, 지금도 자행되고 있는 인클로저 법에 저항하고 있는 두리반을 습격했다. "그렇게 이사 비용 삼백 줄 때 나가지, 좆도 아닌 게 버티긴 버텨!"

이 걸쭉한 욕지거리는 우리에게 빠르게 "소농이나 오막살이농"에게 "그들의 종래의 권리를 박탈했다"는 200여 년 전의 영국 민중의 삶을 추체험케 한다. 사용하는 언어의 양식만 달랐지, 그때나 지금이나 변한 것은 얼마나 될 건가.

물론 그보다 더 비근한 사례를 우리는 우리의 역사에 거대하게 누적시켜 놓고 있다. "종래의 권리를 박탈했다"는 인클로저 법이나 지금 대한민국의 상가임대차보호법이나, 모르긴 몰라도, 본질상 동일하다 봐도 무방할 것이다. 부르주아끼리나 사법관료 내부 세계에서 주거니 받거니 하는 거래의 관습과 관행이나 존중받지, 민중의 삶 차원에서는 관습과 관행은 짓뭉개야 할 낡은 유물들이다. 그래서 어떤 관습은 법으로 보호받고 어떤 관습은 법으로 처벌받는 것이다.

소유주의 수입은 열 배나 늘었는데 민중의 "종래의 권리"는 고작 이주비용 삼백만 원으로 땡처리되는 게 바로 근대 자본주의 문명의 내적 프로세스라면 너무 거창한가? 그럼 대한민국의 특수성이라 불러줄까? 앞에서 말했듯 근대 자본주의 문명은 필요한 상품을 얻기 위해 지상에 존재하는 모든 유·무형 가치들을 재료로 채취하고 그 나머지는 '쓰레기'로 취급해 무단방류하는 프로세스를 시스템화해 왔다. 지금까지 대한민국의 자본주의가 그리해 왔다. 최근 들어서는 용산의 참극을 경험해야 했고 현재는 서울시 마포구 동교동 167번지의 두리반이 지금 대치 중이다.

용산처럼 두리반의 주장도 동일하다. 그것은 "종래의 권리"를 인정해 달라는 것. 듣기에는 "종래의 권리"가 비상식적인 관행의 요구처럼 들리지만, 민중에게 "종래의 권리"는 바로 삶에 대한 권리의 다른 표현일 뿐이다. 그것은 또한 세계를 형해화된 공간 관념으로만 보지 말고 구체적인 시간의 층위도 함께 봐야 한다는 메시지다.

세계나 삶을 시간적인 층위에서 바라볼 줄 안다면, 공간이란 것은 곧 삶의 시간이 표현된 지평이라는 인식에 도달하는 것은 별로 어려운 문제가 아니다. 시간을 오감으로 파악하기는 어려워도 공간을 통해 시간을 사색하는 일은 충분히 가능하기에 그렇다. 자본주의 문명에게 시간은 축적이나 증식에 관계되지만, 삶의 차원에서는 변화와 생성의 다른 이름이다.

베르그송에 기대 말하면, 질적 변화의 연속체인 지속과 연관되어 있으며 심지어 현재는 시간을 통해 흘러가 사라지는 것이 아니라 잠재적인 무의식을 형성한다. 그리고 이 무의식은 특정 공간에 저장된 데이터로서가 아니라 현재를 재구성하는 힘이 된다. 이것을 기억이라 부른다. 실제로 베르그송은 "사실인즉, 모든 지각은 이미 기억이다"(『물질과 기억』)라고 말한 바가 있다. 현재적 지각 자체는 기억이 형성한 힘의 작용이라는 것으로 이해된다. 그렇다면 현재는 기억 덩어리, 기억의 유기체인가?

자본의 입장에서 봐서는 두리반의 현재적 가치는 이사 비용 삼백만 원에 지나지 않을지 모르겠다. 대략 이주 가능한 두리반의 가재도구 따위나 셈해 봤을 터이니 말이다. 두리반 여기저기에 묻어 있는 시간, 기억, 삶의 무늬를 자본이 헤아린다는 것은 어쩌면 자본의 본성상 불가능한 일일 것이다.

자본은 유기체를 유기체로 인식하지 못한다. 자본에게는 직관도 직접적 인지능력도 없다. 단지 자본의 요소로 작동할 수 있는가 여부만 계산에 넣으면 그만이다. 자본의 인격체인 자본가는 그래도 사람이지 않겠냐는 항변은 그래서 아무런 의미도 없고 그저 난센스에 불과하다. 요즘 말로 하자면 자본가는 자본의 아바타에 지나지 않는다.

현재 서울을 위시한 대도시 지역에서 '개발'을 빌미로 한 광범위한 인클로저 운동은 바로 삶의 공간을 어떻게 자본의 증식 수단으로 전용하는가 하는 문제에 지나지 않다. 여기서 교묘하게 작동하는 것이, 민중이면 응당 그렇다고 인정하는 "종래의 권리" 즉 삶에 대한 권리가, 자본주의 국가의 법에서 보호하는 사적 소유의 권리와는 별개의 것이라는, 존중받을 필연성이 없는 것이라는 논리다.

사실 이러한 진단도 지루한 동어반복에 지나지 않는다. 지금껏 근대 자본주의 문명은 이 논리를 기반으로 근 300년을 지탱해 온 것이기 때문이다. 다만 우리 사회는 일제강점기 즈음을 기점 삼아 타율적으로 근대 문명의 세례를 받은 탓에 한동안 문화적 유전자가 형성되지 않다가 구제금융 사태 이후에야 이토록 지독한 폐해를 모래알 씹듯 겪고 있다.

사실상 두리반이 "종래의 권리"를 지켜낼 수 있을지에 대해서는 아무도 자신할 수 없다.* 그것을 자신하기에는 민중 자신이 근대 자본주의 문명의 폐수에 너무 깊이 오염되어 있다.

민중에게 오늘날의 책임을 지우자는 것이 아니라, 결국 근대 자본주의 문명이 역사적 단계에 불과하다는 깨우침이 깊고 넓게 퍼지지 않는다면 삶의 권리를 지켜내는 게 불가능한 단계에 우리가 서 있다는 말이다. 이미 공동체에 대한 기억이 거의 소멸 단계에 접어든 현시점에서 쉽사리 본원적인 삶의 권리를 깨닫기는 힘들어 보인다. 그동안 국가 공교육 체제 자체가 민중을 끊임없이 위계화·개별화시켜 놓았다. 거기에 강퍅한 사회적 조건이 보태졌다. 막말로 모두 제 목구멍이 포도청이 되었다.

소유가 배제와 침탈의 다른 이름이듯이, 개별화된 민중의 생존권 자체가 타자의 권리를 침탈해야만 성립할 수 있는 미증유의 상태에 놓인 것이다. 이런 의미에서라면 두리반은 외롭다. 그러나 우리에게 절실한 것은 외로움에 대한 공통의 사유이다.

그리고, 새로운 시간

로마제국과 제사장을 위시한 지배계급의 이중 수탈 구조하의 갈

---

* 그 후 두리반은 건설자본과의 싸움에 이겨 홍대 근처 다른 곳에서 살아가고 있다.

릴리 민중에게, 예수가 "네 이웃을 네 몸과 같이 사랑하라"고 가르친 배경에는 어쩌면 그 당시 갈릴리 민중의 삶의 구조가 급격히 무너지고 있는 현상이 있을지 모른다. 더군다나 오래된 가난과 민족적 수난 속에서도 그들의 신은 응답하지 않았다. 유구한 신정 국가의 민중에게 신의 무응답은 깊은 좌절을 안겼을 것이다. 그때 예수는 그 신은 당신들의 아버지인데 어찌하여 아들이 아버지의 사랑을 믿지 못하느냐, 라고 말했다. 수직적으로는 신의 사랑을, 수평적으로는 이웃과의 사랑을 강조함으로써 불확실한 미래의 구원을 열망하는 민중을 현재적 삶의 회복으로 인도한 것은 아니었을까.

미진한 바 있지만 용산 참극 이후 우리가 보여준 연대의 사례는 훗날 적지 않은 평가를 받을 것이다. 안타까운 것은 그 모든 일이 참극 이후에 이루어졌다는 점이다. 그들이 망루에 올라서 그렇게까지 처절히 항거해야 했다는 것은, 그 사람들이 외따로 떨어져 있다는 부정적 심리를 가져서일 것이다. 점점 다가오는 권력의 옥죄임 앞에서 탈출구가 전혀 없었는지에 대해서는 그 사람들의 처지가 아닌 한에서 함부로 단정할 일이 아니다. 무엇보다도 자신들이 외따로 떨어진 존재임이 순간적으로 최종 확인된 것 자체가 참극의 시작이었을지도 모른다. 기실 우리 사회에서 벌어지는 이런저런 형언하기 힘든 사건들은 타자와의 관계가 망실된 존재론적 사태의 현실화다. 존재는 관계다. 관계 구조가 사라졌다는 것은 존재의 기반이 무너졌다는 것을 말한다.

지난 5월 1일, 홍대 부근에서 활동하고 있는 뮤지션들이 '뉴타운 컬처파티 51+'를 폐허 가운데 우뚝 남은 두리반에서 열었다. 문화나 예술 자체는 자본주의 체제에서는 주변부에 지나지 않으나, 그렇기에 체제의 내부까지 꿰뚫어 볼 수 있는 힘이 보존되어 있다. 이게 소수자의 역능이다. 다수자는 창조하지 못하고 자기복제에 머무를 뿐이다. 상품은 복제만으로도 충분하다. 그러니까 다수자가 된 예술가는 예술가가 아니라 상품제조자인 것이다.

이 유쾌하고 즐거웠던 파티를 여기서 중계할 필요는 없다. 다만 두리반은 외따로 떨어진 존재가 아니어야 함을 한번 더 상기하자는 역설로 받아들여지길 바랄 뿐이다. 백번 양보해, 민중에게 사적 소유가 허락된다면 그것은 이웃과의 관계밖에 없다. 그 밖의 소유는 타락이다. 윤리적 당위를 말하는 게 아니라 미래를 꿈꾸는 일은 '더 달라'는 소유에 대한 권리의 확장으로는 어림없음을 내면화시키자는 제안이다.

어떻게 보면 오늘날 민중이니 공동체니 하는 말은 시인 김수영을 빌리면, "선언문하고/신문하고/열에 뜬 시인들이 속이 허해서/쓰는 말밖에 아니 되지만"(「육법전서와 혁명」). 그러나 민중이든 공동체든 그것들은 고정불변의 실체가 아니라 관계 구조의 성격에 따라 달라지는 역사적 개념이다. 그렇다고 해서 그것이 빛바랜 유산만은 아닐 것이다. 오늘날에는 민중의 내포가 바뀌었음도 유념할 필요가 있다. 소유하지 않은 자, 소유 대신 기쁨의 관계를 열망하는 자, 소유는 했으되 소유의 패러다임에서 벗어나려 분열증을 앓는 자, 소유에 대한 욕망이 헛것임을 알아가고 있는 자 등등이 민중이라면 어떨까.

대지는 사라지지 않는다. 우리는 대지로부터 나왔고 대지로 돌아갈 한계적 존재들이기 때문에 대지의 소멸을 운운하는 순간 이 세계의 종말을 함께 간증해야 한다. 대지는 우리의 영혼에서 펄떡이고 있다. 거기에는 강물도 있고 나무도 있고 황조롱이도 있고 꾸구리도 있다. 모두가 대지에 각각 제 양태대로 속해 있으면서 함께 별을 보고 있다. 그래서 이제는 이 모든 것들이 민중이다.

민중은 관계한다. 두리반에 모인 뮤지션들처럼, 작가들처럼. 그리고 함께 웃고 노래하러 모인 아름다운 젊음들처럼. 그러나 지금 당장은 두리반의 "종래의 권리", 삶에 대한 권리를 지켜내자. 우리가 "좆도 아니어서" 버티는 것이 아니라, 세상에는 좆만 있는 게 아님을 '좆도 모르는' 자본에게 깨우쳐주기 위해서라도 말이다. 왜냐면 언제 무너질지 모르는 삶이 지금도 두리반과 관계하고 있기 때문이다. 아니 우리는 모두 공통의 아픔을 오늘날 앓고 있기 때문이다.

희망버스 그 후,
'다름'을
생산하여 반복하기!

　개인적인 경험에 기대어 말해 보면, 예전의 해고는 노동조합이 택한 투쟁 뒤에 오는 후폭풍이었다. 그래서 해고는 전위성을 띠는 운동과 일정 부분 관계를 맺고 있었고, 해고가 훌륭한 활동가로 진화하는 어떤 계기가 되기도 했다. 모르긴 해도 지난날 노동조합 활동 자체가 잠재적 해고 상태였으며, 노동조합 활동의 소산으로 해고가 주어진다고 해도 제대로 된 노동조합 활동가들에게는 피할 물건이 되지 않았다.

　해고의 속뜻이 바뀐 것은 IMF체제에 들어서였는데, 그때부터 해고는 곧 배제와 망각의 다른 이름이 되어버린 것이다. 정치적인 숙청으로서의 해고는 어떤 의미에서 보면 패배자에게 주어진 전리품이라는 의미는 남는 데 비해, 배제로서의 해고는 사회적인 가치를 거두어가 버리는 존재론적 사태가 된다. 그래서 '(정리)해고는 살인이다!'라는 구호는 어떤 과학적이고 분석적인 언설보다 사태의 본질에 육박해 들어간다.

쌍용자동차 사태의 예에서 보듯 사회에서, 즉 구체적인 관계에서 배제당한다는 것은 한 개체의 상태를 삶과 죽음의 경계로 내몬다는 것을 의미한다. 삶과 죽음의 경계가 꼭 85호 크레인 위나, 자신도 모르게 아파트 베란다 아래를 까마득히 내려다보는 순간에만 있다고 생각하는 것은 바보 같은 일이다. 관계에서 악의적으로 배제된 순간, 죽음의 시커먼 심연이 덮쳐오는 것을 우리는 거의 본능적으로 느낄 수 있다. 그것에 대해 서둘러 부정하려는 심리는 그저 피하고 싶은 또 다른 본능 때문이다.

악의적 혹은 의도된 배제가 목숨마저 노린다는 것을 노동자에게서뿐 아니라 아이들이 다니는 학교에서나 병영에서도 경험하고 있지 않은가. 그 죽음이 자기 자신을 노리는지 이웃을 노리는지는 당연히 우문에 지나지 않는다. 결론적으로 오늘날 수시로 자행되고 있는 정리해고라든가, 정리해고의 편의성을 위해 도입된 비정규직 문제는 배제를 시스템화시킨 것에 다름 아니다.

기억이 맞다면 진화사에 있어서 인간을 탄생시킨 사건은 손으로 노동을 하게 된 때부터라는, 내가 접한 최초의 텍스트는 엥겔스의 것이다. 물론 그 전에, 요즘 말로 하면, 앞발이 손으로 탈영토화된 사건이 있었지만, 손을 사용한 결과 이전과는 다르게 섭취한 영양분이 뇌의 성장과 진화를 가속시켰다는 것이다. 손과 뇌의 상관관계는 오늘날 더 자세히 밝혀졌지만, 손의 사용과 더불어 뇌의 발달이 동시적으로 일어났다고 한다. 아무튼 인간이 자연과 맺는 관계양식이 달라지면서 문명은 시작되었고, 또 발달된 문명은 인간의 영혼과 본성을 변화시켜 왔다. 하지만 자연에 대한 인간의 경외심과 불안감 혹은 동일시에서 발생되는 위안감이 예나 지금이나 그렇게 크게 다르지 않은 것은, 범상해 보이지만 그냥 흘려버릴 사안이 아니다.

우리가 여기서 냉정하게 짚어야 할 것은 인간의 문명 자체가 자연을 그 바탕으로 한다는 것이다. 문명의 문양이 어떻든 간에 그것은 부정할 수 없는 사실이다. 달리 말하면 자연과 어떻게 관계를 맺느냐가 문명의 형식을 규정해 왔다고도 볼 수 있다. 자연을 극단적으로 타자화시킨 근대라는 시간을 살면서 자연을 단지 자원으로만 인식하는 저열함을 가지고 있기는 하지만, 생명계 전체가 거대한 그물망을 형성해 자연을 구성한다는 원리는 오늘날 더욱더 명확해지고 있다.

인간의 노동이 재화와 경제적 부를 창출하는 직접적 행동인 것은 맞으나, 인간의 노동은 자연을 절단·채취해야만 부를 창출할 수 있다. 사실 이런 이야기는 말할 수 없이 고루하다. 그러나 오늘날 우리의 노동이 갖는 위상을 다시 성찰한다는 맥락에서 한번 더 짚어봐야 할 지점이기도 하다.

이런 기본적인 사실 관계를 떠올리면서 찰스 아이젠스타인이라는 사람이 들려주는 다음의 문장을 읽어보겠다. "오늘날 우리가 직면한 위기는 화폐로 변환시킬 수 있는 사회적·자연적·정신적 자본이 더이상 남아 있지 않다는 사실에 기인하고 있다. 몇 세기에 걸쳐 끊임없이 계속돼온 화폐창조의 결과, 우리에게는 팔 수 있는 게 거의 아무것도 남지 않게 된 것이다. 우리의 숲은 회복 불가능할 정도로 망가졌고, 우리의 토양은 고갈되고 바다로 쓸려 나가버렸다. 물고기들은 거의 다 포획되고, 우리의 쓰레기를 순환시킬 지구의 재생능력은 고갈되어버렸다. 우리의 문화적 보물, 즉 노래, 이야기, 이미지, 아이콘들은 약탈되고, 저작권 행사의 대상이 되어버렸다. 생각할 수 있는 어떤 근사한 문구라도 모두 다 상표가 등록된 슬로건이되었다. 우리의 인간관계와 능력들마저도 약탈되어, 이제는 우리가 그것을 도로 사야 하게 되었다. 그리하여 최근까지 돈으로 지불할 필요가 없었던 것, 즉 음식, 거처, 의복, 오락, 아이 돌보기, 요리 등을 위해서 낯선 사람에게──따라서 돈에──의지해야 하는 처지가 되었다."(「돈과 문명의 위기」, 『녹색평론』 2012년 3~4월호)

전통적인 좌파들은 찰스 아이젠스타인이 말한 위의 현상들이 모두 신자유주의의 폐해라고 말할지도 모른다. 그러나 이 모든 사태들이 어느 날 갑자기, 전문가들이 말하는 대처리즘이나 레이거노믹스 이후에 시작되었다고 말할 수 있을까. 자본의 축적을 위한 자연과 노동의 착취는 그보다 더 뿌리가 깊지 않던가.

이 학자의 주장은 오늘날의 화폐시스템, 즉 금융시스템이 자연에서 부를 변함없이 채취할 수 있다는 전제하에 미리 발행한 가치가 사실은 허구라는 것이다. 인용한 대로 모든 게 고갈되어서, 찍어내는 화폐와 그것이 불리는 이윤만큼 물질적 부는 창조되지 않는다는 것. 창조된 부는 모두 착취의 결과물이라는 것. 그런데 결론이 무척 역설적이면서 실제적이다. "붕괴를 막거나 지연시키기 위해서 행하는 우리의 모든 행동은 상황을 악화시킬 뿐이다. 우리가 오늘날 진행되고 있는 복합적인 위기들에서 살아남기를 원한다면, 살아남고자 애쓰지 말아야 한다." 그리고 "아직 투자할 돈이 있다면, 그것은 공동체를 재건하고, 자연을 보호하며, 문화적 공공재를 보존할 수 있는 일에 투자해야 한다".

비정규직 노동자들의 비참한 현실과 정리해고의 비인간적 남용이 우리에게 시급한 대책을 요구하는 것은 두말할 필요가 없다. 이런 맥락에서 비정규직의 정규직화는 자본의 일그러진 도덕과 문화를 바로잡는다는 상식에서라도 반드시 필요하다. 하지만 우리는 지금 이보다 더 근본적인 문제들에 대해서는 태만해 온 것은 아닌가 하는 생각도 든다.

비정규직 노동자의 정규직화는 노동자의 안정적인 생활과 노동에 대한 정당한 대가를 어느 정도 담보할 수 있을지는 몰라도, 자본주의적 노예노동의 굴레라는 또 다른 문제 앞에서는 아무런 힘을 쓸 수 없는 논리로 전락해 버릴 개연성이 높다. 아무리 부인하고 싶어도 비정규직의 정규직화는 자본주의 경제체제 내에서 벗어난 논리가 아니기 때문이다. 이 지적에 비정규직/해고 노동자들의 급박한 처지를 소홀히 하는 것이라는 반론이 제기된대도 문제는 변하지 않는다.

그런데 비정규직 노동자나 해고 노동자의 처지가 참으로 비극적인 것이 단순히 경제적 문제인 것일까? 또 경제적 문제란 사회안전망을 구축하고, 필요한 비용을 국가 재정으로 마련하고, 일정 기간 후에 기업의 상황에 따라 정규직으로 전환되는 사회적 시스템을 합의하면 해결되는 것일까? 경제학에 대한 극단적인 문외한임을 전제하고 말하건대, 경제활동이란 것이 생존에 필요한 화폐를 벌어들이는 행위만 가리키는 것은 아닐 것이다. 경제활동이란 개인이 생산한 물건을 그것이 필요한 곳으로 유통시키는 것이고 그 대가로 화폐나 다른 물건을 취득하는 것일 게다. 경제가 생산된 물건의 흐름과 그 대가의 역방향적 흐름의 총체만은 아닐 것이다. 또한 모두의 텅 빈 기표도 아닐 것이다.

이 비전문가적 소견을 비웃기 전에 삶의 과정에서 벌어지는 활동들의 의미를 먼저 묻는 게 필요하다. 왜냐하면 생산자가 만든 제품에는 생산자의 시간과 기질과 공동체 속에서 취득했을 게 분명한 문화가 새겨져 있기 때문이다. 보다 중요한 것은 그런 활동을 위해서 혹은 통해서 생성되는 역동적인 관계양식이며, 사실 이런 관계 맺음이 경제가 단순한 판매·구매행위로 전락하는 것을 막아주는 건 아닐까.

나는 이런 단순하기 그지없는 경제관념이 얼마나 허술한지에 대해서 충분히 인정할 수 있다. 다만, 아니 그렇기에 더더욱 비정규직/해고 노동자가 갖는 경제적 문제가 현실적으로는 생존에 관계된 것이기도 하지만, 동시에 심층적으로는 삶의 관계까지도 포함한다는 것을 말하고 싶은 것이다. 예를 들어 쌍용자동차 해고 노동자들이 가진 질환과 아픔이, 스트레스성 뇌출혈과 심근경색, 외상 후 스트레스 증후군, 정신분열증, 중증우울증 등등으로 널리 알려진 것도 사실이고 그로 인해 적지 않은 노동자들이 극단적인 선택을 하게 된 것도 맞는 사실일 것이다.

이러한 병적 상태는 명백히 경제적인 문제이면서 동시에 관계론적인 문제에서 파생된다. 만일 그들의 삶에 노동을 통해 맺어진 관계만이 아니고 다른 관계양식이 존재했으면 어땠을까. 물론 이는 결과를 가지고 없는 원인을 만들어낸다는 비난에서 자유롭지 못할 것이다. 하지만 역으로 하나의 결과가 다른 사태의 원인을 가리키지 못한다면 그것 또한 무책임하고 방관적이라는 비판에서 자유로울 수 없다. 이게 내가 찾은 희망버스의 교훈이다.

하지만 문제는 자본주의적 노동관계가 아닌 다른 삶의 양식이 어떻게 가능하냐는 점일 것이다. 왜냐하면 우리가 출구를 자본주의적 경제구조 안에다 구축하려는 순간, 지금껏 그래 왔던 것처럼, 자본주의 착취시스템에 용해되어 버릴 가능성이 너무 높기 때문이다. 오래전부터 배워왔다시피 자본은 증식과 축적을 제 속성으로 갖는데, 이것을 이루는 방식은 전쟁도 불사하는 착취와 수탈이다.

그런데 착취와 수탈이 노동에게만 국한되지 않는다는 것은 익히 경험한 사실이고, 이제는 자연뿐만 아니라 인간의 문화와 정신까지도 착취와 수탈의 대상으로 삼는다는 게 앞에서 인용한 찰스 아이젠스타인의 주장이기도 하다. 우리가 자본의 착취로부터 자유로운 삶을 유지하려면 이제 노동자계급의 단결만으로는 어림없는 일이 되어버리고 말았다. 나아가 자본주의 경제구조 안에서의 노동은 자연과 생명에 대한 착취를 방법론적으로 대행하는 기능을 하고 있는 것도 사실이다.

연대와 상호존중의 중요성을 생물학적인 층위에서부터 차근차근 갈파한 『상호부조론』(우리말로는 『만물은 서로 돕는다』로 번역)에서 크로포트킨은, "개미에서 시작해서 새들을 거쳐 가장 고등한 포유류에 이르기까지 모든 동물들은 서로의 관심을 끌거나 집적거리면서 놀고 뒹굴고 서로 쫓아다니기를 좋아한다고 알려지게 되었다. 한편 이런 놀이는 새끼들에게 어른이 되어서 적절한 행동을 하도록 가르치는 학교 역할을 하지만 이러한 실용적인 목적 외에도 춤이나 노래와 함께 넘치는 활력 즉 단순히 '삶의 즐거움'을 표출하는 수단이거나, 또 이러저러한 방식으로 같은 종이나 다른 종의 개체들과 의사소통 하려는 욕망의 소산일 수도 있다. 요컨대 이러한 행위들은 모든 동물계의 두드러진 특징인 적절한 사회성의 표출인 셈이다"(『만물은 서로 돕는다』, 르네상스, 84쪽)라면서 뒤이어 "사회를 이루어 사는 삶이야말로 가장 넓은 의미의 생존경쟁에서 가장 강력한 무기가 된다"고(87쪽) 말했다. 이는 관계 맺기 즉 연대와 상호작용이 생명의 핵심적인 원리 중 하나라는 것을 지적한 것이다.

이러한 관점은 훗날 유전학 쪽에서, 발현된 표현형은 유전자의 단독행위 때문이 아니라 다른 유전자와의 상호작용의 결과라는 주장에 이르고, 다시 최근에는 유기체의 유전자와 유기체 안에 기생하는 미생물의 유전자의 상호작용에 주목하자는 주장이 『네이처』지에 실렸다는 소식(『한국일보』 2011년 6월 12일자)이 있는 것을 보면, 확실히 생명은 연대와 상호작용 속에서만 가능하다. 이는 연대와 상호작용이 단지 사회학적인 당위가 아니라 바로 생명의 근본 원리이기도 하다는 자연과학적 근거(?)이기도 하다. 물론 이러한 자연과학적 이론들이 무분별하게 인간의 윤리와 삶의 문양에 침투하면 곤란하겠지만 최소한 생명의 관점에서 우리의 삶과 노동을 재정립하는데에 적잖은 자신감을 심어줄 수도 있다.

비정규직/해고 시스템이, 노동의 공간에서 형성된 유일하다시피한 관계구조 밖으로 노동자를 버림으로써 삶 자체를 벼랑 끝에 세우는 비윤리적 제도임이 분명하지만, 여기까지는 도덕적 부당함을 지적하는 것에 불과하다. 문제는 정의로운 울분만으로는 사태 해결이 녹록치 않다는 데에 있다. (도리어 삶의 진실은 간헐적으로 도덕에 가려지기도 한다.)

다른 관점에서 보면, 우리의 싸움은 경제 성장이라는 범주 안에서 벌어지고 있는지도 모른다. 최소한 자본주의하에서 항구적인 노동의 보장은 경제 성장을 바탕으로 해서만 가능하기 때문이다. 앞에서 얘기했듯 경제 성장은 오로지 착취와 수탈 구조 안에서만 가능하기에 항구적인 노동의 보장은 또 다시 누군가를 혹은 어떤 생명의 희생을 필요로 함은 명백해 보인다.

우리 사회에는 그간 IMF체제 이후 물신화의 첨단을 걸어온 탓인지, 존재의 의미 자체를 경제적 부의 소유나 부재에 따라 판단 내리는 경향이 강하게 자리잡았다. 삶의 문제를 이렇게 경제적 층위에서 바라보기 시작하면 그 해법 또한 그 연장선상에서 풀어야 한다는 결론에 이르게 된다. 여기서 우리는 다시 한번 더 삶을, 도저한 경제발전주의, 달리 말하면 경제성장주의에 묶어 두는 길을 걸을 수밖에 없게 된다. 쌍용자동차는 무급휴직자들에게 훗날 재고용을 약속했지만 그 약속은 이뤄지지 않았고, 냉정하게 말하면 그 약속이 이뤄질 가능성은 그리 높지 않아 보인다. 이 신의의 훼손에 우리가 답할 수 있는 것은 무엇인 걸까.

평론가적인 입장인 것 같아 섣불리 단언하는 것이 적잖이 망설여

지지만, 쌍용자동차 노동자들의 연쇄적인 죽음은 타자와의 관계양식이 망가졌거나 혹은 피폐해져서 벌어진 비극일지도 모르겠다. 그들이 겪었던 여러 가지 정신적인 질병들이 이 관계양식의 파괴가 가져다준 결과물이었다면, 우리는 더욱더 심각한 상태로 빠져들지 않을 재간이 없어 보인다. 문제의 실마리가 단지 부도덕한 자본이나 사회 정의의 문제가 아니기 때문이다.

설령 이웃과의 관계양식이 파괴되어서 벌어진 비극이라 하더라도 노동자와 그 이웃들에게 도덕적 비난을 퍼부울 수는 당연히 없다. 이것은 분명 자본주의 문명이 갖고 있는 본질에 해당되는 것이기 때문이다. 오늘날 자본주의 경제시스템은 삶을 위한 실질적인 재화의 흐름으로 구성된 게 아니라 허구적인 것의 강매시스템에 불과하며, 이것의 지탱을 위해서는 생활도, 자연도, 사랑도 충분히 파괴되어야만 하는 것에 지나지 않는다.

오늘날 벌어지고 있는 상황에 대한 구체적인 대안을 갖기는 물론 여의치 않다. 지금의 상황에 덧붙여져 한미자유무역협정이 급기야 발효된 우리에게는, 보다 더 근원적인 상상력이 필요하다는 막연한 혼잣말이 내가 가진 전부일 뿐이다. 자본주의 안에서 다른 세계로 나가는 출구는 불가능에 가깝다고 이미 말했지만, 이는 인과론적 층위에서 그렇다는 탄식이다. 우리가 사는 세계는 인과론적 추론으로 인식할 수 있을 만큼 단순하지가 않다. 최근 들어 상상력의 중요성이 간헐적으로 언급되는 것은 이런 사정을 반영한 탓일 게다. 이 단단한 구조를 깨뜨리는 데에는 의외로 아이러니와 역설, 혹은 엉뚱한 웃음 등이 함축된 상상력이 그 시발점이 될 가능성 또한 없지 않다.

자본주의 안에서 아무것도 가능하지 않다는 진단은 맞을 수도 있고 틀릴 수도 있다. 그러나 문제라는 것은 답 이전에 존재하는 것이며, 또 답과는 아무 관계도 없다. 오로지 다른 길을 위한 예비적 과정일 뿐이다. 이런 맥락에서 자본주의 안에서는 모든 것이 가능하다는 역설이 제출될 수 있다고 나는 생각한다. 무슨 오기나 말장난이 아니라, 자본주의 체제 자체가 우리가 뛰어야 할 로도스임을 다시금 깨닫자는 역설力說이다.

현실을 떠난 상상력은 단지 허황된 판타지일 뿐. 여기서 조금 더 깊이 사색의 칼을 밀어넣어 보면, 오늘날 자본주의가 선전하고 구축한 별천지가 현실이 아니고 환영에 지나지 않는다는 것. 그것들은 더 많은 착취와 배제와 수탈과 파괴 위에 지어졌다는 것. 나아가 우리는 허황된 판타지에 의해서가 아니라 직접적이고도 구체적인 관계를 통해서만 삶을 영위할 수 있다는 것이다.

우리가 상상하는 다른 세계는 지금껏 있어 본 적이 없는 순수한 세계가 아니라 우리의 경험에서 배태되는 세계이다. 그것은 다름 아닌 연대와 상호작용의 세계이며, 그것이 삶의 양식이 되는 세계이다. 미래는 오지 않은 시간이 아니라 현실화되지 않은 현재의 다른 이름, 혹은 지나간 시간에 차이를 부여해 다시 반복하는 시간이다.

다시 크로포트킨에 기대어, 유럽의 중세는 우리가 배운 것처럼 어두컴컴한 세계가 아니었음을 상기해 볼 필요가 있다. 중세에는 국가 이전의 많은 동맹과 연합에 의해 시민들의 자유가 보장되어 있었으며 심지어 "그리스 예술과 마찬가지로 중세건축은 도시가 키워낸 우애와 통합의 사상에서 나왔다". 이는 "단 한 사람의 상상력에 의해 부여된 몫을 수천 명의 노예들 각자가 분담하면 되는 고립된 노력의 결과가 아니라 도시 전체의 노력이 투여되어 나타난 것이다".(같은 책, 255쪽)

크로포트킨은 당대에 퍼져 있던 홉스 식의 경쟁이 아니라 상호부조와 연대가 생명의 진화와 정신의 고양을 이끌어 왔다고 힘주어 주장하고 있다. 굳이 이런 경험을 서구에서만 끌어들일 필요도 없고, 이에 대한 박물학적 혹은 인류학적인 사례를 길게 나열할 필요도 없을 것이다.

여기서 우리는 인간의 본성이나 영혼이라는 것이 선험적으로 주어진 것이 아니라 어쩌면 역사와 문화적 환경 속에서 형성된 것일지 모른다는 의심을 필요로 한다. 그렇다면 우리가 오늘날 그렇게 추구하고자 하는 경제적 부는 사실 자본주의 문명이 물리적·논리적으로 주입시킨 환영에 지나지 않을지도 모른다. 결국 우리의 싸움은 이렇게 한층 더 복잡해진다.

만일 경제적 부가 삶의 필요충분조건이라는 사실이 외부에서 주입된 약물이라면, 가난마저도 우리는 더이상 결핍으로 받아들여서는 안 된다. 가난은 도리어 삶의 역능을 표상하는 하나의 지표로서 사유 가능하다. 그것은 물론 자본주의 사회에서 빈번하게 벌어지는 사회적 빈곤과는 다른 의미를 가지며, 차라리 그것보다 훨씬 더 변증법적인 존재론의 문제다.

가난을 타락한 풍요에 대한 반대편의 은유로서 인식할 수도 있겠으나, 무엇보다도 가난은 실제적임과 동시에 구체적인 어떤 양태이다. 우리가 간과하지 말아야 할 것은 가난이 개인적인 수양의 문제로 얻어지는 것은 아니며, 새로운 관계구조를 창조하는 강도强度 속에서 가능한 무엇이라는 것이다.

따라서 가난을 경제적 관점에서 해석하지 않고 삶의 양식쯤으로 수용하는 것이 우리에게는 긴요해 보인다. 확실히 소유의 과잉이 삶을 풍요롭게 하는 것은 아니다. 그러므로 가난은 사람과의 관계 속에서 얼마만큼 삶의 역능이 증대될 수 있느냐의 여부를 가늠할 수 있는 상당히 역설적인 상태다. 즉, 존재의 능력이 크면 클수록 현실에서는 가난하지만 삶의 지평에서는 풍요로워진다.

일반적으로 인간이 동물들과 다른 점을 꼽을 때 뛰어난 지능을 들곤 하는데, 사실 지능의 뛰어남은 지식을 탑재할 수 있는 능력이 아니라 관계를 통해 자신의 독특성을 얼마나 발휘할 수 있느냐에 달려 있다. 사회는 곧 이 독특성들의 연합체이고, 낱낱의 독특성끼리의 관계가 얼마나 변증법적이냐에 따라 그 사회의 질과 의미가 결정된다.

오늘날 노동자가 겪는 고통을 해결하는 실천에 근원적인 사색이 개입될 필요가 있다. 비정규직 노동자들의 정규직화나 해고 없는 안정적인 노동의 보장 자체도 적지 않은 정치적 의미와 파장을 갖지만, 자연이나 혹은 생명세계와 분리된 존재는 아예 불가능하다는 근원적인 입장에서 보자면, 노동의 자본으로부터의 탈주는 단지 비정규직 문제나 정리해고 문제로는 해결이 난망해 보인다. 회색 노동의 시간을 녹색 노동의 시간으로 혹은 노예노동을 생명노동으로 변화시키기!

이에 대한 공부가 많이 부족하지만 앞에서 언급한 찰스 아이젠스타인의 글은 어떤 시사점을 던져준다. 당연히 새로운 싸움은 담론이나 주장의 수준에서 더 나아간 구체적 운동을 필요로 한다. 일테면 도시 농업을 확대하는 것이나 농민에게 기본소득을 보장해주는 것은 비정규직이나 정리해고의 문제를 다른 방향에서 폐기하는 데 도움이 될 수 있다.

굳이 찰스 아이젠스타인의 주장이 아니더라도, 경제활동 능력을 가진 사람이 모두 임노동을 하기 위해 줄서기를 하고 있는 데 비해 농촌의 노동력은 아주 빠르게 쇠락해가고 있는 현실을 고려한다면, 농민에게 기본소득을 보장함으로써 예비노동자들을 혹은 정리해고된 노동자들을 농업 쪽으로 유도하자는 것은 일단 논리적으로는 아무 하자가 없다. 도리어 비정규직 싸움과 동시에 수행해 볼 가치가 있다. 이에 대한 상세한 진술은 내 능력 밖의 일이고, 또 내 독창적인 생각도 아니지만, 다만 농업이 생명노동의 한 전범으로서 제시되는 것을 넘어 노예노동의 외곽을, 상황의 전개에 따라서는 그 핵심을 허물어뜨릴 수도 있다는 상상은 상당히 매혹적이다.

이러한 주장은 아직 상상력의 단계에 머물러 있다. 보다 많은 정책적 제언들이 첨부되어 제도화되거나 혹은 변형되는 과정은 불가피할 것이다. 아무튼 보다 근원적인 운동적·실천적 모색들은 지금보다 더 활발해질 필요가 있는데, 이는 오늘날 자본주의 노동이 갖는 반생명적·반자연적 성질을 바꾸지 않고는 온전한 삶 자체가 불가능하기 때문이다. 사실 비정규직 문제와 정리해고 문제의 심층도나는 이것이라 본다. 당연히 새로운 관계양식의 구축이란 그저 현학적인 수사가 아니라 실은 정치투쟁임을, 아무리 강조해도 지나치지 않다.

인간은 오로지 세계를 직접적인 감각으로만 느낄 수 있다. 이 감각의 활성화와 지속이 우리의 영혼과 무의식을 변화시킨다. 인간과 자연에 대해서 낭만적인 환영을 가지는 것이 위험한 만큼, 자연과 인간에 대한 과장된 비관도 자기파괴적이긴 마찬가지다. 그러나 어디까지나 하나의 생명체로서의 인간은 자연과 구체적으로 접촉함으로써만이 영혼에 변화를 줄 수 있다.

자연을 타자화시킨 근대 자본주의 문명이 강제한 우리의 실존적 위치를 돌이켜 볼 때, 우리에게는 지금 문명을 바꾸는 운동과 삶을 예술화하는 프로젝트가, 그리고 자연과 생명에 활짝 열린 감수성의 회복을 위한 작디작은 실천'들'이 필요한 것이다. 그것의 바탕은 당연히 연대와 상호작용이고 작디작은 실천'들'이 지향하는 목표도 바로 그 연대와 상호작용이다.

비정규직/해고시스템이 철폐된 다른 세계는, 근원적으로 삶이 자연이나 생명과 이웃을 맺을 수 있는 요철凹凸을 가진 가난으로부터 시작된다는 이 주장은 한참 현실과 동떨어진 공허함을 가질지도 모르겠다. 그럼에도 불구하고, 현실과의 싸움 중에서 이 공허한 상상을 멈추게 될 때, 우리는 전혀 예기치 않은 상황에서 헤매지 않는다고 보장할 수 있을까? 이 요철이 다름 아닌 독특성의 다른 이름이며 자연이나 생명과 결합관계를 이룰 수 있는 힘이라 믿는다. 그리고 지금과는 다른 관계양식, 즉 다른 세계로 향한 변곡점이라 나는 생각하며, 우리는 그 다른 관계양식을 통해 지능과 감정, 그리고 삶의 활력을 지속적으로 유지할 수 있다.

실은 비정규직 싸움도 이런 목적을 갖고 있지 않은가! 앞으로 희망버스는 양적으로 많아지기보다는 질적으로 다양해질 필요가 있으며, 우리가 택한 최선은 언제나 '다름'을 생산하면서 오래된 싸움을 반복하는 것이다.

종말론과
아리아드네의 실
사이에서

자본주의 사회에서 경제위기란 본질적 뇌관과 같은 것이고, 이러한 사정을 익히 알고 있는 자본은 끊임없이 위기를 들먹여 노동자를 억압해 왔다. 이는 20년 전부터 개인적으로도 귀에 딱지가 앉았도록 들어온 말이기도 하다. 결론은 항상 비슷했다. 노동강도를 강화하거나 아니면 원가절감을 핑계로 임금을 동결 내지 물가인상율 이하로 인상하는 게 전부였다. 요즘에는 사태가 더 악화되어, 정리해고를 단행하거나 파견근로를 통해 그 하중을 노동자들에게 고스란히 떠넘기고 있는 실정이지만. 그 위기를 먹고 자란 한국경제의 모습이 어떤지에 대해서 나는 여기서 굳이 언급하지 않겠다. 우리가 겪고 있는 현재의 모습만 각기 떠올려 봐도 충분하다고 믿기 때문이다.

시인 김수영은 1960년 7월 8일 일기에, "앞으로 경제논문을 번역해 보고 싶다"라고 쓴 적이 있다. 그리고 같은 해 8월에 쓴 시 「가다오 나가다오」에서 "지금 참외와 수박을/지나치게 풍년이 들어/오이 호박의 손자며느리 값도 안 되게/헐값으로 넘겨버려"라는 구절을 삽입했다. 굳이 일기의 내용과 시의 내용을 기계적으로 결부시킬 필요는 없어도 그에게도 경제로 통칭되는 구체적인 생활의 문제가 얼마만큼 막중했는지 충분히 가늠해 볼 수 있는 대목이라 나는 생각한다.

최소한 자본주의 사회에서 경제문제는 시적 사유가 방관할 수 없는 현실 자체인 것은 분명해 보인다. 물론 시적 사유가 현실의 문제와 맞닥뜨릴 때 그것에 대한 기계적 반응으로만 그쳐서는 안 되겠지만, 그러기 위해서라도 우리는 산문적 현실에 대한 직접적 사유를 받아들여야 하는 역설의 도정을 밟을 필요가 있다. 우리 사회에서 지금 벌어지고 있는 거의 대부분의 문제는 그 바탕에 경제문제, 바로 물질적 생활의 문제가 도사리고 있기 때문이다.

그러나 또다시 다가오고 있다는 (아니 이미 와 있는) 경제위기 앞에서 대부분의 사람들은 어떤 환상을 품고 있는 듯 보인다. 그것은 정치권력의 문제와 직접적으로 결부되어 있으며, 정권교체를 통하면 어느 정도 해결이 가능하거나 지금처럼 삶이 무방비 상태로는 던져지지 않을 거라는. 아니면 최소한 지금보다 더 나빠지지 않을 거라는. 당연히 경제는 정치권력이 어떤 프로그램을 운용하느냐에 따라 달라지기 마련이지만, 만일 인식이 거기서 멈춘다면 그것은 오늘날의 자본주의 경제를 너무 순진하게 보고 있어서일 것이다.

자본주의 경제가 수탈과 배제를 그 동력으로 삼고 있다는 사실에 대해서는 보수적인 시장만능주의자가 아니라면 대략 합의를 본 사항이다. 그런데 이 수탈과 배제의 대상이 어떤 위상을 갖느냐에 따라 자본주의 경제가 요동을 쳐 왔던 게 부동의 사실이라는 점을 감안하면, 우리가 맞고 있는 매우 불안한 징후들 앞에서 어떤 상상력을 발동시켜야 하는지, 시는 스스로 자문해볼 자격도 그리고 의무도 있다. 결론적으로 말하자면, 오늘날의 이 위기는 보다 근본적인 관점에서 바라봐야 한다.

칼 폴라니가 『거대한 전환』(도서출판 길)에서 다음과 같이 말한 적이 있는데, 조금 길지만 인용해 볼 만한 가치가 있음은 물론이다. 시장경제에서의 "결정적인 핵심은 다음과 같다. 노동·토지·화폐는 산업의 필수 요소이며, 이것들도 시장에서 조직되어야 한다. 사실 이 시장들이야말로 경제체제에서 다른 무엇보다도 중요한 부분을 형성한다. 그러나 노동·토지·화폐는 분명 상품이 아니다. (…) 노동이란 인간 활동의 다른 이름일 뿐이다. 인간 활동은 인간의 생명과 함께 붙어 있는 것이며, 판매를 위해서가 아니라 전혀 다른 이유에서 생산되는 것이다. 게다가 그 활동은 생명의 다른 영역과 분리할 수 없으며, 비축할 수도, 사람 자신과 분리하여 동원할 수도 없다. 그리고 토지란 단지 자연의 다른 이름일 뿐인데, 자연은 인간이 생산할 수 있는 것이 아니다. 마지막으로 화폐는 그저 구매력의 징표일 뿐이며, 구매력이란 은행업이나 국가 금융의 메커니즘에서 생겨나는 것이지 생산되는 것이 아니다. 이들 어떤 것도 판매를 위해 생산되는 것이 아니다. 그러므로 노동·토지·화폐를 상품으로 묘사하는 것은 전적으로 허구이다"(243쪽).

제2차 세계대전이 막바지로 치닫고 있던 1944년에 출간된 이 책이 오늘날의 현실을 정확히 꿰뚫고 있다는 사실이 놀라운 것은 둘째치고라도, 현재의 경제문제가 단지 신자유주의의 발호로 발생된 결과가 아니라 이미 근대문명에 내재되어 있다는 앞선 통찰은 우리에게 시사하는 바가 크다. 즉 현재의 문제는 복지국가 담론으로도, 인간의 얼굴을 한 자본주의 체제의 구축으로도 근원적 해결이 불가능하다는 것을 폴라니의 통찰은 보여준다. 즉 사회의 유지와 존속을 위해 기능해야 할 경제가 사회와 자연을 황폐화시킨 현실은 정확히 노동·토지·화폐를 상품화시킨 결과였던 것이다.

이러한 맥락 위에 최근 발흥하고 있는 문화산업과 생명산업을 위치시켜 봄직하다. 삼성그룹 이건희 회장이 앞으로 먹고살 길은 생명산업에 있다고 말했을 때, 그것은 생명 자체를 수탈하고 필요에 의해 배제하겠다는 뜻과 하등 대차가 없다. 사회가 필요로 하는 재화를 흐르게 하는 것이 경제라면, 폴라니의 지적대로 경제는 사회의 안녕을 위한 하부개념이 되어야 하는데, 근대 자본주의 경제는 모든 것을 물구나무 세워버린 것이다. 그래서 현상적인 안정기가 붕괴되면 개별적인 삶은 파괴되고 사회는 혹독해지는 것이다.

유감스러운 것은 이러한 위기에 대한 우리 사회의 대응이 대체적으로 일차원적이라는 데 있다. 푸코에 의지해 말하자면, 우리는 담론이라는 어항 안에 살고 있는 존재들인데 어항 밖의 세계를 발화하거나 상상하는 순간 광인이나 비정상인으로 처리된다. 오늘날 비정규직 문제의 해결책이 정규직으로의 회귀가 되고, 노예노동에서 해방되는 꿈이 '비정규직 없는 세상'으로 대체된 현상도, 혹 어항 안의 삶을 선택해서는 아닌가 하는 뼈아픈 성찰과 맞물려야 그 의미가 더 심화될 수 있다.

근대문명은 지구에 있는 모든 존재를 지금껏 완벽하게 수탈하며 성장해 왔는데, 이 모든 게 경제의 이름으로 자행되어온 것이라는 점도 되새겨 봐야 한다. 자본주의 시장경제는 이윤을 그 목적으로 하지만 생명에는, 그리고 자연에는 이윤이라는 개념 자체가 존재하지 않는다. 어떻게 보면 생명이나 자연은 잉여 부분을 놀이나 축제, 재해를 통해 낭비하는 경향마저 없지 않다.

바타이유가 "성과 죽음은 존재의 본질이라고 할 수 있는 지속의 욕구에 역행하여 모든 존재로 하여금 무한한 낭비를 조장한다"고 말한 것은 어쩌면 이런 측면을 통찰했기 때문일지 모르고, 역으로 (프로테스탄티즘의 개입이 있긴 했지만) 자본이 끊임없이 근면과 성실, 절제를 요구하는 것도 바로 생명의 이런 속성을 간파했기 때문일지도 모른다.

그렇다면 시의 입장에서 숙고해야 할 자리가 보다 더 복잡해진다. 현실에 대한 직접적 대면을 요구받으면서도 이 생명의 속성을 그 심층에 품지 않을 재간이 없기 때문이다. 예컨대, 시는 경제학도 아니고 윤리학도 아니고 철학도 아니다. 당연히 생태학도 아니고 정치학도 아니다. 그러나 반대로 시는 윤리여야 하고 철학적 사유여야 하고 생태적 상상력이어야 한다. 그래서 결국 정치적 급진성을 제 본질로서 가져야 하지만, 이 모든 것을 추상화시켜 표현하는 미학이기도 하다는 것이다.

우리가 경제문제에 예민해지지 않을 수 없는 까닭은, 앞에서 말했듯이 먼저 근대문명이 경제적 제도를 통해 지구상의 모든 것들을 수탈했다는 것이고, 그로 인한 사회적 효과로 개별적 삶이 심각한 상태에 이르렀다는 너무나도 직접적인 사태 때문이다. 따라서 경제에 대한 관점 자체를 전환시키는 문제가 새로운 삶을 예비하는 선결조건인지, 그리고 시적 상상력이 그것을 감당할 능력이 되는지, 또는 그 역할이 적절한지 점검하는 일은 의미가 없지 않다. 여기서 우리가 주목해야 할 것은, 현 경제제도 자체에 대한 학문적 접근이나 전문가적 소견이 아니라 그것이 발생시킨 폐허의 이면을 시적 시선으로 응시하는 일일 텐데, 다음과 같은 독서 경험은 내게 소중한 도움이 되었다.

박경미 교수의 『마몬의 시대, 생명의 논리』(녹색평론사)에 「사람은 무엇으로 사는가」라는 글에는 아주 인상적인 대목이 있다. 그것은 복음서에 나타난 '포도원의 비유'에 관한 것인데, 이 이야기의 대략은 다음과 같다. 포도원 주인이 포도원에서 일하는 사람들에게 품삯을 1데나리온으로 정하였는데, 아침 일찍부터 일한 사람에게도, 또 그보다 늦은 오전 시간이나 오후 시간에 일하러 온 사람에게도 똑같이 1데나리온씩 지불하여 말썽이 일어난 것이다. 당연히 일을 더 한 사람과 덜 한 사람과는 차등이 있어야 하는데, 그런 구별마저 없으니 응당 일을 많이 한 사람은 불만이 있을 수밖에 없었을 것이다.

그에 대한 포도원 주인의 대답은 명료했다. "친구여, 내가 너에게 부당하게 한 것이 없노라. 네가 나와 1데나리온으로 정하지 아니하였느냐? 네 몫을 받아서 가라. 나는 마지막에 온 이 자들에게도 너에게 주었던 대로 주리라." 약속한 대로 1데나리온을 주었으니 그것을 받은 당신은 따져서는 안 된다는 것이다. 어떻게 보면 포도원 주인의 논리는 인색하다 못해 합리성도 없어 보인다. 정통 신학에서는 포도원 주인의 행동을 신의 차등 없는 자비로 해석하지만, 박경미 선생의 설명은 다음과 같다.

"아마도 한정된 양의 재화만을 가진 고대사회에서는 일을 많이 한 사람이나 적게 한 사람이나 어느 정도 부족한 임금을 받는 것으로 만족해야만 공동체 자체가 유지되고 존속할 수 있었을 것이다. 고르게 가난해야만 '함께 사는 삶' 자체가 유지될 수 있었을 것이다. 그러므로 나중에 와 일한 사람이 가난한 자신의 삶에 필요한 최소한의 재화를 얻어 살 수 있도록 하는 것이 '정의로움'이고 공정함이었다면, 꼴찌였던 그를 같이 먹고살 공동체 식구로 받아들이는 것이 '자비'였을 것이다."

즉, 이 비유의 핵심은 1데나리온을 효율적으로 운용하는 것 자체보다 삶의 영속성을 지켜주는 데에 쓰는 것이 더 소중하고 앞선다는 것일지 모른다. 다시 말하면 노동의 대가로 지불되는 것은 삶을 영속시키기 위한 수단이 되어야 한다는 것. 무엇보다도 삶의 윤리가 선행되어야 한다는 것.

관점이란 특정 사물이나 사건에 대한 단순한 시각적 의미를 뜻하지 않는다. 그것은 존재의 현재 양태에서 뿜어져 나오는 안광이며, 미래에 대한 현재의 태도이다. 시의 입장에서 의역하자면 상상력쯤 될 텐데, 사실 시는 결국 다른 몸(혹은 시간)이 되는 일이 아니던가! 무슨 변신술을 말하는 것이 아니라, 여기에서 저기로 넘어가는 '과정', 이 세계에서 다른 세계로 이행하는 '분기점', 당신의 눈빛에 나를 비쳐 봄으로써 다른 시간을 '생성'하는 일. 왜냐면 새로운 시간은 언제나 현실에서 펼쳐져야 하니까.

이러한 모든 일들이 실제적으로 가능한 것이냐는 질문이 제기될 수도 있겠다. 그러나 답은 그리 복잡하지 않다. 이미 그것은 실재하며 다만 우리의 감각이 느끼지 못하고 있을 뿐이라고. 어느 유력한 대선 주자가 SF소설에서 인용한 "미래는 이미 와 있다"는 언설은 사실 그리 새로운 것도 아니다. 덧붙여 볼까? 과거도 흘러가버리는 것이 아니다. 시간은 이렇게 가고 오는 것이 아니라 새롭게 출렁이며 생성되는 것인데, 생성의 시발점은 다름 아닌 현실에 대한 시적 상상력이다.

나에게 주어진 과제는 분노에 관한 것이었으나, 기획자가 의도한 분노는 분명 일차원적인 정념으로서의 분노는 아니었을 것이다. 정념은 힘이 세서 정념이 갖는 벡터에 의해 엄청난 부정적 결과를 야기하기도 하고 헌걸찬 긍정을 만들어내기도 한다. 분노가 긍정이 될 때, 그것이 바로 상상력으로의 전화일 것이다. 정념의 반대편에 이성이 있는지는 잘 모르겠지만, 정념의 열도熱度를 운동의 방향과 질로 변화시키는 것은 이성이 아니라 상상력이다. 분노의 뜨거운 '배출'이 시의 문제가 되어서는 안 되고, 도리어 분노의 '방향과 질'에 대해서 우리는 아직 많은 고뇌가 필요해 보인다.

구체적인 현실로 돌아와서 사회를 장악한 경제에 대해서 말한다면, 그것은, 다시 사회와 개별적인 삶의 역동을 위해서 복무해야 한다. 음식을 먹고, 옷을 사 입고, 사랑을 하고, 그리고 당신과 그만 이별을 해야 할 때, 그럴 때에만 경제활동을 통해 얻은 재화가 소비되어야 한다. 이러한 생각이 맹랑한 몽상에 가깝다고 할지 모르지만 사실 우리의 영혼은 우리가 의식하지 못하는 상태에서도 다른 삶을 이미 살지 않던가. 산책을 할 때, 우정을 느낄 때, 입맞춤을 할 때, 밤하늘을 올려다볼 때가 혹 그러한 찰나적 순간은 아니던가.

우리가 딛고 서 있는 이 대지가 지금 심하게 흔들리고 있지만, 물리학자 스티븐 호킹 박사의 바람처럼 달이나 화성 같은 데에 지구의 식민지를 건설할 필요는 없다. 아니 건설할 수도 없다. 달이나 화성에 식민지를 짓고 산다면 그때 우리는 사람이 아니게 된다. 사람이 대지를 떠나 산다는 환영에 대해서 (아무리 간헐적으로 이성적인 존재가 인간이라 하더라도) 이성적인 의심을 하지 않을 수가 없다. 그건 생명의 역사가 생생하게 증명하고 있거니와, 파국적인 종말을 택할 것인지 아니면 아리아드네의 실을 움켜쥘 것인지는, 무엇보다 앞선 존재론적 사태이다.

눈앞에 주어진 것은 실체가 아니고 하나의 과정일 뿐이다. 문제는 이 과정을 견고한 실체로 믿고 싶어하는, 그렇지 않으면 항상 불안에 떨어야 하는 인간의 나약함이다. 부처님 말씀처럼, "만들어진 일체 법은 마치 꿈과 같고 환영과 같고 거품과 같고 그림자와 같고 이슬과 같고 또한 번개와 같다"一切有爲法 如夢幻泡影 如露亦如電(구마라집이 한역한 '一切有爲法'의 산스크리트어 원뜻은 '형성된 것', 더 정확히는 '함께 모아진 것'이다). 우리가 처한 이 현실도 결국 역사적으로 형성된 것에 불과함을 시는 대체 어떻게 노래해야 하는 걸까.

거부당한 삶에서
거부하는 삶으로

구제금융체제하의 청소년기

학창시절에 배웠던 '청춘예찬'류의 낭만성은 보기 좋게 퇴화되어 버렸다. 어쩌면 당연한 현상인지도 모르겠다. 시간은 무쇠도 녹인다는데, 낭만이라는 구체제의 정서가 신자유주의의 범람을 감당할 수 있었겠는가. 그런데 재밌는 것은 청춘의 낭만을 청춘을 통과한 '선생'들이 곧잘 유용하게 써 먹는 사태가 동시에 벌어지고 있다는 점이다. 청춘을 사회적 맥락을 제거한 채 실존의 문제로만 돌려놓거나, 단지 관리하고 지배하고 동원해야 할 대상 혹은 부분요소로 취급하면서 말이다.

온전한 사회적 관계가 단절된 채 자본이 쳐놓은 울타리 안에서만 관계가 허락되고 있다는 진단에 약간의 과장이 있을 수도 있겠지만, 진실을 드러내기 위해서 가끔은 비유적 수사가 더 적절할 수도 있다. 물론 이 글은 갇힌 존재로서의 청춘에 대한 사회학적 분석을 위해 쓰여지지 않을 것이다. 그것은 먼저 내 능력 밖의 일인 것이 첫 번째 이유지만, 섣부른 진단과 위무가 사태를 더 뒤죽박죽으로 만드는 데 일조할 개연성도 있기 때문이다. 그것에 앞서 청춘이 가지고 있는 본원적인 힘과 에너지를 어떻게 회복시켜야 하는지에 대한 고뇌가 더 필요하다고 나는 생각한다.

여기서 '본원적인 힘과 에너지'는 여러 각도로 해석 가능하다. 때문에 우리의 논의는 세심해야 하고 동시에 진지해야 한다. 섣부른 사회학적 층위로 환원할 필요도 없고, 지나치게 생기론적으로 접근하는 것도 마땅히 피해야 한다. 아니, 이 두 가지를 함께 관통하는 장場을 마련하기 위한 시도로 목적을 좁히는 게 보다 더 현명할 것 같다. 나는 이 글에서 '청춘이 가지고 있는 본원적인 힘과 에너지'의 지속을 위해 우리에게 무엇이 필요한지 접근해 볼 요량이긴 하다.

오늘날 청춘에 대한 담론을 최태섭은 『잉여사회』(웅진지식하우스)에서 이렇게 요약한 바 있다. "2007년에 발간된 『88만원 세대』 이후 한국 사회는 그 전에 없던 것을 발견하기라도 한 것처럼 20대를 바라보기 시작했다. 불쌍한 20대를 위한 동정 여론과 지원을 위한 움직임들이 나타나기 시작했고, 자비로운 어른들의 지원을 받아 20대당사자 운동을 표방하는 단체들이 속속 생겨났다. 그 중에서도 가장 바쁘게 움직였던 것은 언론과 출판이었다. 세대론을 표방하는 책들, 힘든 20대를 위로하겠다는 책들, 멘토가 되겠다고 자처하는 어른들의 책들이 쏟아져 나왔고, 신문들은 너도나도 청년들을 필자로 섭외해 2030칼럼들을 만들기 시작했다."(34~35쪽)

"불쌍한 20대"는 초등학교 시절에 우리 사회에 드라마처럼 들이닥친 IMF 구제금융 체제의 후유증과 더불어 나이를 더해 온 세대이다. 그러니까 유아기와 아동기에 삶의 파손과 궁핍, 그리고 허세성장과 그것의 몰락 등을 고스란히 경험한 것이다. 다시 시간을 되돌려보면, 그들은 김영삼 정부가 외친 '국제화 시대'의 앞뒤에 태어나서 저 미증유의 구제금융사태가 야기한 정리해고와 비정규직 시대를 사춘기의 감수성에 빼곡히 채워 넣으며 '성인'이 된 것이다. 여기서 그 즈음에 개인적으로 취재했던 어느 시골 초등학교의 상황을 일부 소개해 보겠다.

"이번 길의 안내를 해주신 선생님에 의하면 어느 시골이나 마찬가지로 이곳도 4할 가량의 아이들이 할머니들 손에 의해 키워진다고 한다. 아주 신파적으로 들리겠지만 아이엠에프 이후 가장 큰 타격을 받은 것은 민초들이었다. 아빠나 엄마 중 한 명이 집을 떠나고 아이들은 남아 있는 아빠나 엄마의 손에 이끌려 할머니 집으로 오게 된다. 아이의 손을 잡아 이끈 이가 엄마라면 다시 아이 곁을 떠나고, 아빠라면 돈을 벌려 '잠시(?)' 자리를 비운다."

그 당시 우리 사회의 속살을 엿볼 수 있는 이러한 장면들이 전국
적으로 산재해 있었으며 그것을 염두에 두고 추정해 봤을 때, 그들
은 청소년기부터 생존에 대한 권리 자체가 거세된 것을 똑똑히 확
인하며 성장해 온 셈이다. 그리고 그것은 하나의 문화로 자리 잡았
을 터, 이러한 현상들이 "불쌍한 20대"의 내면을 구성하지 않았다고
누가 장담할 수 있겠는가. 어쩌면 그들 자신도 인식하지 못하는 사
이에 심각한 내상을 입었을지도 모른다. 이 지점에서 우리는 어떤
문턱을 맞이하게 된다.

'민주주의'가 삶을 방기하다

『경향신문』2013년 10월 3일자에는 베이비붐 세대가 은퇴를 해
도 고용 없는 성장이 계속될 것이라는 내용의 기사가 실렸었다. 신
문이 인용한 자료에 의하면 "외환위기 이후 한국은 경기와 고용 간
상관관계가 낮아지고 있다"고 한다. 이러한 분석에 의하지 않고서
도 오늘날 청년실업의 문제가 나날이 심각해지고 있는 것은 사실이
다. 이게 과연 경제적 관점에서 해결할 수 있는지는 여러 모로 의문
이 들지만, 청년들이 해야 할 경제적 활동이 심각히 왜곡·위축돼가
고 있다는 것은 너무도 명백하다.

앞에서 잠깐 언급했지만 이 기사에서 주목할 부분은 바로 "외환

위기 이후"가 되겠다. 언제부터인가 우리가 겪는 고통이 자연스러워지기까지 했는데, 이것은 무기력증의 한 증상이며 '출구 없음'에 대한 낙담을 의미하는 것이다. 그러나 이 고통의 기원을 짧게나마 고찰해 본다면 그것은 바로 "외환위기"일 것이며, 그것이 우리의 영혼과 무의식을 '경제'에 단단히 붙들어 매었음을 알 수 있다. 우리가 "외환위기"를 졸업했다고? 천만에! 우리는 아직까지 구제금융체제 하에서 살고 있을 뿐이다.

최태섭의 재치 있는 표현에 의하면 "외환위기는 전 국민에게 IMF라는 기관의 이름을 뼛속 깊이 각인시킴과 동시에, 정체불명의 빚을 떠넘겨 많은 이들의 삶을 순식간에 바꿔놓았다. 한국 경제의 구조적 취약성, 탈냉전, 금융 자유화, 재벌 체제의 파행, 정치적 갈등, 해외 금융자본의 투기 등등……. 수많은 조건과 배경들이 얽히고설켜 닥친 파국이었다".

우리의 삶을 180도 바꿔놓은 외환위기는 사실 김영삼 정부 때 외치기 시작했던 '국제화'의 국내 상륙 효과였다. 아이러니한 것은 국제 자본을 이용해 국내의 왜곡된 경제구조를 바꾸려 했던 게 이른바 '민주화세력'이었다는 점이다. 예컨대 주주 중심의 기업구조를 가장 강하게 강조한 것은 대표적인 시민단체인 참여연대였다. 그러나 이 주주 중심의 기업구조는 노동자의 정리해고를 촉진시켰고, 그것은 쌍용자동차 노동자들의 비극적 삶과 한진중공업 노동자들의 대량 정리해고를 가능케 했던 실질적 조건이 되었다.

그러나 '민주화세력'은 그러한 사태에 대한 도덕적 비난만 퍼부었지, 그들이 근원적인 성찰이나 고뇌를 자청했다는 얘기를 들은 바가 없다. 이러한 지적은 단지 '민주화세력'에 대한 도덕적 비난을 목적으로 하지 않는다. 민주주의가 무엇을 내포하는지에 대한, 즉 민주주의의 내용이 무엇이어야 하는지에 대한 사유의 입구가 바로 여기임을 말하기 위함이다. 과연 우리에게 민주주의란 무엇이고, 구제금융체제를 청소년기부터 내면화해야 했던 20대의 삶은 어떤 지경에 처해 있는 것인가. 그리고 그들의 부모 세대의 노예노동은 20대에게 어떻게 비쳐진 것일까. 미래의 시간은 이 지점에 대한 고민을 건너뛰어서는 가능하지 않아 보인다.

오늘날 20대가 가진 것으로 보이는 '잉여'의 자의식은 부모 세대들의 무기력함을 혹 그대로 학습한 것은 아닐까. 그들은 구제금융체제를 살아온 부모 세대의 '먹고사니즘'을 가족 내에서 경험했을 터이고, 나아가 사회에 만연한 이기적인 자기보존 욕구에서 자유롭지 않았을 것이다. 자기보존 욕구는 만물이 동등하게 갖고 있는 본능에 가까운 것이지만, 사람은 이것을 사회관계를 위해 유예하거나 혹은 사회관계를 통해 해결하기도 한다. 이것이 우리가 말하는 사회의 존재 이유이고 기능이다. 하지만 사회가 사막화되어 있을 때 사회관계를 위한 자기보존 욕구의 유예는 가능할 수가 없는 것이다.

스피노자에 기대 말해 보면, 자기보존 욕구는 "현실적 본질"이며 인간의 실존 자체는 이것의 외연화라고까지 할 수 있다. 자기보존 욕구 자체는 냉담한 신체적 힘이며 에너지인 것이다. 그러나 이것을 무분별하게 확장할 수는 없으며, 그것은 바로 사회관계를 유지했을 때 자기보존에 훨씬 더 유리하다는 진화사적 혹은 문화적 진실을 내면화했기 때문일 것이다. 거창한 이념을 들먹일 필요도 없이 그것은 경험적 사실이기도 하고, 관념/정신의 문제라기보다 그동안 축적된 신체적 기억이 인간을 그리로 유도한 것이다. 그러나 사회관계가 개인의 보존을 담보하지 못할 때 자기보존 욕구는 사회화되지 않고 철저히 개인화된다.

386세대의 무능과 타락

개인의 신체를 유지시켜 주는 것은 당연하게도 일차적으로 물질이다. 외부의 물질을 체내로 들여와 에너지를 생산하고, 그 에너지는 다시 외부 물질과 연결되는 무한 연속의 회로를 형성한다. 자연상태에서 발생한 이러한 물질 회로는 거의 동일한 형태로 문명사회에서도 유지되는데, 우리는 그것을 경제라고 부를 수 있다. 경제는 자연이 제공하는 원료를 바탕으로 한 생산물을 인간의 물질적 삶에 유입시키는 시스템이라 요약할 수 있다.

그러니까 다른 말로 하면 경제는 인간 간의 관계인 사회를 위해 존재하는 명백한 하부구조인 셈이다. 하지만 중추신경계의 과도한 발달이 인간에게 의식이라는 생명의 백열등을 탄생시킨 것처럼, 경제의 과도한 강조는 문명사에서 경제를 사회 위에 두게 되었다. 근대에 와서 특히 그렇다. 근대가 필연적이지 않다는 사가들의 진단도 있으나 그것은 근대에 대한 비판적 성찰을 위한 사전적 진단 이상의 의미를 가지기 어렵다. 어쨌든 근대는 현실이기 때문이다. 근대의 탄생이 우연이었든 필연이었든, 경제는 사회 위에서 군림하며 모든 것을 경제적 관점에서만 인식한 것은 사회주의에서든 자본주의에서든 동일했다.

이 근대문명의 정점이 현재의 신자유주의체제인지, 아니면 더 가혹한 수탈체제가 기다리고 있는지에 대해서는 단언하기 어렵다. 지금껏 있어왔던 종말론들은 대체적으로 더 가혹한 수탈체제로 연결되곤 했다. 문제는 종말론이 생산되는 현실이다. 달리 말하면 종말론이 생산되는 사회란 구성원들의 삶에 어떤 문제가 깊이 박힌 채 고통을 계속적으로 만들어내고 있는 사회이다. 고통의 깊이와 강도는 언제나 파국을 염원하는 깊이와 강도에 영향을 준다.

우리는 그 파국을 혁명이라고 부를 수도 있다. 따라서 혁명은 언제나 구체제의 파괴를 선행 작업으로 삼는다. 이 말은 혁명에 대한 의지가 파괴를 지향한다는 것이 아니라, 혁명 자체가 파괴라는 과정을 통과할 수밖에 없는 게 역사적 경험이라는 말이다. 들뢰즈는 이러한 사태에 대해서 "역사는 그 어떤 경우 못지않게 피비린내가 나고 잔혹하다"고 진단하면서 그렇지만 참된 혁명은 내부의 긍정적 힘을 가지고 진행되는 것이라고 말한 적이 있다(『차이와 반복』). 다시 말하면 구체제의 파괴 자체가 혁명의 본모습은 아니라는 것이다. 무엇보다도 우리의 무의식을 바꾸는 게 참된 혁명일 텐데, 역설적으로 그것의 변화는 바로 사회의 변화와 동시에 수행해야 하는 과제이다.

구제금융체제하에서 부모 세대의 노골적인 자기보존 욕구를 현재의 청춘들이 학습한 게 맞다면, 청춘들 또한 그러한 모습을 보이는 건 어쩌면 당연하다. 『이것은 왜 청춘이 아니란 말인가』(푸른숲)에서 엄기호는 "이들은 정치가 우리의 삶을 구원하지 못할 것이라는 사실을 너무 잘 알고 있다. 그래서 희망을 약속하는 그 모든 정치적 언어를 불신한다"(85쪽)고 적었다. 전공을 떠나서 글쓰기를 열망하는 내가 아는 한 학생은 "친구들 모두가 어떤 무기력증에 빠져 있는 건 사실이에요"라고 증언한 적이 있다. 사실의 디테일에서 약간의 차이는 있겠지만 대체적으로 변화에 대한 믿음이 무너져 있는 상태인 것만은 분명해 보인다.

그런데 이 변화라는 것에 대해서 386세대인 20대의 부모세대는 아직도 형식적 민주주의에 얽매여 있다. 그러니까 김대중·노무현 정부 시절에 경험했던 민주주의 수준이 우리 사회의 민주주의에 대한 일반적인 감수성인 것이다. 그것이 이뤄지지 않아 '20대 개새끼론'이 나타난 것은 그리 오래된 에피소드가 아니다. 20대가 투표에 참여하지 않고 자신의 안위에만 매여 있어서 우리의 정치가 발전하지 못한다는 '개새끼론'을 길게 언급할 필요는 없다. '개새끼론'은 다만 원한의 언어였다는 것만 부기해 두겠다.

하지만 최소한의 형식적 민주주의마저 무너져가고 있는 현 상황이 어떻게 나타났는지에 대한 대략적인 진단은 피할 수 없을 것 같은데, 바로 그것은 20대의 부모 세대인 386세대들이 노무현 정부 때 보여줬던 무능과 상상력의 저열함이 하나의 현상적 원인이 된다. 노무현 정부의 실패가 그의 개인적 역량이나 참모들의 무능 때문이었다고 지금도 믿고 있는 사람들도 있지만, 그것은 386세대 자체의 무능 그 이하도 이상도 아니다. 외환위기 이후 상황을 다시금 복기해보면, 그 당시 한탕주의의 핵심에 386세대의 타락이 있었다. 그리고 그들은 침몰하는 배에서 탈출하듯 이명박을 선택했다.

20대 앞에 펼쳐진 황무지

민주주의란 무엇인가? 아니, 정치란 무엇인가?

우리는 지금 새로운 물음을 해야 할 지점에 서 있다. "모든 물음들은 존재론적이고, 문제들 안에서 '존재자'를 분배한다."(들뢰즈, 『차이와 반복』) 정치에 대한 새로운 물음은 민주주의의 내포를 혁신하고 그와 더불어 새로운 주체를 구성한다. 오늘날 민주주의가 어떤 위기에 처해 있다면 그것은 우리가 낡은 민주주의를 공유하고 있기 때문일 것이다. 민주주의라는 말 자체가 이미 오염되어 있으며, 심지어 독재를 찬양하는 파시스트들에게도 민주주의는 애용된다. 그리고 이것은 민주주의의 재구성이 요구되는 현실을 정확히 반영한다.

프랑코 베라르디 '비포'는 『봉기』(갈무리)라는 책에서 신자유주의가 유럽 사회를 파괴하면서 어떤 짓을 했는지 다음과 같이 요약했다. "첫 번째 조작. 부자에게 감세를 함으로써 당신들의 일자리가 늘어날 것이다." "두 번째 조작. 은퇴 연령을 낮추면 젊은이들에게 일자리가 늘어날 것이다." "세 번째 조작. 민영화와 시장 경쟁이 학교와 공공 업무의 질을 높이기 위한 최상의 보증이다." "네 번째 조작. 노동자들이 너무 많은 임금을 받고 있다. 우리는 자신의 재력을 넘어서 살고 있다. 보다 경쟁력을 갖추기 위해 노동자들에게 임금을 적게 지불해야 한다." "다섯 번째 조작. 인플레이션이 우리의 현저한 위험이다. 유럽 중앙은행은 어떠한 대가를 치르더라도 인플레이션을 막으려는 유일한 목적을 갖고 있다."

이것은 정확히 IMF가 대한민국에 요구한 상황과 일치하며, 지금도 끊임없이 강요되고 있는 거짓말들의 목록이다. 김대중 정부는 이 목록을 받아들이고 숱한 파산과 결별 그리고 자살이라는 사회현상을 불러들이는 데 결과적으로 일조했다. 구제금융체제를 조기졸업했다는 자화자찬이 무색한 건 둘째 치고, 그리고 노동자의 일상적인 해고와 비정규화도 잠깐 논외로 치더라도 다음과 같은 기사는 우리가 지금도 그 혹독한 시간을 살고 있음을 증거한다.

"국세청 자료를 보면, 2011년에 폐업한 자영업자는 전체 자영업자의 16퍼센트에 달했다. 5명이 창업하는 동안 1명은 문을 닫았던 셈이다. 장기 생존율도 낮은 수준이었다. 지난해 케이비KB국민카드 조사 결과를 보면, 10년 동안 창업한 자영업자 100명 가운데 75명이 가게 문을 닫았다. 특히 창업 뒤 3년 안에 문을 닫은 자영업자가 47퍼센트에 이르러, 절반 정도가 3년도 버텨내지 못한 것으로 드러났다."(『한겨레』 2013년 3월 20일자)

그나마 살아남은 노동자들이 낮아진 은퇴 연령으로 직장을 떠나 할 수 있는 경제활동은 그리 많지 않다. 그래서 많은 사람들이 자영업을 선택하게 되는데, 보도된 것처럼 줄줄이 도산에 이르는 것은 이제 우리가 택할 현실적 방법이 매우 협소함을 말해 준다. 자본주의의 외부는 존재하지 않는다고 말해지지만 그것을 떠나서 우리 사회는 지금 질식 상태이며, 어쩌면 잿더미 위에서 삶 아닌 삶을 살아가고 있는지도 모른다. 이게 바로 오늘날 20대 앞에 펼쳐진 황무지의 모습이다. 만일 20대들이 자신을 스스로 '잉여'라고 비하한다면 그것은 매우 정확한 표현이다. 쓰다 남은 것도 아니고 쓸 필요도 없는 잉여.

이러한 상황에서 고작 부모 세대들은 낡은 민주주의를 흔들어대며 청춘들을 모욕했다. "20대가 세상을 망치는 혐의로는 투표를 안 하고 시위에도 나오지 않으면서, 심지어는 보수 세력을 지지하고 자기 스펙 쌓는 데만 열중하며 사회에 참여하지 않는 이기주의자인데다가, 무능하기 그지없다는 것이"(『잉여사회』, 36쪽)다. 최태섭은 이 같은 부모 세대들의 입장을 이렇게 파악했다. "이것은 80년대의 학생운동권이 투쟁하여 민주화를 이룩했다는 신화적 믿음과, 젊은이들이 당연히 야당 지지 성향을 가질 것이라는 막연한 추정으로부터 나온 것이다."(같은 책, 37쪽)

그러나 이미 앞에서 말한 것처럼, 지금의 청춘들은 어떻게 해도 세상은 바뀌지 않는다는 뿌리 깊은 무기력감에 빠져 있다. 그도 그럴 것이 그들의 전체 생애는 사회가 악화일로를 걷는 과정과 함께 평행을 이루며 진행되어 왔기 때문이다. 김대중·노무현 정부가 있지 않았었냐고? 아쉽게도 김대중·노무현 정부는 구체적인 삶의 문제를 해결하지 못했다. 당연히 의도하지는 않았겠지만 사회의 무의식에 거품을 잔뜩 불어넣은 책임마저 있다고 나는 생각한다. 어쩌면 이 이루어질 수 없는 거품이 이루어지지 않자 사람들은 민주당과 386세대에게 등을 돌린 것인지도 모른다.

덧붙여 말한다면 노무현 정부 시절에도 노동자계급은 사회 운영에서 배제되었다. 노동자의 요구와 시위는 '한물간 떼깡'으로 치부되었고 대신 결과적으로 비정규직을 고착화시키는 법안을 통과시켰음을 우리는 유념해야 한다. 그 결과 노동의 천시는 변하지 않았다. 심지어 20대 청춘들에게도 산업 노동은 선택하기 싫은 삶의 방식이 되어버렸다. 그러나 이것은 너무도 솔직한 반응이 아닌가? 푸른 작업복의 노동이 20대의 미래가 아님을 사회는 충분히 보여주지 않았는가? 지금도 도처에서 노동자들은 분류되고, 내쫓기고, 정리되고, 처분되고 있지 않은가? 노동이 신성하다고? 이거야말로 '병맛'이다!

비고용 시대와 기본소득

더글러스 러미스는 『경제성장이 안되면 우리는 풍요롭지 못할 것인가』(녹색평론사)에서 "경제발전은 빈부의 차이를 없애는 것이 아니라 빈곤을 이익이 나는 형태로 고쳐 만드는, '빈곤의 합리화'"일 뿐이라고 지적하며 '대항발전'이란 개념을 꺼내들었다. 이 '대항발전'은 "앞으로 발전해야 하는 것은 경제가 아니라는 뜻"이며 "거꾸로 인간사회 속에서 경제라는 요소를 조금씩 줄여나가는 과정"이라고 말한다. 곧 "줄이는 발전"이라는 것이다.

조금 더 구체적으로는 "경제 이외의 가치, 경제활동 이외의 인간 활동, 시장 이외의 모든 즐거움, 행동, 문화, 그런 것들을 발전시킨다는 뜻"이며 굳이 "경제 용어로 바꿔 말하면 교환가치가 높은 것을 줄이고 사용가치가 높은 것을 늘리는 과정"이다. 그것을 통해서 일과 소비에 중독되어 있는 "경제인간"에서 "값이 매겨져 있지 않은 즐거움, 사고파는 일과 관계가 없는 즐거움"을 아는 "보통 '인간'"으로 되돌아올 수 있다는 주장이다.

노동에 대한 신성시는 좌우를 막론하고 동일하게 주장되어 왔으며, 심지어 급진 좌파 내부에서도 비정규직 노동자의 정규직화라는 매우 제한된 상상력을 보여주고 있다. 앞에서 인용한『경향신문』기사를 보더라도 오늘날 경제 '성장'과 고용은 아무 관계가 없으며 이는 단기적인 현상이 아닐 가능성이 매우 높다. 따라서 우리는 지금 노동에 대한 아주 근원적인 사유를 요구받고 있다. 2013년『실천문학』가을호의 대담에서 백무산 시인은 우리가 생각하는 노동이 "과거의 자율적 소농小農들이 급격한 산업혁명을 겪으면서 산업노동자화하는 과정에서 노동에 대한 계몽, 노동개조가 있었"는데 지금의 노동은 "아주 극단적인 개조"의 결과물이라고 말한 바 있다.

노무현 정부 시절 대통령이 직접 앞으로의 고용문제는 서비스 산업에서 찾아야 한다고 말했던 것은 전통적인 의미의 고용 창출은 이제 불가능하다는 정부의 자기고백에 다름 아니었다. 따라서 그 후 현실정치권에서 계속 양산되는 일자리 창출 운운은 거의 정치적 사기에 가까운 것이었고 그것은 시시각각 드러나고 있으나 쉬지 않고 계속되고 있다.

어쨌든 그는 그러한 고뇌의 연장선상에서 한미FTA를 추진했을 것이다. 그가 그나마 남아 있던 우군인 진보진영과 등을 돌리면서까지 진행한 것은 향후 먹고살 일에 대한 대통령으로서의 고민과 걱정이 앞섰을 수도 있다. 그러나 그는 거기까지였다. 미래에 대한 새로운 상상을 하기에는, 그의 말대로 그는, '구시대의 막내'였고 민주주의 세력의 무능의 표상이었다.

그러나 문제는 여전히 남는다. 우리가 '개조된 노동'을 거부한대도 일상생활이 보장되지 않는 급변이나 운동은 어떤 의미도 가질 수 없기 때문이다. 경제 성장이 고용을 통한 노동 소득과 연동되지 않고, 근원적으로는 경제 성장 자체가 1972년 로마클럽에서 제출한 '성장의 한계' 이후에 이미 사실이 되어가고 있는 현실에서 삶에 필요한 기본적인 재화와 물산은 어떻게 조달받아야 할까.

사실 여기서 등장하는 것이 바로 기본소득이다. 기본소득을 이진경은 『말과 활』창간호에서 "존재하는 모든 이가 노동력 재생산 비용을, 먹고살 수 있는 기본조건을 보장받는 방향"이라면서, "노동으로부터 해방"된 물질적 기초조건이라는 맥락에서 이해할 수 있다고 말했다. 즉 새로운 노동해방의 구체적 계기로서 말이다. 전통적인 좌파들은 기본소득이 '자본주의 체제의 연장 혹은 전제'임을 들어 반대하고 있지만, 사실 이것만큼 자본주의 체제를 뒤흔들 효과적인 무기도 없다는 게 내 개인적인 생각이다. 물론 기본소득이 곧바로 노동해방을 가져올지는 그 누구도 장담할 수는 없지만 말이다.

그러나 우리는 여기서 철학적인 질문을 한번 던져 볼 필요가 있다. 미래라는 시간은 과연 무엇이 구성하는가? 그것은 당연히 과거와 현재의 변증법이, 아니 시간 자체를 과거/현재/미래로 구분하는 습속을 해체시키는 사유와 실천만이 그것을 감당할 수 있다. 그 사유와 실천의 내용 중에 기본소득을 누락시켜야 할 이유가 현재로서는 뚜렷이 없다. 기본소득이 '자본주의의 연장 혹은 전제'라는 판단은 그러므로 너무도 추상적이다. 체제나 문명의 전환은 유감스럽게도 우리가 바라듯 그렇게 극적이지 않다. 그것은 생활과 문화의 변화가 점점 가속되면서 오는 것이다.

기본소득, 미래의 입구

20대가 스스로 자신을 칭하는 '잉여'는 철저히 경제적인 개념을 토대로 한 것이다. 생명을 가진 존재가 경제적 의미로만 규정된다는 것은, 선험적인 고결함을 부정하는 것에 다름 아니다. 물론 그 자조나 자학에는 전혀 다른 의미가 내포되어 있음을 모르는 바는 아니다. 다만 우려스러운 것은 경제적 상황이 강제한 언어가 다시 우리의 실존을 파괴하는 사회 현상이다. "언어 학습이 신체, 즉 어머니의 신체로부터 분리되면서 일반적으로 언어 그 자체가 바뀌고 있으며, 언어와 신체 간의 관계도 바뀌고 있다."(프랑코 베라르디 '비포', 앞의 책)

삶의 변화 속에서 언어가 바뀌는 것은 자연스러운 일이지만, 자본이 그리고 자본이 강제한 노동이 온갖 생기와 충동으로 가득해야 할 청춘의 신체를 개조하고 있다는 우려는 언어의 변화 현상과 관련하여 깊이 숙고할 만한 이슈가 될 수 있다. 왜냐면 인터넷의 발달과 더불어 생산되는 언어는 잉여라는 희비극적 자기 지시로 압축되고 있기 때문이다. 이게 꼭 부정적인 벡터만을 갖는 현상은 아닐지도 모른다. 그러나 '비포'의 "어머니의 신체로부터 분리"되고 있다는 진단은 단순한 수사가 아니다. 그것은 자본과 발맞추어 나가는 기술문명이 우리를 신속하게 생명의 대지로부터 떼어내고 있는 현상과 무관하지 않은 것이다.

더군다나 네그리가 진단하고 있듯이 "몸들의 자유로운 표현과 즐거움"에 대한 "초월적인 왜곡은 몸매관리 운동과 유행(패션)을 몸들에 대립"(『혁명의 시간』)시키고 있기 때문이다. 실제로 내가 만난 학생의 증언에 의하면, 많은 학생들이 소비를 통해서 자신의 개성과 독특함을 강조하고 있으며 그것을 위해서 아르바이트를 뛰고 있다고 한다. 그것이 단순한 소비행위임을 모르는 바도 아니지만, 현실적으로 그것 말고는 자신을 표현할 수 있는 방법이 없다는 솔직한 고백이었다. 우리는 지금 자본에게 삶 자체가 장악되어 있기 때문에 그것은 당연한 현상일 것이다. 그것이 또 어디 20대만의 특징인가.

그렇다면 우리에게 남은 방법은 기존의 문화운동이나 노동운동 차원의 것만은 아닌 게 확실하다. 자본으로부터 그리고 그것이 강제하는 노동으로부터 20대의, 아니 우리의 삶을 독립시키는 것은 무엇일까 하는 근본적인 물음이 대두될 수밖에 없는 것이다. 그것을 위한 하나의 방법을 나는 기본소득이라고 주장하고 있거니와, 상품으로서의 노동을 해체하고 그 효과 중 하나로 "억지로 팔아먹기 위해서 만드는 물건들"(김종철)을 위한 노동을 하지 않음으로써 질적으로 다른 사회에 한 발짝 다가갈 수 있는 입구를 닦을 수도 있다.

사실 이 기본소득 자체도 일종의 거대한 물음이다. 그리고 "모든 물음들은 존재론적"인 문제이다. 존재론을 회피한 운동은 결국 왜소화될 수밖에 없으며 다시 자본의 되먹임 구조에 종속되는 하나의 상수로 추락할 가능성을 갖는다. 우리의 실존을 변형할 수 있는 사회적·존재론적 운동으로 기본소득이 가장 유력해 보인다, 지금으로서는.

강남스타일 아닌
존재의 스타일

　가수 싸이의 노래 〈강남스타일〉이 2012년을 흠뻑 적시고 있다. 대중문화의 영역만이 아니라 대통령 선거를 앞둔 정치인들도 너도나도 싸이의 '말춤'을 따라하거나 흉내내고 있는 형국이다. 또 〈강남스타일〉에 대한 소식이 하루라도 빠지면 뭔가 편치 않다는 듯 관련 소식과 뉴스가 말 그대로 쏟아지고 있는데, 이 재밌고 발랄하기 그지없는 뮤직비디오가 이렇게까지 흐름이 장쾌하게 될지는 정작 싸이 자신도 예상하지 못했던 듯하다. 조만간 빌보드차트의 1위에 등극할지도 모른다는 보도까지 쏟아져 나오고 있고 음악평론가 임진모는 "빌보드 1위를 한다면 가히 '미국 정복'이라고 할 만하다"고까지 말했다.

심지어 "만약 싸이가 대선출마를 선언한다면 어떤 상황이 벌어질까? 정치인들에 질릴 대로 질린 대중들이 한국대중문화 코드를 새롭게 조명하고 있는 싸이에 몰표를 던질 수 있을까?" "이번에 그를 강제로 대선출마시키면 어떨까?"(김기덕, 동아방송예술대학 교수)라고 약간 과한 농담까지 던지고 있는 이도 있다. 온갖 상찬과 분석과 농담도 그가 일으킨 돌풍에는 지나치지 않다는 반증이니, 그가 지금 무슨 일을 저지른 건지 크게 의심하지 않아도 될 듯싶다.

이에 대한 여러가지 분석도 많지만, 대체적으로 동의할 수 있는 싸이의 특징은 몇 가지로 요약되는 것 같다. 하지만 이 글에서는 그러한 내용들을 복기하지는 않겠다. 차라리 이 글은 싸이의 음악이 탄생되었을 법한 지점과 그 수용양상, 그리고 실제적인 사회적 효과를 가늠해 봄으로써, 우리 현실을 성찰하는 계기로 삼는 게 훨씬 더—물론 이건 내 생각에 지나지 않지만—생산적일 것이라는 가정을 전제한다.

가수 싸이가 NBC의 〈엘렌 드제너러스쇼〉에서 미국의 팝가수 브리트니 스피어스에게 말춤을 가르쳐주면서 했다는, "옷은 고급스럽게, 춤은 싸구려처럼"Dress Classy, Dance Cheesy이라는 조크 아닌 조크는 내게 매우 의미심장하게 들렸다. 싸이 스스로가 자신을 가리켜 "태생이 B급"이라 했거나 "모범적인 모습으로는 살아가고 싶지 않다"고 선언했다지만, 당연히 그는 실존적인 차원까지 '쌈마이'가 아니다. 어느 평론가는 B급을 가장한 A급 콘텐츠라고 그의 음악을

평하기도 했으나, 나는 다만 모든 예술가나 뮤지션은 자신의 존재론적 실존이 아니라 미학화된 실존을 표현한다는 명제에 의지할 작정이다.

역사학자이자 미셸 푸코의 친구인 폴 벤느가 쓴『푸코, 사유와 인간』(산책자)은 푸코에 대한 벤느의 우정 고백에 가까운데, 그 책에서 벤느는 푸코가 주체를 부정한 포스트모더니스트(이 또한 푸코와는 상관없는 미국식 짬뽕에 불과하지만)인 것처럼 비치는 것을 경계하는 듯 이렇게 쓴다. "존재의 스타일, 그리고 자기에 대한 자기의 작업이라는 관념은 푸코의 마지막 몇 달간의 대화, 그리고 아마 내면생활에서도 커다란 역할을 했다." 즉 푸코가 말하는 주체는 "매 시대에 당시의 장치와 담론에 의해" 그리고 "우발적인 미학화에 의해" 틀지어지는 과정이라는 것. 정확하게 벤느는 주체화와 미학화를 구분하는데 푸코가 말했다는 '미학화'의 내포를 이렇게 정리한다. "자기 자신에 의한 자기 변환"(푸코).

삶은 실존을 어떤 방식으로든 미학화함으로써 스스로를 표현한다. 다시 표현된 삶의 스타일은 삶 쪽으로 한번 더 구부러져 삶을 변화시키는 되먹임구조를 만들기도 한다. 싸이를 말하는 이 자리서 푸코를 들먹이는 것은, '자기비하' 비슷한 위장(?)을 한 싸이의 노래와 발언들이 사실은 싸이 자신의 삶을 미학화한 것이라는 점을 강조하기 위해서다. 그런데 여기서 내가 "옷은 고급스럽게, 춤은 싸구려처럼"이라는 발언에 주목하는 것에는 조금 다른 이유가 있다. 여러 매체와 방송을 통해서 알려졌다시피 싸이의 계급적 위치는 그의 노랫말처럼 "십 원짜리"가 아니다. 오해를 피하기 위해 미리 부연을 하거니와 내가 그의 계급적 위치를 들먹이는 것은 콤플렉스 섞인 감정의 노출이 아니다. 그것은 다만 사회학적 맥락을 한번 짚어보자는 의미일 뿐이다.

싸이는 아버지의 세계를 넘어서고 싶은 욕망으로 어린 시절과 청춘의 시간을 지나온 사람이다. 그의 전기적 사실이 언론매체의 취재나 텔레비전 방송에 출연한 싸이 자신의 일방적인 진술에 의해서만 드러났기 때문에 그 신빙성이 충분히 풍족한 것은 아니지만, 분명해 보이는 것은 싸이는 자신의 계급적 정체성을 무의식적으로 비하하면서 동시에 미학적 주체를 구성해 왔다는 점이다.

이는 제도권 밖의 뮤지션이 제도권에 편입되기 위해서 A급의 아류의 함정을 통과해야만 하는 과정과 정확히 대비된다. 여기가 그의 미학적 주체가 희한하게 연출되면서 현상적인 매력이 발생되는 지점이라고 나는 생각한다. 그러나 동시에 아버지 '이후'의 음악이 어느 방향으로 잡힐 것인지 무척 궁금해지는 이유이기도 하다. (그는 아버지와 화해하고/하면서 YG엔터테인먼트와 결합했다.)

그런데 싸이를 수용하고 있는 측에서 한 가지 간과하고 있는 게 있다. 그것은 뜻밖에도 싸이의 음악이 단지 '노는 오빠'의 '쌘티' 나는 음악인지에 대한 궁극적인 물음이다. 이것은 두 가지로 접근해 볼 수 있다. 이 글에서는 음악 내재적인 접근은 포기하고 그가 말하는 놀이가 과연 무엇인지에 대해서만 말하겠는데, 그건 그의 놀이가 정확히 소비문화의 정수리에서 펼쳐져 왔다는 점이다.

그래서 〈강남스타일〉이 어떤 판타지를 창출했다면 그것은 해방의 판타지가 아니라 소비와 배설의 판타지에 가까운 느낌을 준다. 대중음악의 기능이 무엇인지에 대해서는 별별 의견이 있겠지만, 대중음악에는 분명 양가성이 있는 것 같다. 하나는 대중의 구체적 삶에서 형성된 정서를 표현하는 측면이고, 다른 하나는 대중의 삶을 어떻게든 위무하는 것이다. 후자의 경우 한때 최루적 효과라고 비난을 받기도 했으나, 아무튼 이 모두가 대중음악이 갖는 매력이고 특징인 것만은 사실이다. 문제는 어느쪽이든 간에 삶의 예민한 지점에 얼마나 충실했느냐는 것일 게다.

예컨대 〈연예인〉에서는 "나의 그대가 원한다면" "그대의 연예인이 되어"라고 노래하지만, 그것은 실제적 현실과는 너무 이질적인 간극을 품고 있다. 웃자고 부르는 음악에 왜 죽자고 달려드는 거냐 한다면 나는 무거운 침묵을 택하겠지만, 이 글이 '싸이의 음악이 탄생되었을 법한 지점과 그 수용양상, 그리고 실제적인 사회적 효과를 가늠해 봄'에 그 목적이 있음을 잠시만 헤아려 주길 바란다.

우리 사회의 구성원들 대부분이 "나의 그대가 원한다면" "그대의 연예인이 되어"줄 수 있는 물적 토대를 갖지 못하고 있음을 상기해 볼 때 싸이의 노래는 일종의 메타—팝처럼 접수되기도 한다. 〈챔피언〉에서는 "진정 즐길 줄 아는 여러분이 이 나라의 챔피언"이라며

불끈 흥을 돋는 에너지가 가사뿐만이 아니라 노래 자체에서 뿜어져 나오는데, 그것이 노래가 끝나면 허공으로 사라져버리는 공허한 에너지라면 어쩔 것인가. 싸이의 미학적 정체성에는 자신의 실존적 정체성의 역방향을 타고 온 힘이 분명하게 양각되어 있으나 그것이 우리들에게 검은 마력으로 작용하는 측면은 없는 것일까. 내가 그를 좋아하면서도 두려워하는 이유가 여기에 있다.

나아가 〈강남스타일〉이 풍기는 이질적이고 허황된 판타지가 혹 강남이 대한민국 사회 내에서 갖는 특권과 타락의 위치를 문화적으로 덮어줄 개연성은 없는지 나는 의심하고 있는 것이다. 어떤 판타지는 단지 판타지 자체로 순수한 미학적 지위를 차지하는 데 비해 어떤 판타지는 삶에게 투여되는 향정신성약물이 되기도 한다. 혹자들의 지적처럼 의도하지 않았음에도 〈강남스타일〉이 강남을 조롱하고 있는지는 모르겠으나, 강남에 문화적 면죄부가 주어지는 '의도하지 않은' 효과를 낼 수 있음도 함께 보아야 공평한 건 아닐까?

〈강남스타일〉의 대중음악사적 가치가 어느 정도인지 헤아려 볼 역량이 물론 내게는 없다. 다만 그 노래가 현실에 적절치 않은 파급효과를 내고 있는 것은 아닌가 하는 쓸데없는(?) 예민함이 내게 이 글을 쓰게 했다. 무엇보다도 싸이가 지나온 특이한 미학화 과정은 생략하고 결과만 받아들이는 것과, 나아가서 오늘날 자신의 삶을 미학화시키는 고난을 회피하려는 경향들의 뒤섞임은 우울하기 짝이 없는 현상이다. 사실 이러한 문제들은 대중문화만의 문제도 아니고 또 대중문화가 전적으로 책임져야 할 것도 아니다.

그러나 대중문화가 차지하는 위상과 역할이 예전과는 양적·질적으로 판이하게 달라졌으며, 이에 따라 단순히 사람들이 즐기는 하류문화의 역할에만 충실하는 건 직무유기에 가깝다. 이제는 대중문화가 우리의 공동체를 평평한 이차원으로 변질시킬 수 있는 권력을 가졌기 때문에 더욱 그렇다. 지금 대중문화가 주류문화의 자리를 점해 가고 있음은, 사회사적 관점에서 명확해 보인다. 그런 맥락에서 오늘날 횡행하는 추수적인 대중문화 비평이나 감상문은 따라 읽기가 무척 힘이 든다.

비평 없는, 특히나 거대담론을 폐기한 문화의 몰골이 어떤 모습인지 구체적인 예를 확인하기는 어렵지 않다. 대중문화에 대해서 무조건적인 적대감을 가질 필요도 없겠으나, 그렇다고 해서 대중문화를 단지 소비재로만 취급하는 것도 동일한 오류에 지나지 않는다. 나는 그저, 〈강남스타일〉의 향유만이 아니라 각자 자신의 존재 스타일을 양식화하는 훈련과 사색 등은 정녕 불필요한 시대인가, 하는 점을 묻고 싶을 뿐이다. 푸코 식으로 말하면 그러한 담론체제는 어떻게 만들어야 하는 것인가 하는.

대중문화에 대한 비평은 비평대로 제대로 활성화돼야겠지만, 대중문화를 수용하는 차원에서도 어떤 공부시스템이 필요할 텐데, 나는 그것을 제도권교육이 감당하는 게 합당한지, 시민교육시스템이 적절한지에 대해서는 잘 모르겠다. 대중문화에 산업적 맥락을 지우라고 요구하는 것이 부당한 것처럼 대중문화는 대중문화일 뿐이라는, 그러니까 그냥 즐기면 (정확히는 소비하면) 된다는 어떤 문화권력들의 앵무새 같은 되풀이는 더 부당하다. 소비적인 대중문화에 조응해 존재의 스타일을 창출하는 노력은, 그러므로 이러한 소비 중독에 맞서는 일이기도 하다. 대중문화에 대한 천편일률적인 의견보다 "사상이 울퉁불퉁한" 소수 의견은 언제나 모기소리만 하긴 했지만 뭐.

대한민국의
하비루들

도시의 탄생은 문명의 시작과 궤를 같이 했다. 물론 인류문명 초기의 도시는 지금과는 그 형태나 구조가 사뭇 달랐겠지만, 대지의 복잡한 선線을 하나의 평면으로 수렴하는 도시의 본질은 그리 크게 다르지 않았다. 근대도시가 이차원적 평면 위에 y축을 추가함으로써 그 성격을 완전히 탈바꿈시키기는 했지만 말이다. 물론 도시가 삼차원적 성격을 갖게 된 것이 꼭 근대문명기에 들어와서만은 아니었다. 바벨탑의 신화 또한 그 당시 발달된 도시문명을 가리키고 있는 것은 아닐까. 아무튼 삼차원적 성격의 일반화는 확실히 근대도시의 작품으로 보인다.

하지만 고고학적 탐색을 제하고 생각하더라도 근대도시에는 고

대도시와는 다른 무엇이 분명히 있다. 도시가 그 근역의 농촌경제에 의존하고 있는 면은 고대든 근대든 다르지 않지만, 근대에 들어와 도시는 농촌에 대한 경제적 의존을 벗어나 자족적인 면을 갖추기 시작했다. 근본적으로는 농촌경제 없는 도시문명이 불가능함에도 도시가 근대에 들어 식량 이외의 소비재를 자체적으로 생산할 능력을 갖추기 시작한 것은 분명하다. 그것은 근대도시가 산업화의 바람을 타고 급속히 확장되었기에 가능했다.

문제는 근대도시의 발달이 농촌경제의 예속화를 강제해야만 했다는 점이다. 대한민국에서 그 정도가 심각한 것은 주지의 사실인데, 농촌경제를 궤멸시키는 과정과 대도시의 탄생은 동시적으로 일어난 사건이었다. 대한민국의 근대도시는 단순히 대지의 복잡한 선을 삼차원적 공간 개념으로 수렴한 차원을 넘어서 대지를 도시의 부속품으로 재배치함으로써 자신의 생존능력을 연장해 왔다. 대한민국에서 농촌인구의 급락과 정비례한 도시의 팽창은 그래서 문제적이다.

그럼에도 불구하고, 도시로 모여든 (더 정확히 말하면 '뿌리가 뽑혀진') 대지의 자식들에게도 도시는 엄연히 삶의 공간임이 분명하다. 오늘날 이 부분에 대한 숙고 없는 어떤 처방도 무의미한 것은, 돌아갈 대지가 이미 도시를 위해 재배치됨으로써 그 생명력을 급속히 잃어가고 있기 때문이다. 어쩌면 대한민국의 근대는 도시의 무한한 확대과정이라 불러도 지나치지 않다. 이는 이른바 수도권의 거침없는 팽창 현상을 보더라도 확연해진다. 이렇게 치유 불가능해 보이는 불균형, 아니 도시로의 완벽한 동일화는 우리에게 다른 사유를 강요하는 바, 그것은 대지와 도시 사이에서 배회하는 새로운 주체가 탄생했기 때문이다.

1962년 제1차 경제개발계획에 따라 개발된 1단지에 이어 가리봉 지역에 2단지가 만들어짐으로써 가리봉 지역은 구로공단이라는 약칭으로 불리게 되었다. 이 지역은 이후 농촌의 젊은이들을 급속히 유입하면서 도시화가 진행되었는데, 처음에는 영등포구에 속해 있다가 구로구, 금천구 등으로 변경 혹은 분할되어 현재에 이르고 있다. 장시간 노동과 저임금 구조가 없이는 불가능했던 대한민국 자본주의의 상징 역할을 구로공단이 담당한 것도 사실이고, 그로 인해 노동자계급의 저항이 끊임없이 계속되어 온 것도 가리봉 지역이 가진 역사적 특징이다. 그러나 1990년대 들어와 급격히 산업구조가 재편되면서 많은 공장들이 폐업을 하거나 이전을 하게 되었다. 그 결과로 가리봉 지역에 많은 변화가 주어졌다.

폐업과 공장 이전 등으로 노동자계급의 인구가 감소하는 동시에 가리봉 지역은 가출한 청소년들의 은신처 노릇을 하기도 했다. 필자의 기억이 맞다면 1995~2000년 즈음은 서서히 삶의 터전을 잃어가고 있던 공장 노동자와 하루벌이로 생계를 이어가던 건설 노동자, 유흥업소에 종사하던 가출 청소년 들이 가리봉 지역에 혼재해서 거주하게 되었다. 영화배우 최명길에게 프랑스 낭트 영화제 여우주연상을 안겨주었던 영화 〈장밋빛 인생〉은 그 당시 가리봉 지역의 모습과 삶의 결을 깊게 차용했다.

떠나지 못한 자와 모여드는 자가 그렇게 함께 가리봉을 차지하고 있을 때, 가리봉의 문화에도 많은 변화가 찾아왔다. 성인영화를 동시상영해 주는 역할이긴 했지만 영화관들이 차례차례 문을 닫았고, 유흥주점들이 때 아니게 번창하기 시작했으며, 숙박시설들이 하나둘 늘어나기 시작했다. 외양으로는 화려했지만 내부적으로는 어떤 질 나쁜 몸부림들이 존재하는 곳이 가리봉 지역이었다면 너무 은유적인 걸까? 2000년대를 향하는 근대의 시간이 흡사 가리봉을 질질 끌고 가는 모습이라 한다면 말이다.

그러다가 다시 가리봉 지역에 결정적인 사건이 발생하게 되는데, IMF체제 이후 중국 국적을 가진 조선족 동포들이 대거 모여들기 시작한 것이다. 그들은 떠나려고 해도 떠나지 못했던 공장에서 1세대 이주노동자의 역할을 했다. 대체적으로는 꾸려야 할 구체적인 생활이 있던 30~40대 성인 남성이었지만 간혹 다른 꿈을 꾸고 고향을 등진 20대 청년들도 섞여 있었으니, 가히 농촌에서 젊은이들을 유인해냈던 저 1970년대의 반복이었다고 해도 과언이 아니다. 그러나 이건 분명 비극의 반복이다. 중국에서의 탈주가 과연 얼마만한 행복한 결말을 낳았는지에 대해서 필자는 아무런 데이터를 갖고 있지 않다. 다만 현재 가리봉 시장 중심으로 펼쳐진 그들의 터전이 어쩐지 게토화되어 있다는 인상은 지우기가 어려울 것 같다.

앞에서 가리봉 지역에 발생한 결정적 사건을 IMF체제로 지목했는데, 여기에는 두 가지 시간의 극적 엇갈림이 있었다. 구로공단에서 생산활동을 하던 기업들이 이전 혹은 폐업을 하고 난 자리에 많은 벤처기업들과 대형 유통매장이 들어서기 시작한 것이다. 2000년대 중반 이른바 벤처기업 열풍이 사그라지면서 강남의 테헤란로에 있던 많은 벤처기업들이 상대적으로 임대료가 저렴한 옛 구로공단 지역으로 몰려들었다. 사실 서울 인근에 이만한 지리적 또는 경제적 이점을 주는 데는 흔치 않았을 터, 가리봉 지역의 변화도 이러한 사회경제적 상황과 깊게 연동되어 있었다. 그 후 가리봉 지역 일대는 그야말로 혁명적 전환기를 맞게 된다. 옛 구로공단 지역 전체가 디지털산업단지로 빠르게 변모하고 지금도 남은 자투리 공간을 비집고 여러 복합사무공간이 건설되고 있는 실정이다. 노동의 입장에서 보면 이 지역의 사회적 역할은 예나 지금이나 변하지 않은 것이다.

그렇다면 이러한 산업구조 개편은 가리봉 지역에 어떤 결과를 남긴 것일까. 가리봉 지역의 공간 구조와 삶의 질이 어떤 방향으로 변화하기 시작한 것일까. 어떠한 대략적인 추론도 쉬 용납하지 않는 것이 대한민국의 경제구조와 도시계획의 특징인 바, 가리봉 지역에는 서로 다른 시간의 겹이 층층이 쌓이고 있다는 것이 적절한 표현일 것이다. 즉 60~70년대와 80~90년대, 그리고 21세기가 한 공간에서 동시에 펼쳐지고 있는 스펙터클을 어떻게 설명할 수 있을지 모르겠다. 현재 가리봉 지역은, 60~70년대에서 멈춘 가리봉 시장 일대, 80~90년대적 특징을 보여주는 그 바깥의 거주지역, 그리고 21세기를 상징하는, 텅 빈 기표 같은 디지털산업단지 지대로 삼분되어 있다.

물론 이러한 진단은 그렇게 정확하지 않을 수도 있고, 인상에 기반한 주관적 판단일 수도 있다. 하지만 가리봉 시장 일대는 대다수의 중국어와 소수의 한국어 간판이 뒤섞인 다운타운으로 변했으며, 그 안으로 조금 더 들어가면 오래전에 봐왔던 입성을 한 조선족 동포들의 일상이 펼쳐진다. 물론 그들은 대한민국의 최하위계층을 이루는 여러 부류 중 하나다. 가리봉 시장 일대를 조금만 벗어나면 21세기에 채 진입하지 못한 공간이 자리잡고 있는데, 그곳에는 대한민국 국적을 가진 민중들이 아직도 후미진 골목에서 삶을 꾸려가고 있다. 그것들의 바깥에는 도대체 마천루들이 언제 어떻게 생겨났는지 생각만 해도 어지러울 정도로 펼쳐져 있다.

이미 디지털산업단지 일대에 펼쳐진 마천루들이 현재의 안쪽이고, 가리봉 시장 일대가 현재의 바깥으로 그 위상이 뒤바뀌었다. 참고로 이 같은 구조는 영등포역 일대도 마찬가지인데, 그곳에는 21세기적 백화점과 매머드 복합쇼핑몰인 타임스퀘어, 그리고 벤처기업 산업단지, 70~80년대적인 아우라를 풍기는 소규모 마찌꼬바에 더해 사창가가 있고 또 다른 공간에는 이른바 쪽방촌이 펼쳐져 있는 괴기스런 구조를 가지고 있다. 아무튼 가리봉 시장 일대는 한국 노동자들의 거주지역에서 조선족 중국 노동자들의 거주지역으로 바뀌었고, 내국인 노동자들은 안쪽(?)을 향하여 이미 떠나버렸다.

그런데 여기서 또 눈여겨봐야 할 지역이 바로 옛 공단지역인 디지털산업단지 일대인데, 대체적으로 패션·디자인산업과 지식·정보통신산업이 대부분을 차지하고 있는 이 지역은, 이제 새로운 산업에 종사하는 노동자들의 밀집지역이 되었다. 하지만 이곳에서도 장시간·저임금 노동이라는 한국 노동자의 오래된 현실이 유감없이 재현되고 있다. 2012년 현재 이러한 현상은 아주 일반적인 사례이긴 하지만 말이다. 결론적으로 최소한 가리봉 지역으로 국한시켜 봤을 때, 70~80년대와 다른 점은 산업구조의 변화밖에는 다른 점이 거의 없다 해도 아주 틀린 진단은 아닐 것이다.

가리봉 지역에 조선족 중국 노동자들이 유입되는 시점은 구로공단 시절 노동의 이동이 막 시작될 즈음이었고, 사실 그때는 새로운 산업구조가 정착되기 이전이었다. 공산품을 생산하는 공장들은 이미 서울 외곽으로 이전해서 다른 나라 이주 노동자들의 노동력을 받아들였다. 가리봉 지역에 거주하는 조선족 중국 노동자들은 산업구조 재편 시기의 틈바구니에 묘하게 끼어 일용직 노동에 종사하며 삶을 꾸려가고 있다.

대한민국에 거주하는 내외국인 노동자계급의 내부를 들여다볼 때 거기에는 심각한 균열이 존재한다. 소득에 따른 계급적 균열에 더해 내면의 위계화가 고착되어 가고 있는 것이다. 오늘날 나날이 심각해지고 있는 비정규 노동 문제의 깊은 심층을 가리봉 지역의 조선족 노동자들도 공유하고 있다. 그들에게는 외국인이라는 굴레 또한 드리워져 있으니, 어떻게 보면 한층 더 복잡하고 불안한 삶의 구조가 가리봉 지역에 구축되어 있다고 볼 수 있다.

확인해 본 바에 의하면, 금천구(가리봉 시장 일대는 구로구이고, 길 건너 옛 가리봉동 일부는 현재 가산동으로 이름이 변경되어 금천구에 속해 있다)에는 2만 4천여 명의 외국인 노동자가 거주하고 있지만 그 이상의 정확한 자료는 구청에서 가지고 있지 않았다. 구로구청은 법무부 소관이라 밝힐 수 없다는 입장이지만, 금천구와 구로구를 막론하고 가리봉 지역의 대다수 외국인은 바로 조선족 중국 노동자들임은 분명하다. 가리봉 지역의 거주 조건이 매우 불편하고 낡아서 곧 슬럼화가 되지 않을까 하는 우려도 우려지만, 보다 더 중요한 것은 그들이 우리 사회 내부의 떠돌이로 전락하고 있다는 점이다.

문동환 선생은 『바벨탑과 떠돌이』라는 책에서, 모세의 지도에 의해 일어난 출애굽 사건의 주체인 히브리인은, "본래 특정 민족이 아니다. 그들은 고향 땅의 강자들에게서 밀려나 두루 헤매는 떠돌이들이다. 그들은 밀려나 떠돌이가 되어 도적질도 하고 때로 강도의 무리가 되기도 했다"라고 썼다. 그 떠돌이들이 자신들의 비루한 삶을 떨치고 일어난 사건이 출애굽이라는 것이다. 화려한 이집트 문명의 그늘에서 생존에 급급해야 했던 떠돌이들이 그야말로 거대한 탈주

선을 그렸던 것이다.

사실 출애굽 사건은 훗날 이스라엘 사가들에 의해 신화화된 측면이 많고, 정확한 사건의 실체와 이집트 문명에 어떤 효과를 미쳤는지에 대한 필자의 식견은 거의 없는 상태이다. 하지만 사회구조의 가장 아래층에서 이집트 사회를 지탱하는 역할을 했을 떠돌이들의 이탈은 이집트 사회에 작지 않은 충격파를 던졌음이 분명해 보인다. 그렇지 않다면 파라오가 군대를 보내 이 집단 탈주를 저지해야 할 이유가 없었을 테니까. 국가권력은 언제나 이런 떠돌이들을 필요로 하지만 그것은 어디까지나 체제를 위한 한시적 용도일 뿐임은 이제 거의 상식에 속한다.

이러한 국가권력의 정책은 사회의 불안정으로 되돌아오기 마련이다. 그것은 차별과 배제가 범죄의 증가와 맞물려 돌아가는 구조를 급기야 만들고 만다. 이러한 사례는 심심찮게 언론에 드러나기도 하는데 실제 생활현장에서는 비일비재한 일이라는 어느 경찰관의 증언이 있는 것을 보면, 한국 사회도 내외국인 간의 불안한 구조가 고착되어 가고 있다는 진단은 결코 엄살이 아니다. 이 글은 그것에 대한 대책과 대안적인 방법을 모색하기에는 턱없이 부족하다. 다만 떠돌이들이 지금 우리 내부에서 들끓고 있으며, 여기서 파생된 균열과 갈등이 훗날 엄청난 청구서를 내밀 것임을 예상하는 데에서 멈출 것이다.

고래로 도시의 문명은 인적·물적 쓰레기를 배출하면서 존속해 왔다. 그러나 늘 쓰레기들은 처리나 시혜의 대상이었을 뿐, 단 한 번도 그 존재 자체가 유의미하게 평가받지 못해 온 것도 사실이다. 쓰레기를 만든 쪽을 탓하고 훈계하는 일에는 현상을 도덕의 문제로 가두는 함정이 숨어 있기 마련이다. 도리어 필자는 3000여 년 전 하비루habiru들이 감행했던 위대한 출애굽 사건을 상기하며 이 글을 맺을 것이다. 참고로 프랑스 철학자 질 들뢰즈는 어느 글에선가 이런 말을 한 적이 있다. "인간이 가질 수 있는 유일한 기회는 혁명적인 존재가 되는 것이며, 혁명적인 존재가 되기 시작해야 치욕을 불사하고 어려움에 대처할 수 있다."

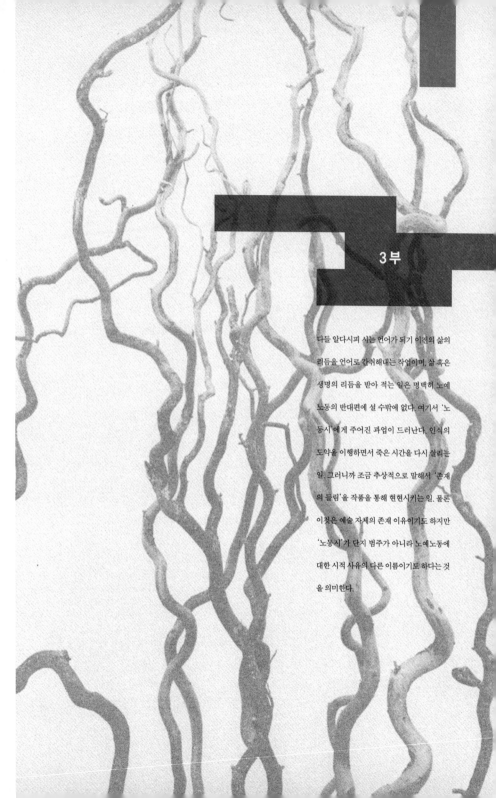

3부

다들 알다시피 시는 언어가 되기 이전의 삶의 리듬을 언어로 갈취해내는 작업이며, 삶 혹은 생명의 리듬을 받아 적는 일은 명백히 노예노동의 반대편에 설 수밖에 없다. 여기서 '노동시'에게 주어진 과업이 드러난다. 인식의 도약을 이행하면서 죽은 시간을 다시 살리는 일. 그러니까 조금 추상적으로 말해서 '존재의 들림'을 작품을 통해 현현시키는 일. 물론 이것은 예술 자체의 존재 이유이기도 하지만 '노동시'가 단지 범주가 아니라 노예노동에 대한 시적 사유의 다른 이름이기도 하다는 것을 의미한다.

대지의 시인,
김남주!

　다른 세상으로 옮겨가기 전 해에 김남주 시인이 구로노동자문학
회에 온 적이 있었다. 1988년에 감옥에서 나왔는데 우리가 왜 그를
몇 년이 지난 다음에야 찾았는지는 잘 기억이 나지 않는다. 아무튼
내가 기억하는 것은, 노동자들이 불러서 주저하지 않고 달려왔노라
는 일성과 엊그제 쓴 시라며 특유의 울림 깊은 목소리로 낭송한 다
음에 "워뗘?" 하고 묻던 따뜻한 저음이다.

　그 후 시간이 좀 지나서 암울한 소식을 들었다. 수개월 후에 시인
이 다른 세상으로 떠날 것이라는 충격적인 소식이었다. 기억이 맞다
면 그로부터 약 5개월 후에 그는 이 세상을 떠났다. 노제가 있었던
경기대 캠퍼스의 밤은 무척 차가웠다. 그 냉랭한 밤공기 이후로 김

남주에 대한 직접적인 기억은 죄다 저 허공으로 날아가 버렸다. 그가 우리를 일찍 버린 것에 대한 무의식 차원의 반항이었을까. 아니면 그 후의 역사가 그를 필요로 하지 않아서였을까.

아무튼 개인적으로 그를 다시 호명한 것은 최근에 '김남주 헌정 시집'을 기획하면서부터였다. 그게 이명박 정권 말기 즈음이니 어쩌면 김남주는 우리의 심신이 곤고할 때나 필요한 시인인지도 모르겠다. 한 개인에 대한 신화화는 매우 좋지 않은 애도 방식이라 믿기에, 우리의 심신이 곤고할 때 필요한 시인이라는 칭도 매우 각별한 심정으로 부른 것임을 덧붙이기로 하겠다. 아무튼 그는 민족시인이거나 비타협적인 혁명시인이기 전에 대지적인 풍모를 가진 시인이라는 관념이 내게는 있다. 이 글은 이 관념에 대한 어림짐작의 모양을 가질 것이다.

사실 김남주의 시를 읽어보면 그의 시 바탕에 존재하는 대지적 상상력이랄까 혹은 정서가 매우 강하다는 것을 느낀다. 심지어 김남주의 시는 대지에서 출발하여 다시 대지로 돌아오는 기나긴 과정이라는 생각도 든다. 이 말은 단순히 삶에 대한 일반적인 은유가 아니다. 여기서 우리가 유의해야 할 것은 김남주의 시에 함유된 대지적 품격이 공간적 의미에만 붙들려 있지 않다는 점이다. 그의 대지는 어떤 관념도, 어떤 추상도 녹여버리는 생명의 에너지를 품고 있다. 데뷔작 「잿더미」는 바로 그것을 표현한 작품이다. 이 시는 대지에서 벌어지는 비인칭적 사건들의 중첩과 대비, 그리고 상호관계를 박진

감 있게 그리고 있다.

「진혼가」는 "총구가 내 머리숲을 헤치는 순간/나의 신념은 혀가 되었다"라는 자기고백을 통해서 정신의 허약함을 고백하는 외형을 갖고 있지만 곧 "육신은 유일한 나의 확실성"이라는 진술을 통해서 반전을 기한다. 즉 의식은 존재를 바탕으로 해서만 생성되며 확실한 것은 의식의 바탕이 되는 존재 자체라는 것을 보여준다. 그래서 "신념이 피를 닮고/싸움이 불을 닮고/자유가 피 같은 불 같은 꽃을 닮고 있다는 것을 알 때까지" 그는 "참기로 했다". 이렇듯 김남주의 시는 존재의 터전으로서의 대지를 기반으로 해서 시작된다. 하지만 초기 시에서는 그것이 다소간 추상적으로 표현된다. 이 글의 결론을 서둘러 발설하자면 김남주에게 대지는 혁명의 그라운드 제로였던 셈이다.

그러나 대지가 삶을 근원적으로 규정하는 것은 맞지만 기계적으로 그 양식까지 결정하는 것은 아니다. 삶의 양식은 우리가 일상적으로 겪는 사건이나 사회의 문화, 제도 등에 의해서 조형된다. 우리가 현실이라고 부르는 것은 바로 이런 것들을 말한다. 시가 구체적인 삶의 양식에서 발생한다는 것은, 약간의 이견들이 없는 것은 아니지만, 크게 어긋나는 명제는 아니다. 김남주가 구체적인 삶의 양식 혹은 모습을 어머니와 아버지, 그리고 아우의 삶을 통해 드러내는 것은 이 때문일 것이다. 아버지는 "이름 석자도 쓸 줄 모르는 무식쟁이"였고, "그는 밭 한 뙈기 없는 남의 집 머슴이었다". 그래서 아버지는 아들이 "먹을 것 걱정 안하고 사는 그런 사람이 되어주기를 바랐다".(「아버지」)

"없는 놈은 농자금도 못 타 쓴다더냐/있는 놈만 솔솔 빼주기냐/조합장 멱살을 거머쥐고/면상을 후려치던 아우"는 시인에게 크나큰 심리적 짐을 지어준 존재인 듯 보이며 동시에 아버지와 어머니의 고통스런 삶이 대를 이어 재현되는 것을 보여주는 예가 된다. 그래서 아우는 울분에 차 있다. "식구마다 논밭 팔아/대학까지 갈쳐논 게/들쑥날쑥 경찰이나 불러들이고/허구헌날 방구석에 처박혀/그 알량한 글이나 나부랑거리면/뭣한디요 뭣한디요 뭣한디요" 하고 절규를 하는 아우는 시인의 미래를 무의식적으로 강제하는 존재다. 그래서 시인의 "시라도 써야겠다"라는 자조 비슷한 독백은 심리의 위장을 넘어 미래를 모색하는 전조를 갖는다.(「아우를 위하여」)

오늘날까지 우리에게 김남주라는 이름 석 자를 새겨 준 그의 실천과 시는 이러한 복잡다단한 굴곡을 거쳐 형성된 내면의 힘이 추동했을 것이다. 그는 곧바로 "자본과 권력의 모가지에 칼을 들이대고"(「아버지」) 기나긴 수형의 시간으로 끌려들어가지만 감옥에 갇혀 있는 동안 전봉준, 최익현, 정약용, 김구를 불러내 자신의 행동을 그들의 삶과 동일시한다. 우리는 이 수형 기간에 쓰여진 시에 여러 모로 관심을 가질 필요가 있다. 이 기간 동안 김남주는 간단치 않은 사상의 길을 떠나기 때문이다. 문학적으로는 하이네를, 마야코프스키를, 네루다를, 브레히트와 아라공을 만나는 것도 이 기간에 벌어진 일이다. 그러니까 김남주는 감옥에서 필연적으로 보수적일 수밖에 없는 민족주의와 급진적인 사회주의를 자신의 내면에서 맞부딪치게 한 것이다.

이후 김남주가 보여 준 시적 경향은 분명 이 두 가지 세계의 조우와 관련이 있어 보인다. 한편으로는 폭력투쟁을 포함하는 메시지를, 한편으로는 급박한 호흡과 강렬한 언어를 이용한 양식을 구축한다. 그런데 여기서 우리가 빼먹지 말아야 할 것은 시인이 '어머니'를 쉬지 않고 찾는다는 점이다. 김남주에게 어머니는 시대의 모순을 표상하는 동시에 끝내는 돌아가야 할 대지를 환유한다. 다르게 말하면 김남주에게 어머니는, 자신이 태어난 토대이면서 동시에 폭력투쟁까지도 가능하게 하는 바탕이 된다는 것이다. 이 폭력투쟁과 미래로 돌아가야 할 세계라는 양립하기 어려워 보이는 인식은 그럼 어떻게 가능한 것인가.

연보에 의하면 김남주는 1978년에 프란츠 파농의 마지막 저서 『대지의 버림받은 자들』을 수배 중에 『자기 땅에서 유배당한 자들』이란 제목으로 번역해 출간하고, 이듬해인 1979년 '남조선민족해방전선' 조직원으로 활동 중 체포된다. 파농의 이 저서는 파농이 백혈병으로 시한부 판정을 받은 상태에서 구술을 통해 저술한 책이다. 이 책에서 파농은 폭력을 통한 민족·민중·인간해방을 역설하고 있는데, 파농 자신이 알제리 혁명 과정에 참여하면서 체득한 경험을 그 중심에 놓고 있다. 파농은 이 책에서 제국주의 식민주의 정책이 철저한 폭력에 기반해 있기에 피억압자의 해방도 폭력을 통해서 가능하다고 역설한다. 그러니까 '폭력'을 식민지 민중이 전유해야 한다는 것을 핵심으로 삼고 있는 것이다.

파농의 주장에 의하면 폭력의 의미와 가치는 선험적으로 규정되는 것이 아니다. 파농은 말한다. "식민지 민중으로서는 폭력만이 유일하게 가능한 일이기 때문에 폭력에 긍정적이고 창조적인 성격을 부여하게 된다." 그리고 이 폭력투쟁을 통한 "탈식민화란 쉽게 말해서 어떤 '종'種의 인간을 다른 '종'의 인간으로 바꾸는 것을 말한다". 파농은 폭력의 의미가 선험적으로 규정되지 않고 철저하게 역사적 지평에서 파악되는 것으로 본 것이다.

김남주가 파농의 사상에 얼마나 영향을 받았는지 직접적인 물증을 발견하기는 쉽지 않다. 다만 남조선민족해방전선의 투쟁이 "자본과 권력의 모가지에 칼을 들이대"는 것도 불사했다는 점과 그의 옥중에서 쓴 시에서 보여준 인식을 고려했을 때 그 영향관계는 분명하다고 유추할 수 있다. 예를 들어 「脚註」라는 시에서 김남주는 "식민지 사회에서는/단 한 사람도 자유롭지 못하다고" 썼고 「투쟁과 그날 그날」의 마지막 연은 이렇게 끝난다. "밥과 자유, 민족해방 투쟁 만세!" 비단 두 편의 시뿐만이 아니라 김남주 시의 중추가 식민지 해방투쟁이며 그것을 지탱하는 "사상은 노동의 대지를 그 밭으로 삼는다"(「사상에 대하여」).

물론 이 같은 세계 인식이 그 당시의 지적 흐름이었던 제3세계주의의 영향 탓일 수도 있겠지만 파농의 주저를 번역한 일과 그 후 김남주의 행적을 고려하면 파농의 폭력 노선에 김남주도 적극 동의한 것처럼 보이는 것은 피할 수 없다. 이보다 더 관심을 끄는 것은, 앞에서도 말했듯이, 김남주가 그 가운데에서도 끊임없이 어머니를 소재로 한 시를 썼으며 심지어 어머니에 대한 동일시를 노골적으로 드러내기도 한다는 점이다. 당연히 그 시들은 단순한 사모곡이 아니다.

어머니는 시인에게 "나의 피이고 나의 살이고 나의 뼈였던 사람"(「어머니」)이면서 자신의 세계관을 담담히 고백할 수 있는 자신의 내면이며(「40이란 숫자는」) 고통을 치유하는 신령한 존재(「어머니의 손」)이기도 하다. 무엇보다도 어머니는 "사랑의 철옹성"(「어머님 찬가」)이며 드디어 "희로애락에 들뜨거나 호들갑스럽지 않은"(「무심」의 각주) "무심"이기도 하다. 김남주의 시에서 아버지에 대한 정서가 인간적인 애증의 교직이라면 어머니에 대한 정서는 끊임없이 변이된다는 차이가 있다. 이 점은 어쩌면 다른 시인들에게서도 보이는 일반적인 정서인 것도 사실이고 또 시인의 특수한 이력이 어머니라는 존재의 의미를 과장되게 그리게 했을 수도 있다.

그러나 그것이 그리 단순하지 않은 것은 시인이 이 세계를 물질의 출렁임으로 본다는 점을 함께 고려하면 그렇다. 앞에서 예를 든 것처럼 김남주는 「진혼가」에서 "육신은 유일한 나의 확실성"이라고 했으며, 관념적인 "위선의 인간"도 세계를 "축축하게 젖어드는 아랫도리의 물질로 알게 될 것이다"(「그들의 시를 읽고」)라고 말한다. 전사이길 자처했던 김남주도 "그 하얀 유방과/달빛에 젖은 골짜기 그 축축한 허벅지"가 "고뇌의 무덤"(「고뇌의 무덤」)이었다. 어쩌면 그가 택한 민족해방투쟁의 길의 마지막은 "대지에 뿌리를 내리고/해를 향해 사방팔방으로 팔을 뻗고 있는 저 나무"(「고목」)였을지도 모른다. 대지, 육신, 어머니, 해방. 이 네 가지 키워드가 김남주 시를 관통하고 있는 것이다.

김남주는 대립구도가 선명한 언어를 사용하면서도 "내 시의 기반은 대지다/그 위를 찍어내리는 곡괭이와 삽의 노동이고/노동의 열매를 지키기 위한 피투성이의 싸움이다"(「다시 시에 대하여」)라고 명확하게 자기규정을 내린 적이 있다. 김남주를 '대지의 시인'이라 부르는 것은 그의 시적 성취가 '대지'가 주는 복잡다단하고 장대한 맥락을 모두 품은 크기와 깊이를 과연 가졌는가 하는 반론에 직면할 수 있다. 그런데 여기에서 김남주를 다시 생각해야 하는 의외의 광맥을 발견하게 된다.

그것에 대한 답을 준비하기에 앞서 과연 김남주의 언어가 오늘날에도 유효한 울림을 갖고 있는가 하는 물음은 던질 필요가 있다. 여러 비평가에게서 거듭 지적되어 온 선명한 현실인식에서 뿜어져 나오는 언어는 사태의 본질에 곧장 육박해 들어가는 힘을 발휘하기도 하지만, 분명 오늘날을 뒤흔드는 데에 어울리지 않아 보인다. 시간이 지나면서 김남주의 언어는 그 힘을 일정 부분 상실한 것도 사실이다. 현재의 벽을 깨기에 그의 언어가 적합해 보이지 않기까지도 하다. 그것이 꼭 그만의 문제가 아닌 것은, 무엇보다도 지금의 세계 구조, 즉 식민주의의 형태가 적잖게 달라졌기 때문이다. 그러면 김남주가 다시 불리어지는 것은 무엇 때문일까.

그것은 김남주가 사유했던 대지의 급격한 유실과도 일정 부분 관계되어 있다. 그런데 자본에 의한 대지의 유실 혹은 부동산으로의 형질 변경은 김남주가 돌아가고자 했던 대지의 내포를 재활성화시키는 역설을 동반한다. 김남주의 시에 반복적으로 나타나는 대지와 세계의 물질성에 대한 인식을 그의 출신성분으로만 설명하는 것은 안이해 보인다. 그의 일차 경험이 고향인 농촌에서 형성되었고 그가 출옥 후 "씨를 뿌리기 위해" 강화도 행을 선택한 사실을 고려한다 해도 말이다. 내가 느끼기에 그의 내면이 바로 '대지'였고 그의 영혼과 정신이 지향했던 것도 바로 '대지'였다. 이 글에서 김남주를 대지의 시인이라 부르는 것은 이 때문이다.

대지만이 폭력도, 투쟁도, 그리고 가파른 언어도 가능하게 한다. 대지만이 혁명과 조국과 민주주의를 탄생시킨다. 그리고 대지만이 저 "광주 1980년 오월 어느날 밤"의 "학살"(「학살」)에 눈을 감지 않는다. 그러면서 그것들과 "달콤한 입술"과 "박꽃처럼 하얀 허벅지"(「그들의 시를 읽고」)를 공존시킬 수 있다. 왜냐면 우리는 존재론적으로 대지에서 태어나 대지를 품으며 살다가 다시 대지가 되기 때문이다. 그러므로 오늘날 부동산으로 대지가 타락한 것은 공간적 의미의 토지일 뿐이다. 대지는 언제나 살아 펄떡이는 존재의 다른 이름이다. 그것을 나는 김남주가 시종일관 그의 삶과 시 전체를 통해서 노래했다고 믿는다. 김남주가 "나는 나의 시가" "최신유행의 의상 걸치기에 급급해하는 것을 바라지 않는다"(「나는 나의 시가」)고 말했을 때 그것은 단순한 오기가 아니었던 것이다.

확실히 김남주는 근대와는 관계없는 자아를 가졌다. 그의 시를 읽을 때 가파른 듯해 보이는 언어가 출렁인다는 느낌을 받는 것은 아마 이 때문일 것이다. 김남주가 대지를 강탈하는 자본과 식민지와 분단과 학살에 맞서 싸울 수 있었던 것은 자신이 곧 대지였기 때문이다.

마지막으로, 다른 세상으로 간 지 20년이나 된 김남주를 우리가 다시 부르는 까닭에 다음과 같은 물음이 함께 하지 않는다면 별 의미가 없을 것 같다. 우리는 과연 김남주를 '마지막' 대지의 시인으로 섬기기만 할 것인가?

리얼리스트
김수영

전쟁

　많은 사람들이 김수영의 시적 전환의 계기로 4·19혁명을 꼽았을 때, 시인 김정환은 의외로 한국전쟁을 거론한 적이 있었다. 아주 오래전 독서라서 자세한 내용은 기억나지 않지만, 김수영의 시적 여정을 다시 살펴보면 확실히 한국전쟁은 김수영에게 어떤 원체험과도 같다. 해방 공간인 1947년에 쓴 「가까이 할 수 없는 서적」에서 "제2차 대전 이후의/긴긴 역사를 갖춘 것 같은/이 엄연한" "캘리포니아라는 곳에서 온" 책이 "지금 바람 속에 휘날리고 있다"라고 진술할 때, 거기에는 어느 쪽으로든 방향을 잡지 못한 해방공간의 현실에 대한 고뇌가 담겨져 있다. 그 당시 청년 김수영이 가진 나침반은 "서적"이나 "활자"(「아메리카 타임지」)였던 것으로 보인다.

꼭 김수영에게만 해당되는 것은 아니었지만 전쟁은 그의 삶을 송두리째 뒤흔들어 놓았다. 전쟁이 나던 해인 1950년에 김현경과 결혼을 했는데 김수영은 그만 의용군에 징집되어 북한군의 퇴각 때 북쪽으로 가게 된다. 처음에는 다른 문학가동맹 회원 문인들과 더불어 '문화공작대'의 일원이 되었으나 "그들은 '종군작가단'이 아닌 '의용군'으로 어느새 이름이 변해 있었고, 행선지도 '남'이 아닌 '북'으로 변했다"(최하림, 『김수영 평전』).

최하림의 기록에 의하면, "김수영은 임화의 뒤를 따르기 위해 낙동강으로" 갈까 하다가 "이봉구의 고향"인 안성을 원하는 행선지로 적어냈다. 이 부분에서 김수영의 의용군 전력은 상황이 강제한 자발성도 포함되어 있었다는 추측이 가능해진다. 물론 김수영은 능동적인 사회주의자는 아니었던 것 같다. 그러나 전쟁 상황 속에서 직접 목도한 북한과 인민군의 현실은 김수영의 생각을 바꿔놓은 듯하다. 천신만고 끝에 의용군에서 탈출했지만 서울에서 경찰에게 붙잡혀 고문을 당한 후 거제도 포로수용소에 갇히게 된다.

포로수용소 안에서 벌어진 친공 포로와 반공 포로의 격렬한 대립은 김수영으로 하여금 포로수용소에서의 탈출을 꿈꾸게 한다. 다행히 김수영은 뛰어난 영어 실력 덕분에 거제도 야전병원에서 근무하게 되는 행운을 얻었다. "거제도 야전병원에서 김수영은 외과병원

원장의 통역을 도맡아 하는 한편 틈틈이 간호사들을 도와 환자의 뒤치다꺼리도 하고, 간호사들과 거즈를 개기도 했다."(최하림) 그곳에서의 경험 일부를 그는 훗날 「어느 날 고궁을 나오면서」에서 언급했고 그 작품 이전에, 그러니까 1953년에 쓴 「면봉」이란 산문에서 야전병원에서의 생활을 조금 더 자세하게 기술해 놓기도 했다.

포로수용소에서 공식적으로 석방된 후에 그가 맞아야만 했던 부인 김현경과의 슬픈 현실에 대해서는 굳이 자세하게 거론할 필요는 없을 것 같다. 하지만 김수영이 전쟁에서 입은 상처 중 하나인 동생 수강과 수경이 전쟁 통에 행방불명되는 가족적인 참사는 보탤 필요가 있다. 훗날 이어령과의 논쟁 중에 그의 가족들은 정보기관에 연행되는데, 자수한 간첩이 남파간첩 훈련소에서 김수경을 봤다는 진술을 했기 때문이다. 그러나 사실에 더 가까운 것은 김수경이 북한에서 관현악단의 클라리넷 연주자로 활동하고 있다는 것일지도 모른다. 아무튼 전쟁은 김수영의 내면에 매우 복잡하고 고통스런 부분을 더했다.

전쟁의 상처 중 부인 김현경에게서 받은 상처는 포로수용소에서 석방되고도 한동안 김수영을 괴롭혔던 것 같다. 실제로 「너를 잃고」라는 시에서 그는 이렇게 토로하기도 한다. "늬가 없어도 나는 산단다/억만 번 늬가 없어 설워한 끝에/억만 걸음 떨어져 있는 너는 억만 개의 모욕이다". 그럼에도 불구하고 김수영은 혹독한 현실 속에서도 그것들을 끊임없이 자신의 영혼에 음각시키는 노력을 포기하지 않았다.

　물론 그 전에 "조용한 시절은 돌아오지 않았다/그 대신 사랑이 생
기었다"(「애정지둔」)라는 진술에서 확인되듯이, 야전병원 시절 알게
된 '미스 노'와 잠깐 사랑에 빠지기도 했지만 '미스 노'는 아무런 말
도 없이 김수영을 떠났고, 김수영도 아무 말 없이 그 현실을 받아들
였다. 어쨌든 김수영은 부인 김현경과 1954년 재회하기 전까지 무
척 고통스런 터널을 통과했던 것 같다. 이런저런 학설과 이론을 끌
어들일 필요도 없이 영혼이나 육신의 상처에는 사랑만 한 치료제도
없다. 김수영의 언어가 1954년부터 확실히 활기를 띠게 되는 것은
아마도 김현경과의 재회 탓일 가능성이 높다.

　부인 김현경의 증언에 따르면 "사회주의에 대한 노스텔지어"(김
현경, 『김수영의 연인』)인 「도취의 피안」은 김수영 시의 매력 중 하나
인 유장하고 거침없는 호흡이 꿈틀대는데, 이 시에서 김수영은 "잠
시라도 나는 취하는 것이 싫다"면서 "날짐승의 가는 발가락 사이에
라도 잠겨 있을 운명"이 "사람의 발자국 소리보다도/나에게 시간을
가르쳐주는 것이 나는 싫다"라고 적는다. 이 시는 이후 펼쳐질 김수
영의 시의 방향을 암시해준다. 단순한 서정시를 넘어서려는 어떤 정
신주의의 기개 같은 것 말이다.

혁명

그렇다면 김수영의 시적 여정 가운데에서 4·19혁명은 부차적인 것이었을까. 당연히 그렇지 않다. 김수영처럼 4·19혁명을 "온몸"으로 받아 안은 시인은, 내 기억으로는 없다. 다만 한국전쟁이 조형한 김수영의 내면을 고려치 않은 4·19의 영향 여부를 말하는 건 피상적인 관찰로 떨어질 개연성이 있다는 점만 말해 두겠다. 우리가 여기서 김수영의 내면을 가늠할 때 간과해서는 안 되는 것들 중 그의 도일과 일본에서 학도병 징집을 피해 서울을 거쳐 떠난 만주행, 그리고 귀향 과정이다. 그 고통스런 현실을 젊은 김수영이 어떻게 받아들였을지 상상해 보는 것은 전혀 엉뚱한 것이 아니다. 유감스럽게도 그것에 대해 내가 읽은 자료는 최하림의 『김수영 평전』 외에는 없지만, 우리가 시인의 내면에 최대한 밀착해 보는 것은, 김수영의 말마따나 '시를 사는 일'이다. 그것은 타자의 삶으로의 이행이며 시를 통한 다른 삶의 생성에 다름 아니다. (그런 측면에서 나는 오늘날 성행하는 '텍스트 해설' 따위의 평문을 신뢰하지 않는다.)

예민하기 그지없었던 김수영이 일본과 만주, 그리고 그곳으로 가는 길 위에서 겪어야만 했던 사소하다면 사소한 사건들은 과연 그의 내면에 아무런 영향을 끼치지 않았을까? 그것은 거의 불가능에 가깝다고 단언할 수 있다. 자료가 없는 주장은 독단에 가까울 수도 있지만 그 빈(?) 시간을 상상하는 일은 독단과는 관계없는 일이다.

일단 내가 기대는 것은 인간의 내면이란 선험적인 것이 아니며 그것은 한 개인이 겪은 사건과 경험들의 해석된 기억이라는 상식이다.

우리가 김수영을 읽을 때 자주 놓치는 점은 그가 식민지에서 태어났다는 점, 세계대전의 회오리에서 자유롭지 않았다는 점, 가족을 따라서이기는 하지만 만주로의 실존적 망명을 떠났다는 점 등등이다. 그 와중에서 그는 일본어와 영어를 습득했고, 정치적 혼란과 전쟁과 테러와 사랑의 배신을 통과해 왔다는 것도 깊이 유념할 사안이다. 대신 그에게 뿌리 내릴 대지는 제공되지 않았다. (훗날 김수영이 신동엽에게 "50년대에 모더니즘의 해독을 너무 안 받은 사람 중의 한 사람"이라고 말할 때, 그 말은 대지도 없이 '모더니즘의 해독을 너무 받은 자신'을 동시에 겨냥했을 수도 있다.) 다른 말로 하면 김수영의 내면은 디아스포라적인 성격을 가질 수밖에 없었다는 것이다.

4·19혁명 이후 김수영이 쏟아낸 불 같은 언어를 유심히 살펴보면 김수영이 생각했던 혁명은 민중의 삶에 맞추어져 있는 것을 확인할 수 있다. 예를 들어 「육법전서와 혁명」에서는 "그놈들이 배불리 먹고 있을 때도/고생한 것은 그대들이고/그놈들이 망하고 난 후에도 진짜 곯고 있는 것은/그대들" "불쌍한 백성들"이라고 외친다. 「가다오 나가다오」에서는 혁명이 "끝나고 또 시작되고 끝나고 또 시작되는 것은" 민중의 생활처럼 "일 년 열두 달 쉬는 법이 없는/걸쩍한 강변밭 같기도 할" 것이라고 말한다. 다른 말로 하면 김수영은 4·19혁명을 이미 민중적 관점에서 사유하기 시작했던 것이다.

다른 예를 하나 더 들어보자. 「눈」에서는 "요 시인/용감한 시인/─소용 없소이다/산너머 민중이라고/산너머 민중이라고/하여둡시다/민중은 영원히 앞서 있소이다"라고 확언하고, 1961년 3월에 대구에서 일어났던 '쌀난리' 사건을 소재로 한 「쌀난리」에서는 "대구에서/대구에서/쌀난리가/났지 않아/이만하면 아직도/혁명은/살아 있는 셈이지"라고 말한다. 다시 말하면 김수영은 4·19혁명을 통해서 민주주의 사회에서 기본적으로 보장되어야 할 언론 등 사회전반의 자유를 요구했지만, 바로 민중의 생존권도 당연히 보장되어야 한다고 믿었다.

그러나 그는 혁명을 선동하거나 강요하는 입장을 취하지는 않았다. 그에게는 「눈」에서 말했듯 "민중은 영원히 앞서" 있는 존재다. 따라서 시는 그 민중과 민중의 혁명에 자신을 개방하면 된다. 그리고 그는 그것을 치열하게 이행했다. 물론 김수영에게는 "혁명은 상대적 완전을, 그러나 시는 절대적 완성을 수행"(1960년 6월 17일 일기)하는 것이어서, 시가 혁명의 기록과 예찬에만 머무는 것을 용납하지 않았다. 그에게 시는 혁명보다 앞서, 혹은 혁명이 멈춘 순간에도 혁명을 이행하는 것이어야 했다.

그는 실제로 서강에 안착한 뒤로는 민중의 삶을 살기도 했다. 김수영은 민중의 삶을 일부 공유한 채 근대와 치열하게 싸운 유일한 모더니스트였다. 그리고 모더니스트로서의 모럴과 인식의 젖줄은 번역 행위였는데 그에게 외국어(영어와 일본어)는 일종의 인식론적 문턱이기도 했다. 사유와 실천이라는 수레를 언제나 덜커덩거리게 했던 문턱 말이다. 특히 그는 영어라는 훌륭한 무기를 가지고 있었지만 역설적이게도 영어를 통한 세계인식은 그의 시를 민중의 삶 쪽으로 더 다가가지 못하게 했고 모더니즘의 울타리 안에 존재하게 하는 질곡이 되기도 했다. (하지만 모든 시는 그러한 아이러니한 삶의 질곡을 표현하는 것이기도 하다.)

그가 1966년 2월 20일에 남긴 어느 「시작노트」에는 잘 알려지지 않은 "내 시의 비밀은 내 번역을 보면 안다"라는 구절이 있다. 그 다음 문장은 "내 시가 번역 냄새가 나는 스타일이라고 말하지 말라. 비밀은 그런 천박한 것은 아니다"이다. 그 뒤부터는 사실 이해가 쉽지 않은데, 결국 "나의 진정한 비밀은 나의 생명밖에는 없다"고 고쳐 말한다. 그런데 "나의 진정한 비밀은 나의 생명밖에는 없다"는 '온몸의 시학'과 연결되는 것은 아닐까? 그렇다면 김수영의 "번역" 행위 자체는 그의 삶의 중요한 구성 부분이 된다. 물론 '삶'은 단순히 현실생활로 축소되거나 환원되어서는 안 된다.

4·19 직후에 쓴 「저 하늘이 열릴 때 ― 김병욱金秉旭에게」라는 산문에서 김수영은 이렇게 쓴 적이 있는데, 나는 이 단락이 4·19혁명에 대한 김수영의 인식을 집약해 놓은 것이라고 생각한다. "사실 4·19 때에 나는 하늘과 땅 사이에서 '통일'을 느꼈소. 이 '느꼈다'는 것은 정말 느껴 본 일이 없는 사람이면 그 위대성을 모를 것이오. 그때는 정말 '남'도 '북'도 없고 '미국'도 '소련'도 아무 두려울 것이 없

습디다. 하늘과 땅 사이가 온통 '자유독립' 그것뿐입디다. 헐벗고 굶
주린 사람들이 그처럼 아름다워 보일 수가 있습디까! 나의 온몸에
는 티끌만 한 허위도 없습디다. 그러니까 나의 몸은 전부가 바로 '주
장'입디다. '자유'입디다⋯⋯."

퇴행

　5·16 군사쿠데타가 벌어지고 쿠데타 군이 '반공이 국시'임을 발
표하자 김수영은 극심한 공포를 느끼며 스스로 행방불명되었다가
일주일 만에 삭발한 채로 나타났다. 이 지점에서 우리는 김수영에
게 드리워진 전쟁의 상흔을 다시 확인할 수 있다. 전후 사정이야 어
쨌든 자신이 의용군 출신이라는 점과 그로 인한 포로수용소의 경험
이 '반공의 폭력성'을 되살려냈을 것이다. 어쩌면 그 기억과 4·19혁
명 이후에 자신이 했던 발언과 썼던 글들이 뒤얽혀 큰 심리적 파장
을 불러왔을 것이다.
　다행히 쿠데타 세력이 김수영을 찾지 않는다는 것을 확인하고 나
서야 생활로 복귀한다. 그는 그 후 '신귀거래' 연작을 통해 불안에
심히 흔들리는 정신의 퇴행 과정을 고스란히 드러내었다. 일단 혁명
에 대한 인식에서 서둘러 철수했다는 의미로 우리는 '귀거래'의 의
미를 유추할 수 있다. 나는 그가 자신의 부끄러운 모습도 시로 남겨

놓았다는 의미에서 '신귀거래' 연작을 주의 깊게 읽어 볼 필요가 있다고 본다. 그리고 그가 왜 '신귀거래' 연작을 남겼는지 생각해 봤을 때, 그는 자신을 학대하는 역설을 통해 그 시간을 지나가지 않았나 싶기도 하다.

일단 그 첫 번째 작품인 「여편네의 방에 와서」를 읽어보면 그것들이 확연해진다. "어린 놈 너야/죽음이 오더라도/이제 성을 내지 않는 법을 배워주마". 이런 진술은 말 그대로 일종의 자기후퇴이다. 더 이상 세상을 향하려는 리비도를 거세한 채 "성을 내지 않"고 "어린애"가 되겠다는 것. 그저 "어린애"가 되어 반동적인 쿠데타와 맞서는 정신으로부터 물러나 있겠다는 슬픈 독백이다. 「격문」의 "저 도봉산보다도/더 큰 증오도/굴욕도/계집애 종아리에만/눈이 가던 치기도/그밖의 무수한 잡동사니 잡념까지도/깨끗이 버리"자 "정말 시인이 됐"다는 진술에서 우리는 4·19 직후 작열했던 김수영의 시가 사라져버린 것을 알아챌 수 있다.

그러나 김수영이 이러한 불안증세에서 벗어나 언어가 다시 살아나는 순간은 여덟 번째 '신귀거래' 연작인 「누이의 방」에서부터이다. 이 시에서 김수영은 "인생의 장마의/추녀끝 물방울소리가/아직도 메아리를 가지고 오지 못하는/팔월의 밤에/너의 방은 너무 정돈되어 있더라"면서 "평면을 사랑하는/킴 노박의 사진과/국내소설책들……/이런 것들이 정돈될 가치가 있는 것들인가/누이야/이런 것들이 정돈될 가치가 있는 것들인가"라고 준엄하게 묻는다.

시인의 독설과 언어는 그 내부 온도와 비례해서 자신에게 채찍도 되는 법이다. 물론 이 말은 진정한(?) 시인에게만 해당되는 명제이다. 얼치기 시인이나 예술가들은 일단 언어의 온도가 뜨겁지 않거나 뜨거운 '척'만 한다. 그리고 그러한 독설은 현실에게 자기 몫을 요구하기 위한 인정투쟁에 머문다. 그런 맥락에서 김수영의 "누이의 방"에 대한 질문은 일종의 자기고발이기도 하다. 이 말은 생활의 정돈을 통한 정신의 후퇴를 바로잡으려는 몸부림이기도 하다.

그리고 그것은 자신의 영혼이 '아픔'을 느낄 수 있는 능력을 회복했다는 것과 다르지 않은 의미를 가진다. 김수영이 '신귀거래'에서 탈출하자마자 '아픔'이 기다리고 있었다는 것은 김수영의 여정이 다시 시작되었다는 것을 뜻하기도 한다. 그래서 "먼 곳에서부터/먼 곳으로/다시 몸이 아프다" "나도 모르는 사이에/내 몸이 아프다"(「먼 곳에서부터」)는 것을 인식한 다음 "아픈 몸이/아프지 않을 때까지 가자/온갖 식구와 온갖 친구와/온갖 적들과 함께/적들의 적들과 함께/무한한 연습과 함께"(「아픈 몸이」)라고 진술하는 것은 자연스러운 일이다. 여기서 우리가 눈여겨봐야 할 것은 바로 "무한한 연습"이다.

「먼 곳에서부터」와 「아픈 몸이」 두 편을 통해 김수영은 일단 후퇴하는 자신을 되돌려 세우는 전기를 마련하게 된다. 여기서 우리가 유념해야 할 것은 '신귀거래' 연작 아홉 편은 1961년 6월부터 9월까지 집중적으로 씌어졌다는 점이다. 어떻게 보면 그것은 5·16 군사 쿠데타와의 소극적 대결이기도 했다. 이렇게 시적 대결은 전혀 다른 층위에서 벌어지기도 하는 법이다. 그 시간 속에서 김수영은 자신이 갖게 되는 "증오"도 그리고 자신 안에서 샘솟는 "굴욕"도 버리거나 피하지 않았다.

탐색

김수영의 시가 모더니즘의 전통 안에 있는 것은 사실이지만, 동시에 김수영이 리얼리스트였다는 사실은 그동안 주목하지 않았던 것 같다. 예컨대 1961년에 쓴 「시」에서 "어서 일을 해요 변화는 끝났소/어서 일을 해요"라고 말할 때 그것은 패배주의가 아니다. 박정희의 등장으로 대한민국 자체가 심각한 내상을 입었는데, 그것을 감지한 시인의 직관을 '패배주의'라고만 부르는 것은 잔인한 일이다. 시는 직접적 무기라기보다는 오로지 빛나는 시적 인식으로 산문이 짚지 못하는 현실의 진실을 노래할 뿐이다.

이 시에서 우리가 주목해야 할 것은 "변화는 끝났소"라는 진술이 아니라 "일을 해요"라는 독려하는 마음이다. 이 시는 「아픈 몸이」 다음에 씌어졌다. 따라서 "일을 해요"와 "무한한 연습"은 서로 공명하며 "변화는 끝났소"와 "아픈 몸"은 서로를 비춘다. 단순한 패배주의적인 감상이 아니라 패배의 내부를 다시 탐색해 들어가려는 섬광을 드러내는 것이다. "쉬었다 가든 거꾸로 가든 모로 가든/어서 또 가요 기름을 발랐으니 어서 또 가요" "실 같은 바람 따라 어서 또 가요". "쉬었다 가든 거꾸로 가든 모로 가든"이나 "실 같은 바람 따라"에서 느낄 수 있는 것은 김수영이 아직 확실한 방향성을 성취한 것은 아니라는 점이다.

이 말은 방황을 무릅쓰겠다는 정신의 힘을 암시하기도 하지만, 1964년에 쓴 산문인 「시인의 정신은 미지」의 "시인의 정신은 언제나 미지다"는 명제의 전주곡으로도 읽힌다. 5·16 군사쿠데타는 김수영에게 정치적 좌절을 안겨주었지만, 쿠데타가 삼켜버린 혁명은 김수영에게 보다 심층적인 혁명의 씨앗을 남겨주었다. 정치적으로는 군사정권이 승리했을지 모르지만 김수영은 이미 그것을 넘어서려는 모험에 자신의 정신을 개방하기 시작한 것이다.

개인적으로는 1962년과 1963년, 2년에 걸쳐 생산된 김수영의 시가 가장 매력이 떨어진다고 생각한다. 그 기간 동안에 김수영은 탐색은 보여주었지만 눈에 띄는 인식의 진전을 보여주지 못했다. 그의 말대로 "시적 인식이란 새로운 진실(즉 새로운 리얼리티)의 발견이며 사물을 보는 새로운 눈과 각도의 발견"(「시적 인식과 새로움 ─ 1966년 2월 시평」)이다. 여기서 새로운 리얼리티라는 것은 시시각각 은폐되는 세계와 삶의 진실을 의미한다.

세계와 삶의 진실은 운동하는 현실에 의해 드러나는 족족 은폐된다. 그러나 "시에 있어서의 모험이란 세계의 개진"(「시여, 침을 뱉어라」)이다. 그의 "시인의 스승은 현실"(「모더니티의 문제 ─ 1964년 4월

시평」)이라는 발언은 아마도 세계를 은폐하는 현실에 대한 시적 응전을 말하는 것일 게다. 이 산문에서 그는 이렇게 덧붙인다. "나는 우리의 현실이 시대에 뒤떨어진 것을 부끄럽고 안타깝게 생각하지만, 그보다도 더 안타깝고 부끄러운 것은 이 뒤떨어진 현실을 직시하지 못하는 시인의 태도이다."

민중

이렇게 1962~1963년에 생산된 작품들에 대해서는 그의 훗날 산문들을 통해서 접근 가능하다. 하지만 그는 그 와중에서도 자신이 처한 구체적 현실 속에서 진행되는 어떤 탐색 혹은 몸부림을 보여준다. 그것은 김수영 특유의 자기고발을 통해 이루어진다. 자신의 의식 아래에 형성된 존재의 그림자 같은 것에 천착함으로써 훗날 「성」이나 「의자가 많아서 걸린다」 등에서 나타날 통렬한 부정 정신의 기틀을 획득한 것은 아닐까?

예를 들면 「피아노」에서는 "혁명을 기념한 방"에 "오늘은 기름진 피아노가/덩덩 덩덩덩 울리면서/나의 고갈한 비참을 달"래기는 하지만 결국 그것은 "돈이 울"리는 일에 지나지 않음을, "비참"은 지난날의 "혁명"을 대신해 자신의 정신에 파고든 생활의 논리 때문임을 고백한다. 「죄와 벌」에서는 "우산대로/여편네를 때려눕혔을 때"고작 드는 우려라는 것이 "아는 사람이/이 캄캄한 범행의 현장을/보았는가 하는 일"이고 "그보다도 먼저/아까운 것이/지우산을 현장에 버리고 온 일이었다". 물론 이것은 일종의 자학을 가장한 과장일 수도 있다.

드디어 김수영은 1964년에 돌연 「거대한 뿌리」로 도약하기 때문이다. 내가 '도약'이란 말을 서슴없이 쓰는 이유는 그의 인식이 세간의 도덕과 일반적 가치를 뛰어넘으려는 용틀임을 보여주기 때문이다. 「거대한 뿌리」에 즉해 말하면, 김수영의 시적 인식은 "이사벨 버드 비숍"을 읽으면서 돌변(?)한다. "그녀는/1893년에 조선을 처음 방문한 영국왕립지학회회원이다". 그녀가 전하는 당대의 서울 거리를 보고 나서 "이런 기이한 관습을 가진 나라를/세계 다른 곳에서는 본 일이 없다"고 적었다. 김수영은 이 시에서 "전통은 아무리 더러운 전통이라도 좋다"는 "새로운 진실(즉 새로운 리얼리티)"을 발견한다.

물론 이것은 "더러운 전통"에 대한 용인도 "더러운 전통"에 대한 변명도 아니다. 그것이 어떤 의미를 지니는지는 한국 시사에서 둘도 없는 욕을 퍼붓는 장면에서 짐작할 수 있다. "진보주의자와/사회주의자는 네에미 씹이다 통일도 중립도 개좆이다/은밀도 심오도 학구도 체면도 인습도 치안국/으로 가라 동양척식회사, 일본영사관, 대한민국관사,/아이스크림은 미국놈 좆대강이나 빨아라". 이 구절에서 김수영은 "더러운 역사"를 만들었거나 "더러운 역사"를 외면한 채 전개되는 모든 시대적 인식을 단호히 거부하는 것이다. 그리고 그가 재인식한 것은 다름 아닌 "곰보, 애꾸, 애 못 낳는 여자, 무식쟁이" 같은 민중이었다. 그리고 그는 그 민중을 "반동"이라 불렀다. 내게 이 "반동"은 니체적 의미의 '반시대적인 것'으로 읽힌다. 요컨대, 「거대한 뿌리」를 기점으로 김수영의 민중은 더이상 서러운 민중(「만주의 여자」)도 아니고 추상적인 "산너머 민중"(「눈」)도 아니다.

이 민중은 생명력 그 자체로서의 민중이고 '힘'으로서의 민중이다. 내가 보기에 「거대한 뿌리」는 쿠데타 이후 방황과 탐색을 거듭하던 김수영에게 어떤 결절점에 해당하는 작품이며 1965년에 쓴 「예술작품에서의 한국인의 애수」에서 적은 다음과 같은 구절에 선행하는 시다. "엄격한 의미에서 볼 것 같으면 예술의 본질에는 애수가 있을 수 없다. 진정한 예술작품은 애수를 넘어선 힘의 세계다."

작품 내적으로만 봐도 이 시는 1954년에 쓴 「도취의 피안」이나 1956년의 「백의」 그리고 훗날 씌어지는 「사랑의 변주곡」과 같은 계열을 이룬다. 거침없는 속도감과 폭포수 같은 힘에서 말이다. 물론 「도취의 피안」이나 「백의」에서 보여주었던 상징과 모호한 은유를 시원하게 걷어냈다는 의미에서 「거대한 뿌리」와 「사랑의 변주곡」은 보다 친연성이 있다. 문학주의자들이 놓치는 것 중 하나가 바로 김수영의 문학 '밖'으로의 행보인데 김수영도 그런 자신을 잘 알고 있었다. 그것을 4·19 직후의 일기에서도 썼고 어떤 「시작노트」에서도 "나는 시의 형식 문제에 지극히 둔한하다"고 썼다.

생명

아무튼 「거대한 뿌리」 이후 김수영의 시는 갈수록 거침없어진다. 점점 더 그의 사유와 언어는 가팔라지면서 낭만적 파토스를 서슴없이 드러내기도 한다. 동시에 그는 이제 문명 전체와 맞서는 '시적 모험'을 감행한다. 그것에 대해 그는 뻔한 겸양의 자세도 버려버린다.

「꽃잎 3」에서 문명의 "낭비에 대항한다고 소모한/그 몇갑절의 공허한 투자"라고 고백할 때 우리는 김수영이 매우 담대한 실험을 기획하고 있었음을 눈치챌 수 있다. 하지만 김수영이 도달한 지점은 "썩는 빛이 황금빛에 닮은 것"임을 가르쳐 준 소녀의 눈빛이었다. 그리고 그 눈빛은 "나의 방대한 낭비와 넌센스와/허위"를 박살내버린다. 그의 고독마저도 단지 "애인 없는" 심리적 쓸쓸함에 지나지 않은 것이었고, 물려받은 전통마저도 사실은 "음탕한" 것에 지나지 않았던 것이다. 그렇게 진리는 "어처구니 없이 간단"했던 것이다.

그런데 이런 진리는 이미 예비되어 있었으며, "순자"라는 소녀의 눈빛은 그것을 확인시켜 주는 계기가 되었던 것이다. 이미 김수영은 「꽃잎 1」에서 "누구한테 머리를 숙일까"라고 읊조리면서 "바람의 고개는" 아직 "자기가 일어서는 줄/모르고 자기가 가 닿는 언덕을/모르고 거룩한 산에 가 닿기/전에는 즐거움"을 모른다고 말한다. 김수영이 인식한 이 모호한 진리는 무엇일까? 그것은 "언뜻 보기엔 임종의 생명 같고/바위를 뭉개고 떨어져 내릴/한 잎의 꽃잎 같고/혁명 같"은 것일 뿐이다. 그런데 그는 「여름밤」이란 시의 마지막 연에서 인상적인 구절을 남긴다. "지상의 소음이 번성하는 날은/하늘의 천둥도 번쩍인다".

그 이전에 김수영은 「변한 것과 변하지 않은 것 — 1966년의 시」라는 산문에서 김춘수를 비판하면서 이런 구절을 남겼다. "모든 진정한 시는 무의미한 시이다. 오든의 참여시도, 브레히트의 사회주의 시까지도 종국에 가서는 모든 시의 미학은 무의미의—크나큰 침묵의—미학으로 통하는 것이다. 이것은 예술의 본질이며 숙명이다."

그러고 나서 김수영은 "곧은 절벽을 무서운 기색도 없이 떨어"지듯 "폭포" 같은 시를 썼다. '무의미시' 발언 이후 문명에 대한 도전을 밝힌 「사랑의 변주곡」을 썼고 「꽃잎」 연작을 썼으며, 연이어 「여름밤」을 썼다. 그리고 "그대의 길은 잘못된 길"이며 그것에 대한 "분풀이로" "지옥의 시를" 쓰다시피 「세계일주」를 썼다. 진리의 제단에 알몸을 번제하듯 「성」을 썼고, 드디어 무의미시 「풀」을 썼다. 그리고 그는 떠났다.

내가 「풀」을 무의미시라고 부르는 이유는 그 시는 풀의 '운동'만을 그려놓았기 때문이다. 그 시는 음악적인 시이기 전에 미술적인 시이다. 「풀」만큼 다양한 해석이 나온 작품도 많지 않지만 내가 보기에 「풀」은 김수영이 바람 부는 강변에서 받은 이미지를 아무런 의미나 메시지를 담지 않고 그려놓은 작품이다. 아니 "너무 어처구니없이 간단한 진리"의 관점에서 쓴 작품이다. 그 증거로 「풀」은 오로지 "풀"이 단지 '눕다' '울다' '일어나다' '울다' '웃다'로만 묘사되어 있다는 점이다. 그러나 풀의 이 동작들은 바람과 관계한다. 이것은 동사적 사건으로 구성되는 생명의 역동적인 원리를 묘사한 시이며, 또 그것은 삶이란 단독적인 움직임이 아니라 "바람"으로 은유되는 다른 무엇과의 역동적인 교호작용임을 드러낸다.

다시 그의 말에 기대 말하면, 김수영의 진정한 비밀은 그의 생명 밖에는 없다. 그 연장선에 「풀」이 있다. 따라서 「풀」은 생명의 운동을 노래한 시이다. 기존의 의미를 해체하고 재구성하는 운동을 말이다!

길은
단절이 만든다
백무산 시의 여정

    시인이 일생에 걸쳐 그치지 않고 인식의 변화를 감행하는 일은 그렇게 쉬운 일도 간단한 일도 아니다. 단순히 시의 구조나 시적 표현을 의식적으로 바꾼다고 그것이 자동적으로 이루어지는 것은 아니기 때문이다. 조금 근원적인 입장이기는 하지만, 시의 모험은 시적 인식의 무한한 운동과 관계가 있으며, 그것은 또 존재를 부단히 혁신함으로써만 가능하다. 오늘날 숱하게 제출된 표현의 외연을 넓힌 작품들은 이 지점을 소홀히 하면서 자본의 이미지를 차용해 왔다. 하지만 운동으로 치자면 자본의 운동만큼 속도가 빠른 것도 없고, 자본의 운동만큼 형식 파괴적인 것도 없다.

    시가 자본의 이미지를 차용하는 것 자체를 비난할 근거는 어디에도 없다. 자본의 이미지를 선용함으로써 자본을 비판하고 자본의 운동이 삶에 긍정적인 작용을 하지 않음을 폭로할 수도 있기 때문이다. 시의 역사에 있어서 이러한 시도는 없지 않았다. 대체적으로 광기를 수반한 것처럼 보이는 이러한 시도는 혁명적인 리비도를 분출하기도 한다. 그러려면 물론 어떤 전제가 필요하다. 존재의 혁신이라는. 제도권 문학에서는 그러나 이 존재의 혁신 문제를 다루지 않는다. 그것은 마치 철학이나 종교의 세계에서 다루어져야 하는 것처럼 슬쩍 외면하기까지 한다. 시를 문학이라는 '울타리'에 묶어두고서 말이다.

여기에 맞서 시를 문학 밖으로 내던진 두 명의 시인을 나는 안다. 혹은 문학 밖으로 시인 자신의 존재를 내던진. 그 두 사람은 바로 김수영과 백무산이다. 백무산의 『인간의 시간』 추천사에서 이원규 시인은 그것을 이렇게 표현했다. 백무산은 "그토록 시인이 아니기를 열망했"다는 것. 시를 문학이라는 울타리에 가두는 한 시는 그저 언어의 기예나 감성적인 장르에 지나지 않는다. 하지만 시를 그러한 역할에서 해방시킬 때, 시는 삶의 문제를 자신의 핵으로 삼는다.

그렇다면 백무산의 변화는 어떻게 가능했던 것일까. 우리가 그 문제를 더듬어보지 않는 한 백무산 읽기는, 언제나 '노동시인'으로 되돌아온다. 아니면 '노동시인'에서 '노동'을 두고 온 구도자이거나. 백무산이 노동시인이냐 아니냐를 묻는 것은 그에 대해 알려진 일반적인 인식의 재연만 허락할 뿐이다. 백무산이 시로써 말하고자 하는 바는 기실 해방에 다름 아니다. 시인을 옭아매고 있는 현실과 그 현실이 강제하는 특정 실존 상태로부터의 해방.

그래서 그는 바깥과도 싸우지만 자신의 내부하고도 싸운다. 그 싸움의 과정에서 보폭을 크게 할 때와 작게 할 때, 그리고 적을 누구로 삼느냐에 따라서, 파토스의 방출이냐 아니면 수렴과 성찰을 통해 싸우느냐에 따라서 그의 시는 요동친다. 그것은 한 권의 시집에서도 나타나지만 그가 지금껏 걸어온 시의 전 과정에서도 마찬가지이다.

급변하는 현실

알다시피 그의 첫 시집 『만국의 노동자여』는 그를 80년대의 노동자 시인으로 확고부동하게 자리매김하게 했다. 그 시집에서 백무산이 쏟아낸 언어와 가락은 자신의 몸이 된 비참한 현실, 그 날것의 언어였다. 일테면 훗날 약간의 관념성을 의심받았던 「노동의 밥」이 보여주는 단호함은 결코 세계를 구분하고 분류하려는 욕망에서 나온 언어가 아니다. 그것은 자신의 몸에서 직정적으로 쏟아져 나온 것이었다.

심지어 오만하게 느껴질 정도로 단언하는 말투는 어떤 오싹함마저 현재에도 느끼게 하는데, 그것은 시인이 자신의 몸으로 겪은 어떤 '한계'를 돌파하려 했기 때문에 가능한 것이다. 한계에서 무력감을 느끼는 것은 노예들의 특징일 뿐 주인은 그 한계에서 도약을 선택한다. 들뢰즈는 그의 주저 『차이와 반복』에 "그것은 사물이 자신을 펼치고 자신의 모든 역량을 펼쳐가기 시작하는 출발점이다"(민음사, 105쪽)라고 쓴 적이 있다. 백무산이 『만국의 노동자여』에서 보여준 것은 자신이 경험한 사건들에 갇히지 않고 펼친 무한한 역량의 부분이었던 셈이다. 그리고 그 역량은 개인의 역량이 아니라 바로 노동자계급의 역량에 대한 찬사였다.

물론 두 번째 시집 『동트는 미포만의 새벽을 딛고』에서는 시인의 정치적 관념에 시를 완전히 굴복시켰다는 게 중론이긴 하다. 하지만 그러한 지적 또한 백무산의 시적 여정 가운데에서 살필 때 의외의 의미를 얻을 수 있을지 모른다. 아무튼 그러했던 그가 『인간의 시간』을 들고 오랜만에 나타나자 일각에서는 장탄식을 쏟아내기도 했다. 거기에는 그가 그렇게 외쳤던 노동해방의 흔적들이 가신 것처럼 보였기 때문이다. 그러나 과연 그런가? 그 시집을 다시 읽어보면 시인이 노래한 해방의 진면목이 무엇인지 어떤 시에서는 상징적으로, 어떤 시에서는 격정적으로 드러난다. 예를 들어 「달」이라는 시에서는 반성적 성찰을 배면에 깔면서 "돌아보느니, 우리는/세상의 반만 가지고 살고 싸웠"다고 진술한다.

그러나 그가 진술한 그 "반"은 1980년대적 상황에서는 세상의 전부였다. 그 전부가 반으로 판명된 1990년대가 1980년대와는 매우 다른 시간이었을 뿐이다. 혹자들은 도대체 1990년대의 노동자의 삶이 1980년대와 뭐가 다른 것인가, 라고 묻겠지만, 그리고 그 항변에 가까운 질문 속에서『인간의 시간』에 대한 아쉬움이 터져 나왔겠지만, 중요한 것은 우리가 일상적으로 겪는 현상 세계가 아니다. 현상의 이면에서 쉬지 않고 움직이는 어떤 흐름이다.

백무산이 그 시집에서 보여준 것은, 현실을 펼치는 잠재면인 시간 자체가 운동하고 있다는 인식이다. 그러나 중요한 것은 단순히 시간이 운동한다는 사실이 아니라 그 운동의 힘과 뒤섞여 우리의 삶이 변화하고 있다는 것이다. 제도나 문화, 습속, 탐욕, 정치권력의 속성마저 우리가 감지하지 못하는 사이에 그 존재의 좌표가 달라지고 있다는 것이다.

백무산의 시의 여정에서 정작 내 관심을 끈 시집은,『인간의 시간』의 다음에 나온『길은 광야의 것이다』이다. 내 무의식 속에는『인간의 시간』과『길은 광야의 것이다』가 단절 없는 '한 묶음'으로 자리잡고 있었으나『인간의 시간』이 그 이전 시집과 점선으로 연결되어 있듯이『길은 광야의 것이다』는『인간의 시간』과 점선으로 연결되어 있다. 아니 어쩌면『인간의 시간』이『만국의 노동자여』와 보이는 친연성만큼『인간의 시간』과 단절되어 있기도 하다.

『인간의 시간』이『만국의 노동자여』를 품고 다른 길의 입구에 들어서 있다면『길은 광야의 것이다』는『인간의 시간』을 가급적 떼어 놓고 떠나려는 발걸음으로 내게는 읽혔다. 일단『길은 광야의 것이다』에는 그 전의 시들에서 보여줬던 육체적 언어가 추상적 언어로 노골적으로 대체되었으며, 형상 이전의 세계로 존재를 투신하면서 발생하기 마련인 관념성이 두드러진다. 「운주사 와불」이나 「듯」이라는 시는 개체화된 형상세계 너머를 시인이 탐색하고 있다는 결정적 증거물이다. 시인은 여기서 우리가 지각할 수 있는 세계에 대한 근원적 회의에 휩싸인 듯 보인다.

또 하나의 예로 「에밀레」를 들 수 있다. 이 시는 어쩔 수 없이 『만국의 노동자여』에 실린 「에밀레 종소리」와 대비되어 읽힌다. 「에밀레 종소리」에서는 "용광로에서 일을 하고부터" 알게 된 "모든 쇠붙이에" 떠밀린 노동자의 죽음, 차라리 중음신이라고 불릴 수 있는 존재를 드러내지만 「에밀레」에서는 설화의 세계로 후퇴해 "종"에 투여된 산목숨이 "지극한 마음"이나 "간절한 마음"으로 변화된다. 과연 『길은 광야의 것이다』는 그의 시적 여정 중에서 어떤 극점에 해당된다고 볼 수 있다. 이렇게 형상 이전의 세계로 다가가는 과정에서 관념성의 돌출은 피하기 힘든 현상이다. 왜냐면 그 세계는 형상세계를 발생시키는 토대를 찾아가는 작업이기 때문이다.

하지만 이때에 백무산 시에 나타나는 도저한 관념성은 육체적 생동감마저 포섭하기 시작한 자본과 국가라는 홈 패인 공간을 넘어서려는 목적의식적인 의지에 다름 아니다. 우리는 여기서 『인간의 시간』과 『길은 광야의 것이다』에 수록된 시편들이 쓰여진 시간대를 감안해 볼 필요가 있다. 1990년대는 혁명의 담론이 급격히 폐기되고 자본에 의해 발흥된 저 1990년대의 대중문화가 그 빈자리를 빠르게 잠식해 가던 시절이었다. 『만국의 노동자여』가 감당할 수 있었던 육체적 세계는 환영에 가까운 상품세계로 대체되었던 것이다.

IMF 이후

그 후 백무산에게는 IMF체제라는 또 다른 현실이 밀어닥쳤다. 그 소용돌이의 한가운데서 쓰여진 것으로 보이는 『초심』과 『길 밖의 길』에서 시인이 택한 선禪적 자세는 그 치욕을 감당하기 위한 우회로라는 게 내 느낌이다. 그러면서 동시에 백무산은 자신이 떠난 (?) 시공간으로 다시 투신하는 조짐을 보인다. 어쩌면 이 두 시집은 백무산의 전체 시적 여정 중에서 가장 내적 출혈이 심한 단계였을 수 있다. 시인에게 주어진 현실은 그 전과는 질적으로 달라진 것이었기 때문이다. 그는 이 시집에서 '현실의 죽음'에 대한 영매가 되기도 하고, 선승의 자세를 보여주기도 하며, 고향과 도시의 거리로 자아를 방류하기도 하다가, 단호한 전사의 모습을 보여주기도 한다.

그 중에서 내가 가장 눈여겨본 것은 IMF체제가 강요한 삶을 보는 한 노동자 시인의 눈빛이다. 자본과 국가의 "탐욕과 음모와 속임수로/숱한 사람들 찬 거리로 내몰"리고 "모든 걸 잃은 사람에겐/사람의 체온이 종교"(「삶의 거처」)라고 말할 때 그것은 단순한 휴머니즘으로 퇴보한 것이 아니다. 그에게 "사람의 체온"은 "야생"(「야생」)

과 "바다가 되는 길"의 다른 이름이다. 그에게 남은 것은 "바다 전부가 되는 길뿐이다"(「바다 전부」). 이렇게 그는 다시 그라운드 제로에 설 수밖에 없었다.

이 지점에서 백무산은 "돌계단을 오르는데 바위틈에/노란 민들레가 여기 저기 환하게"(「참회」) 피어 있는 것을 발견하고 "그대에게 가는 길은" "여름날 타는 자갈길이어도 좋다/비바람 폭풍 벼랑길이어도 좋다"고 한다. 그리고 이것은 "길 밖 허공의 길"(「그대에게 가는 모든 길」)과 같은 의미를 갖는다. 그는 이제 "경계"에서 "허공"으로 옮겨 온 것인데, 이것은 "걸어가는 이 몸이 길"(「길 밖의 길」)이라는 돈오가 맞다.

우리가 백무산을 읽을 때 오해하지 말아야 할 것은, 그가 그 이후에도 가끔씩 멈춰 선 듯 보이는 발걸음이나 과거로의 이행이 "회향"이 아니라는 점이다. 그는 말한다. "자연은 고단한 그를 거두어/긴 안식의 집으로 데리고 갔지만/아직은 회향이 아니다". 그러나 그가 "나서 죽기까지 어떤 경로도/아직은 직선이다"(이상 「회향」)라고 말할 때 그것은 앞으로도 계속될 이행을 암시하는 것이지 백무산의 시간 인식이 직선적이라는 뜻이 아니다.

아무튼 『초심』과 『길 밖의 길』부터 백무산은 다시 자신의 살아 온 신체적 삶의 자장 안으로 돌아온다. 그러나 그것은 단순히 현실을 재현하는 차원으로 퇴각하는 것이 아니라 그가 젊어지고 가야 할 삶의 몫을 재확인한다는 의미이며 『인간의 시간』과 『길은 광야

의 것이다』에서 보여주었던 깊은 사유를 현실 안으로 확장시키겠다
는 무의식적 다짐이기도 하다. 그래서 나는 「꿈은 이루어지지 않았
다」에서 "먼바다를 보면서 결심을" 굳힌 것이 또다른 "밀항"이었다
고 고백한다. 이 시가 젊을 적 조선소 노동자 시절에 대해서 말하고
는 있지만 말이다.

치욕을 돌아보다

백무산은 『거대한 일상』에 접어들어 중대한 단절을 다시 한번 감
행한다. 그것은 "더이상 노동은 신성한 것이 아니다"(「치욕」)는 선언
에서 드러나듯 마치 자신을 전위적인 노동시인으로 자리매김해 준
시대를 스스로 부정하는 태도를 보인다. 백무산이 노동자계급의 계
관 시인으로 합의 아닌 합의를 사회적으로 본 것은 사실이지만, 진
정한 시인에게 그러한 합의는 언제든 버리고 떠나야 할 것에 지나
지 않는 것이다.

일단 「치욕」에 의하면 "비용과 실적을 위해 사람목숨도 소모자
재"로 취급하다 못해 "비용과 실적을" 종교로 삼는 자본이 민중을
"불구된 사람들과/과부들과 아비 없는 자식들"로 만든 역사적 사실
을 고발한다. 그런데 이 고발은 백무산의 시 안에서 보더라도 그렇
게 낯설지는 않다. 그는 『만국의 노동자여』에 실린 「지옥선」 연작

이후에 끊임없이 자본의 만행을 시적으로 고발해 왔다.

문제적인 것은 그 다음이다. 백무산은 그러한 역사적 사실 자체가 "치욕"이라고 말한 다음 "치욕 위에 다시 치욕이" 있다고 말한다. 그것은 그 '치욕의 역사'를 "자랑삼고 교훈으로 삼는" "뻔뻔함"이며 "가슴 벅찬 건국의 역사"라고 믿는 일이라는 것이다. 그는 그것은 "야만"에 불과하다고 진단한다. 그래서 그는 "삶의 기대를 접었"으며, "이런 세상에 누릴 것이 있다면/그건 내가 나에게 처먹이는 치욕"이라고 한다.

이러한 도저한 윤리의식을 가지고 백무산은 한 발 더 내딛는데, "그러나 나 역시 그 치욕 때문에 낡은 시간에 포섭되었다/치욕을 쓸개처럼 씹다 더러운 시간에 갇혔다"고 고백하는 것이 그것이다. 이런 인식의 연장선상에서 '시인의 말'을 읽을 필요가 있다. 거기서 그는 "긍정은 부정의 반대편에 있는 것이 아니라 부정을 껴안고 넘어가는 데 있을 것이다"라고 말한다. 이 말은 그간 자신은 긍정과 부정을 대립적으로 파악해 왔으나 이제 부정의 혁명이 긍정의 혁명과 이어진다는 믿음이 생겼다는 뜻이다.

그리고 부정의 혁명에 머무르는 시간은 "낡은 시간"이라는 것이다. 부정의 가두리에 갇혀버린 한 우리는 "치욕을 쓸개처럼 씹다 더러운 시간"에 갇혀버리리라는 것. 그런데 충격적이게도 "그렇게 만든 것은 우리들"이며 "우리의 노동이 자주 그렇게 만들었다"고 고백한다. 그것이 그에게는 "또다른 치욕"이었다. 이게 "더이상 노동은 신성한 것이 아니다"를 가능케 한 인식론적 기반이며 『거대한 일상』을 떠받치고 있는 세계인식이다.

　이런 인식은 「화장터에서」에서도 간결하게 나타난다. "살아온 시간은 노동시간이었"는데 그것이 죽음을 맞아 다른 "시간이 무한정 쏟아졌지만//살아 있는 자들은 올 때 입고 온/그 시간만 주섬주섬 챙겨 돌아간다"고 시인은 쓸쓸하게 읊조린다. 이것은 알레고리인가? 아니다. 죽은 시간인 "노동시간"은 죽어야 다시 생성된다. 죽어야 산다는 인식은 「모가지」에서도 역설적으로 드러난다. 죽임을 통해 목숨을 다시 찾는다는 전언은 비극적이지만, 우리는 비극을 통해서만 참담한 현재를 넘어갈 수 있다고 받아들여도 무방하다.

　이렇게 백무산은 『거대한 일상』에 와서 이전 시집까지 천착해 왔던 '노예노동'과 삶의 문제를 전혀 다른 각도에서 파악한다. 이것은 일종의 부정―긍정이며 긍정―부정이기도 하다. 달리 말하면 부정과 긍정을 동시에 수행하는 일인데 그가 보기에 "노동시간"은 "무리들 가운데 몸 숨기는 짓/그 무리들과 영토다툼하는 짓"(「가장자리에서」)이며 그것은 "독점 훼손 파괴 고갈 멸종 착취 전쟁"의 "다른 이름"(「위인전」)이다.

　그렇다면 백무산은 "노동시간"이 "낡은 시간"임을 폭로하는 일에 이 시집을 바친 것일까? 백무산은 비참한 사건의 재현에만 머물러 본 적이 없으며 이 점이 여차의 리얼리스트들과 확연하게 차이 나게 해 준다. 「길의 숲」에서 "길에도 길의 숲이 있음을" 역설한 뒤에

「생명의 이름으로」에서는 "죽음의 이름을 떠나 푸른 파도 가운데 있으리라"고 선언한다. 그가 보기에 "낡은 시간"인 현재에 대립되는 '다른 시간'은 이렇듯 생명의 시간인 것이다. 눈여겨봐야 할 것은 그는 자신의 관념을 선언한 뒤에 추상의 세계로 자신을 은폐하지 않는다는 점이다.

이 시집에서 백무산은, 이를테면, 노동의 전사前史, 노동에서 배제된 이른바 하위 주체들, 또는 절연된 채 존재하는 "푸르름"들을 통해 '다른 시간'을 사유한다. 이 시집에서 가장 빼어난 시 중 하나인 「돌아오지 않는 길」에서는 "그냥 두지 않는 일과 싸울 뿐"이라면서 그의 사유가 단지 형해화된 깨달음과는 다른 것임을 드러낸다. 백무산은 예나 지금이나 변함없이 투쟁하는 자리에 서 있는 시인이다. 다만 이제 투쟁의 양식이 달라졌을 뿐이다.

그 달라진 투쟁의 양식 중 이 시집에서 보여주는 다른 면은 시인 자신이 박수의 자리로 조금 옮겨 앉았다는 사실일 것이다. 그 징후는 「돛대도 아니 달고」에서도 보이고 「돌아오지 않는 길」이나 「흐르는 집」에서도 완연히 흐른다. 일단 그의 영혼이 그렇다는 것이고, 그럼으로써 그의 가락이 그렇다는 것이다. 박수는 죽음을 죽음의 자리에, 삶을 삶의 자리에 반듯하게 옮겨놓는 존재이다. 심지어 삶에 엉겨붙은 죽음이나 죽음에 속박된 삶을 해원하는 존재가 박수 아니던가.

어쩌면 『거대한 일상』이 이전의 시집과 단절을 혹은 도약을 감행하는 것은 이런 맥락에서 그렇다. 일단 현재가 죽은 시간이라는 것, 그러나 현재의 버림받은 존재들과 감응하며 다른 시간을 노래한다는 것, 그리고 그 다른 시간으로 존재의 이행을 감행하면서 시인 자신은 유목하는 박수, "구조의 밖"에서 "한 척 뗏목"이 되고자 한다는 것. 하지만 그것이 "해탈"(이상 「흐르는 집」)을 지향하지 않고 도리어 자의든 타의든 노동의 외부에 존재하는 것들을 끊임없이 호명하면서 존재의 전환을 꾀한다는 것은 명백해 보인다.

현재−현재−현재

백무산은 『그 모든 가장자리』에 와서 다시 다른 사유의 거처를 발견하게 된다. 이러한 시적 인식의 변화는 언제나 그랬듯 현실에 대한 응전 때문이기도 하고 현실을 혁신하려는 이성적 모색에서 비롯된 것이기도 하다. 이 시집에 와서 가장 먼저 눈에 띈 것은 삶을 속박하는 중력을 거부하려는 몸짓이다. 예를 들면 「생과 사의 다리」에서 "꿀과 춤은 축제의 기쁨이다"고 하면서 그것의 대립물로 "노동"을 설정한다. 이것은 『거대한 일상』에서 선언한 "더이상 노동은 신성한 것이 아니다"에서 한 발 더 내딛은 것이다.

이 시집에 와서 백무산은 노동해방을 기존의 계급혁명적 이미지로 사유하지 않는다. 이런 맥락에서 보면 그는 기존의 '노동시'를 버린 것이 된다. 그에게 이제 노동해방은 "축제"여야 한다. 그것을 다음과 같은 구절이 역설적으로 보여준다. "축제를 몰아낸 공허한 몸에 노동이 자학처럼 물고 있다"(「생과 사의 다리」). 이렇게 말하면 노동해방은 노예노동 이후의 사태가 아니라 노예노동에게 속박되기 전의 어떤 것이 된다. 물론 여기서 시간적 선후 관계는 별 의미가 없다. 이미 그는 직선적 시간관을 버린 지 오래이기 때문이다.

하지만 백무산이 생각하는 "축제"는 이러한 긍정적이고 밝은 의미만을 가지지 않는다. 이번 시집에서 자주 보이는 어휘나 이미지는 "어둠"이다. 「우물」에서 시인은 "다시 새벽 어둑한 깊이에 두레박을 내려야겠다"고 하는데, 그 우물에는 "퍼올려도 퍼올려도 꼭 그만큼 찰랑거리던" 무엇이 있다. 그리고 우물을 통해 시인은 시간을 역류하기도 한다. 아니 '역류한다'는 말은 어울리지 않다. 그에게는 지나간 시간도 언제나, 그리고 어디에나 있는 다른 시간이다. 해설을 쓴 박수연의 말대로 "기성의 시간이 과거-현재-미래의 속성을 가진다면, 새로운 시간은 현재-현재-현재의 흐름을 속성으로 지니는 것이다".

백무산의 시적 여정에서 끊임없이 불려 나오는 과거의 정체는 바로 이것이었던 것이다. 백무산에게 과거 기억은 베르그송적 의미에서의 '순수기억'에 해당된다. 모든 시인은 과거로 간혹 돌아가는 경향이 있다. 그런데 대체적으로 시인들에게 불려 나온 과거는 시인의 현재를 과거로 압송하지만 백무산에게 과거는 언제나 생성의 우물일 뿐이다. 그래서 백무산이 가끔 과거로 시간 이동을 할 때 단순한 회고가 되는 게 아니라 그의 관념이 살[肉]을 얻는 과정이 된다. 이게 『그 모든 가장자리』에서 자주 언급하는 "어둠"의 정체이다.

　과거 기억으로의 이행이 시간이라는 층위에서 벌어지는 '중력의 거부'라면 「저 너머 이곳」에서는 태양계 밖으로 나가버린 "보이저 1호"를 통해 전혀 다른 이미지를 제출한다. 이 장쾌한 상상력의 시는 그러나 허무맹랑으로 떨어지지 않는데 그것은 그가 "보이저 1호"를 통해 말하고 싶었던 것이 "태양"으로 표상되는 "아버지의 시간"도 "젖을 물고 있는 곳"이 있다는 점을 말하기 위함이다. 그럼 아버지에게 젖을 내주는 곳은 무엇인가? 그냥 "더 넓은 품"이다. "다만 어둠이라고 하는 다만 심연이라고 하는" 그곳! 그곳은 나도 모르고 어쩌면 시인도 명명할 수 없는 세계일지 모른다. 왜냐면 그곳은 이 시의 마지막 행에서 "빛이 태어나는 곳/어둠도 태어나는 곳"이라고만 명명되기 때문이다.

　마지막으로 백무산이 이 시집에서 감행하는 존재의 전환은 그의 자아 자체를 어떤 이행의 과정 속에 두는 시에서도 읽을 수 있다. 「내가 계절이다」에서 "나는 계절 따라 생멸하지 않는다/내가 계절이다"로 말하며 「난독과 오독」에서는 "나는 이미 낯선 곳에서 낯선 곳으로 던져졌"다고 말한다. 조금 더 자세히는 "세계단편문학전집"의 난독의 결과 "오 헨리 상체가 몸의 하체에 붙고 모빠상의 여자가 동물농장에 가 있고 체홉이 가게 이름인지 도시 이름이었는지도"

헷갈리는 정체성의 파괴를 본능적으로 자행했다는 고백을 통해서 드러난다. 이러한 존재에 관한 인식은 스피노자가 말한 신체의 변용을 떠올리게 한다.

그렇지만 백무산의 이러한 인식은 형이상학적 사변에 해당되지 않는다. 그에게는 "모든 인간을/노동자로 만들려고 시도했던"(「춤추는 인간」) 근대적 시간, 즉 죽은 시간에 대한 격렬한 항거가 그 모든 것을 가능하게 했던 동력이다. "무한 축적의 광적 욕망/미친 속도의 무한 질주"(「멈추게 하려고 움직이는 힘들」)에 대한 선지자적 외침이 그를 중력에 대한 거부로 이끌었던 것이다. 물론 그에게는 이미 『길은 광야의 것이다』에 수록된 「중력장」이란 시가 있다. 그러나 그 시는 "억압과 착취의 사슬을 끊고 운명적 중력장을 벗어나"려는 청년적 열정에 휩싸여 있지만 "중력장" 이후에는 미처 도달하지 못한 상태였다.

백무산이라는 밀림

백무산의 시는 무엇인가? 백무산의 시는 어떤 소용돌이 같은 착시를 일으킨다. 백무산이라는 풀섶을 헤치고 들어가 본 사람들은 의외로 많은 길의 갈래 앞에서 당황하기 일쑤이다. 그가 여러 길을 걸어갔다는 뜻이 아니다. 그는 언제나 하나의 길을 탐색했지만 그의 발걸음이 일직선이 되기에는 그가 감당해야 할 현실이 그렇게 단순하지 않았던 것이다. 그래서 그는 끊임없이 앞으로 갔다가 뒤로 갔다가 옆으로 갔다가 하면서 많은 흔적들을 남겼다. 이것을 방황이나 퇴행으로 보는 것은 백무산을 오독하는 것이다.

그는 부정과 긍정, 그리고 미래와 과거, 단절과 지속을 동시에 밀고 나간 시인이다. 불꽃인 듯한데 어둡고, 투사인 듯한데 어머니와 여선생님 앞에 선 소년이기도 하다. 선동가인데 구도자이고, 사색가인 줄 알았는데 다시 보면 죽어가는 목숨들을 위한 박수인 그를 발견하게 된다. 한마디로 말하면 그는 대한민국 근대가 강요한 내면을 받아들일 수밖에 없었지만 가장 치열하게 그 내면을 찢고 밖으로 나가려고 했다. 그래서 그에게 해방이란 노동해방이기도 하지만 존재의 해방이기도 한 것이다.

그래서 그의 언어는 간혹 관념으로 가득하고 간혹은 꿈틀대는 육체성을 가진다. 아니다. 그것들을 교대로 소유하는 것이 아니라 그의 시어와 비유에는 그러한 것들이 동시에 꿈틀거린다. 우리의 육체는 어떤 맥락에서는 과잉이고 어떤 맥락에서는 결핍이다. 백무산의 시가 그것을 증명하기도 한다. 어쩌면 그는 시적 형식에 얽매이지 않는 가장 육체적인 시인일 수도 있다. 김수영 말대로 '온몸으로 쓰는' 시인이기도 하고.

하지만 잊지 말아야 할 것은 그의 시적 인식은 근대가 강요한 모든 죽은 시간에 대한 거부였으며 그것에 대한 투쟁이었다. 그리고 그가 체험한 죽은 시간은 바로 노동의 시간이었다. 그가 얼마나 죽은 시간인 노동의 시간을 거부하고 산 시간인 생명의 시간을 갈구했는지를 이해하는 일은 그의 첫 시집 『만국의 노동자여』로 우리를 다시 돌아가게 한다. 그는 말했다. "피가 도는 밥을 먹으리라"(「노동의 밥」)고. 이는 결국 '생명의 밥'을 먹겠다는, 그의 모든 시의 모태이다. 따라서 아직도 세간에 떠도는 그에 대한 이런저런 말들은, 내가 보기에는, 아무 의미 없는 낭설일 뿐이다.

부기

이 글은 현존하는 한 시인에 대한 오마주이다. 백무산 시인에 대한 개인적인 친연성을 강조하려는 뜻은 없고, 백무산 시를 하나의 나침반으로 삼아볼까 하는 문제의식이 이 글을 쓰게 했다. 이 글을 쓰면서 백무산 시인의 시세계는 매우 다양한 지점에서 입산 가능하다는 확신을 가졌다.

신경숙 표절 사태 이후, 반권력적 비판도 중요하지만 독자들에게 제대로 전달이 안 된 문학의 세계가 있음을 밝혀주는 비평적 작업도 절실하다는 생각이 들었다. 문학은 미문주의로 후퇴해서는 안 된다. 문학이 문장으로 환원된다면 차라리 문장 자체가 안 되는 민중의 현실은 무엇이 되는 걸까.

민중의 현실은 문장 이전이기도 하지만 문장을 집어삼키는 다이몬이기도 하고, 문장을 토해내는 사티로스이기도 하다. 문학이란, 해석되지 않는 세계에 대한 실패가 예정된 '맞섬'일 것이다. 나는 그렇게 믿으며 백무산 시인에 대한 이 글을 쓰면서 다시금 새겼다.

'노동시'가 남긴 것과
노동시가 가져야 할 것

'노동시'의 종언?

평론가 고봉준이 『시인동네』 2013년 여름호에 발표한 「노동시여, 안녕」(이하 「안녕」)과 『시와 사람』 여름호에 발표한 「우리가 알던 노동시의 종언」(이하 「종언」)을 읽으면서 나는 그가 내 시집 『태풍을 기다리는 시간』에 쓴 해설의 어느 구절이 떠올랐다. "사실 황규관의 시를 노동시라는 범주를 이용하여 규정하려는 대부분의 비평적 분석은 일정한 한계를 지닌다." '노동시'에 대한 자의식을 갖고 쓴 시들이 다른 방향으로 읽히는 것도 재밌었고, 기존 '노동시'의 문법을 벗어나려는 고투를 읽어준 것이 고맙기도 했다.

위 두 편의 글은 모두 '노동시'의 종언을 선언한 글인데 전자는 어떤 총론적인 성격을, 그리고 후자는 그 총론을 밑받침하는 구체적 근거를 다룬 글로 읽혔다. 그에 의하면 "노동이 특유의 기계적 형태를 상실하고 비물질적, 언어적, 정동적인 것이" 된 신자유주의에서의 노동은 지난 세기, 즉 '노동의 세기'의 '노동'과 동일하지 않으며 "노동운동은 과거에 지녔던 저항성을 상실했고, 그들이 감당해 왔던 '착취'의 대부분은 비정규직 노동이나 이주노동자에게 이전되었다"(「안녕」).

거기다가 "2000년 이후의 노동시는 지난날 '노동'의 시대에 지녔던 계급적 시선과는 매우 다른 양상을 보이고 있다. 이 '다른 양상'은 두 얼굴을 지녔다. 제도로서의 문학에 포획되었다는 부정성과 '계급'과 '해방'이라는 강박에서 벗어남으로써 다양한 진화의 가능성을 보여준다는 긍정성이 그것이다. 이러한 변화를 외면하고 '노동시'라는 용어를 고집할 때, 우리는 '노동시'의 외연을 점차 넓혀가다가 마침내 '노동시'와 '노동시가 아닌 것'의 경계가 모호해지는 상황에 직면하게 될 것이다"(「종언」). 소위 "'노동시'의 계보 안에서 평가되는 시인들의 시에서도 1980~1990년대적인 '노동시'의 흔적을 발견하긴 어렵다"(「안녕」)는 것이다.

덧붙여 고봉준은 "지금의 문학장에서 '노동시'라는 개념이 특정 시인들의 시세계를 제한하는" 우리cage 역할을 하고 있다는 점을 지적하고 있는데, 이 말은 현재의 문학제도가 '노동시'를 어떻게 받아들이고 있는지에 대한 비의도적 폭로로도 읽힌다. 문학제도의 무의식을 내가 정확히 알 리 없지만 어쩐지 '노동시'는 문학제도 안에서 계륵에 지나지 않을지도 모른다는 생각도 들었다. 이 추정은 자학적인 서자의식의 발로가 당연히 아니다.

그 물증으로 조금 여담 같아 보이지만『조선일보』어수웅 기자와 문학평론가이자 시인인 남진우의 인터뷰 내용을 짚을 필요가 있다. 왜냐면 나는 이 인터뷰에서 문학제도가 얼마만큼 '노동시'를 장사지내고 싶어 하는가 하는 무의식을 읽었기 때문이다. 간단히 요약하면 이렇다.

어수웅이 남진우에게 묻는다. 지난 대선에 작가들이 정권교체 지지선언을 했다. 남진우 당신의 생각은 어떤가? 남진우가 답한다. 곤란한 질문이다. 그러나 "요즘 시인이나 작가들의 책 서문을 보면 앞뒤 맥락 없이 노동과 혁명을 이야기한다. 그런 단어들이 튀어나올 때마다 뜬금없다는 생각을 한다". 이어서 남진우는, "실제로 A급 작가들은" "이원론을 넘어서는 복합적인 울림을 주는" 작품을 쓰고 있다. "김영하, 김연수, 박민규, 김애란 등이 그들이다"라고 덧붙였다.

처음에 어수웅이 물었던 정권교체 지지선언을 한 작가들 중에는 남진우가 상찬한 작가들 중 몇몇이 참여했기에 그는 어수웅의 질문을 교묘히 피해 나간 것으로 보인다. 결국 남진우는 어수웅의 질문지에 포함되어 있는 작가들을 구제하기 위해 (그게 누구라고는 밝히지도 않으면서) '노동과 혁명을 이야기하는' 작가들을 대신 번제했고 어수용은 아무렇지도 않게 받아쎴다.

　나는 고봉준을 이러한 '정치적 협잡의 카테고리' 안에서 비판하고
싶지 않다. 도리어 그의 비판은 '노동시' 너머까지 감안하고 있는 듯
보이는데, 그의 충정은 "노동과 문학을 둘러싸고 있는 사회적 환경
이 바뀌었음을 직시하자는 것, 그리하여 19~20세기적 개념인 '노동
시'에서 벗어나 '새로운 평면' 위에서 사고하자는 제안이다"(「종언」).

절망과 자기환멸의 시대

　조정환은 2005년에 쓴 「노동문학의 현실과 삶문학적 전망」(『카이
로스의 문학』, 갈무리)에서 "노동문학은 각광받는 주류 장르문학들의
틈새에 끼인 비주류 장르문학으로 퇴화되었다"라고 말한 바 있다.
그에 의하면 예전부터 "노동문학은 퇴물"이 된 상태였던 것이다. 이
는 문학제도의 지형을 봤을 때 솔직한 모습이기도 하고, 작품의 성
과 또한 부족하기 짝이 없단 것도 슬프지만 사실관계에 비춰 봤을
때 대체적으로 맞는 말이다.

　그런데 언젠가부터 고봉준의 말대로 "몇몇 문예지들이 제한적인
방식으로 '노동시'"를 호출하기 시작했다. 그리고 그것이 이명박 시
절과 궤를 같이 한다는 내 기억은 그리 틀리지 않을 것이다. 다른 말
로 하면 민주주의 일반이 퇴화하면서 그간 세상의 가장자리에서 끙

끙대고 있던 추레한 '노동시'의 모습이 눈에 띄기 시작했다는 뜻도 된다. 물론 이명박 이전부터 '노동시'적 전통을 자천타천으로 감당했던 시집들이 나오기 시작한 것은 사실이다. 이를테면 송경동의 『꿀잠』이 2006년에, 임성용의 『하늘공장』과 황규관의 『패배는 나의 힘』이 2007년에, 김사이의 『반성하다 그만둔 날』이 2008년에, 문동만의 『그네』와 다시 송경동의 『사소한 물음들에 답함』이 2009년에, 최종천의 『고양이의 마술』이 2011년에 잇달아 출간되었다. 그 사이에도 백무산은 확장된, 그리고 심화된 시적 인식을 꾸준히 펼쳐내 보였다.

흥미로운 것은 민주주의 일반의 퇴화에 대한 작가들의 정치적 발언이 나오기 시작한 시점부터 "몇몇 문예지들이 제한적인 방식으로 '노동시'"를 불러냈다는 점인데, 더 정확히 말하면 '시와 정치'에 대한 기획들이 이른바 메이저 문예지들에서 시작되었고, 약간의 시차는 있었지만 그 후 "몇몇 문예지들"이 '노동시'를 불러낸 것이다. 이명박 시절이 '노동시'가 때 아닌 호황을 맞게 되는 배경이 된 것은 여러모로 의미심장하다고 말하지 않을 수 없다.

조금 더 직관적으로 말해서 민주주의 일반의 후퇴 속에서 노동자가 처한 비극적 상황이 드러나기 시작했다는 게 정확할 것이다. 하지만 뒤집어 말하면 형식적 민주주의가 그나마(?) 지켜지는 동안에는 노동자의 실제 상태가 은폐되었다는 뜻도 된다. 실제로 노무현 정부가 노동자에게 전혀 관용적이지 않았는데도 그 당시 문학제도는 '노동시'의 공과를 전혀 짚을 생각이 없었다. 우리 사회의 이중성이 가장 치열하게 드러나는 대목이 나는 이것이라 생각하는데, 이 글에서는 이것에 대한 탐색이 여의치 않으니 여기까지만 말해두기로 하자.

아무튼 '노동시'가 다시 불려 나오게 된 문학제도적 상황은 대략 이러한 것이다. 시선을 문학제도 바깥으로 돌려보면 IMF 구제금융 사태 이후에 노동자들의 상황이 급전직하했음을 알 수 있다. 그리고 노동자의 상황이 점점 더 비극적 색채를 띠어가는 것과 조응하여 우리 사회는 그만큼 천박해져 갔다. 한탕주의의 만연 혹은 일반화가 그것이다. 이것은 노동조합도 비켜 가지 않았으며 심지어는 노동조합 내부를 좀먹은 원인이 되기도 했다. 대신 해 먹을 '한탕'이 없는 이들에게는 지독한 자기환멸이 찾아왔다.

쉽게 말해서 정규직 노동자들이 비정규직 노동자들을 방패 삼아 제 생존의 시간을 연장해 갈 때, 비정규직/해고노동자에게서 시작된 절망과 자기환멸은 급기야 우리 사회의 심층으로 뿌리를 내려가고 있었던 것이다. 이러한 사실들을 근거 삼아 보건대 IMF체제가 남긴 부정적 유산은 대단히 치명적이었다.

어쩌면 고봉준이 겨냥한 비판의 탄착점은 이것일지도 모른다. 위와 같은 과정을 통해 도달한 오늘날에는 '각성된 노동자의 눈' 따위로 어떤 의미도 발산하지 못하니 그러한 것들로 정의된 기왕의 '노동시' 개념이 유의미하지 않다는 것. 고봉준이 「종언」에서 최근 가장 활발하게 현실 문제에 참여한 송경동의 시에 대해 "국가와 자본의 권력에 대한 선긋기"를 "'노동시'의 진화로 받아들이기는 어렵다"고 비판한 것은 그런 맥락에서 읽을 수 있다. 다시 말하면 총자본 대 총노동이라는 가파른 대치는 이제 낡았다는 것이다.

'노동시'와 노동운동

역사는, 좀 냉소적으로 말하면, 기록을 사후에 분류하고 선별한 것일 뿐이다. 그러니까 누구나 역사에 남고 싶다면 당대에 기록되어야 하는 게 순서고 기록은 또 얼마간 현재적 삶이 좌우하기도 한다. 물론 이 지점에서 인간의 인정 욕망이 뜨겁게 분출되기도 하지만. 그러나 역사에 조금 더 진지하게 접근해 보자면 당대의 지평에 눈높이를 맞추는 일이 곧 역사적 관점이 된다. 즉 현재 입장에서 과거를 재단하는 것이 아니라 사건을 그 당대의 입장에서 심각하게 조망하는 일 말이다.

여기서 우리는 조정환의 오래전 지적을 다시 들춰 볼 필요가 있다. 굳이 조정환의 분석이 아니더라도 '노동시'의 작인作因은 바로 저 1987년 노동자대투쟁이라는 사건이다. 물론 그 전에 박노해의 『노동의 새벽』과 백무산의 『만국의 노동자여』 같은 선도적 빅뱅이 있었지만, 노동문학의 전면적 등장이라는 차원에서 보면 노동자대

투쟁을 그 시발점으로 봐도 무리는 아닐 것이다. 이러한 문제의식 위에서 조정환은 "당시 노동문학은 작업장을 의미하는 것으로서의 현장성을, 자본가와의 투쟁을 의미하는 것으로서의 투쟁성을, 민중 연대성과 계급성을 갖추도록, 그리고 전형을 창조하도록 요구받았 다"(「사회주의 리얼리즘의 종말 이후의 노동문학」, 『카이로스의 문학』)라고 썼다.

주의 깊게 봐야 할 점은 조정환이, 노동자대투쟁을 사회주의적 당파성으로 환원했던 연장선상에서 노동문학에 정치적 성격이 부 여되었음을 비판하면서 쓴 다음 문장이다. "이런 의미에서 1987 년의 자식인 한국의 노동문학은 애초부터 운동으로서의 문학론이 나 리얼리즘론으로는 온전히 해명할 수도 가둘 수도 없는 잠재력 을 갖고 있었다고 보고 싶다." 이 말을 이어받기라도 하듯 이성혁은 "1980년대 노동시의 가장 큰 특징인 불온성은, 삶을 변화시키고자 하는 운동의 일환으로서 당시 노동시가 가능했다는 점"(「1980년대 노동시의 재인식」, 『미래의 시를 향하여』, 갈무리)이라고 부연했다.

조정환과 이성혁의 평가가 '노동시'의 탄생 지점으로부터 꽤나 떨어진 시간에 행한 사후 해석이라 하더라도, 어쨌든 우리가 말하 는 '노동시'는 분명 '불의 기억'을 함유하고 있다는 특징이 있다. 그 래서 역설적으로 고봉준의 '노동시' 개념의 해체 주장이 얼마간 적 절성을 가질지도 모르겠다. 고봉준이 지적했듯이 1987년 노동자대 투쟁 때에 비해 현재의 노동자의 상태와 노동운동은 크게 달라졌기 때문이다.

지극히 개인적인 에피소드 하나를 공개하자면 생전에 박영근 시인은 내게 딴따라라고 비난한 적이 있었다. 전태일문학상을 받기 전후의 작품을 가난한 첫 시집에서 빼버렸기 때문이다. 그러니까 90년대 초중반에 썼던 작품을 모두 버려버린 것인데, 그 당시에는 '노동시인'은 당연히 노동운동에 참여해 노동운동의 실천적 맥락 위에서 시를 써야 한다는 어떤 억압이 있었던 것도 사실이다. 그러한 상황에 있지 않은 나로서는 현장의 감각이 배제된 뼈다귀 같은 시를 써댔고 시대의 억압은 내 무의식을 꽉 움켜쥔 채 놔주질 않았다.

그러다 '노동시인'이라는 레테르를 받아들이기 시작한 건 (이건 순전히 내 내면의 문제일 뿐이니 왈가왈부의 대상이 아니리라 믿는다) '노동시'가 운동의 층위를 떠나서도 가능할 것 같다는 근거 없는 믿음이 생기고 나서부터다. 운동의 입장에서 몇 걸음 물러나 보니 '노동시'가 어떠해야 하는지에 대한 관념이 새로이 만들어졌던 것 같다. 이러한 내 개인적 체험과는 달리 고봉준은 '노동시'는 여전히 노동운동과 불가분하게 엮여 있어야 한다는 무의식을 아직 버리지 못한 것 같다. 그런데 만약 '노동시'가 노동운동과 조응해서 나오는 작품만이 아니라면, 혹은 '노동시'가 문학제도가 만든 일종의 환영이라면 어떻게 되는 것일까.

"'노동시'의 계보 안에서 평가되는 시인들의 시에서도 1980~1990년대적인 '노동시'의 흔적을 발견하긴" 어려운 것도 '노동시'가 노동운동과 꼭 발맞추어 나가지 않아도 될 객관적 조건의 변화가 있었기에 나타난 현상이라고 볼 수 있다. 그와 동시에 "'노동시'의 계보 안에서 평가되는 시인들"이 현장의 외연을 확장시키거나 물리적인 운동과 별개로 자신의 번뇌와 사유를 통해서 다른 세계를 꿈꾸기 시작했기 때문에 옛 흔적들이 본의 아니게 은폐되어 보였을지 모른다.

평론가의 입장에서 본다면 노동시인들이 때로는 "가난과 자연의 풍경"에, 때로는 생태 문제에, 때로는 "'이방인'의 등장"에 눈길을 줬을 때, 그 변화가 예사롭지 않게 보이는 것은 이해할 만하다. 하지만 "'노동시'의 계보 안에서 평가되는 시인들"이 옛 흔적을 보여주지 않는다고 해서 그들이 '노동시'를 떠났다는 인식은 조금 이른 단정인 것 같다. 일테면 세간에 많은 낭설을 만들었던 백무산의 『인간의 시간』 이후를 보라.

시와 혁명성

무엇보다 중요한 것은 총노동이든 개별 노동이든 우리의 노동은 아직까지 노예노동이라는 본질을 벗어나지 못했다는 점에 있다. 전문화·숙련화된 19세기적 노동이든 포디즘에 적합하게 세팅된 20세기적 노동이든 그것은 상관없다. 심지어 프레카리아트마저 다변화된 노예노동이 발생시킨 새로운 노동—주체가 아니던가.

고봉준이 마치 새로운 주체의 등장인 것처럼 말한 프레카리아트 적 상태마저 자본이라는 '악마의 맷돌'에 으깨어진 삶의 한 양태이 다. 따라서 이때에 현실에 대한 시적 사유가 노예노동을 괄호치고 진행될 수 있는지 질문을 던지는 것은 적절한 정치적 태도이며, 노 예노동에 대한 물음을 포기한 시는 폭발점을 상실한 폭탄에 다름아 니라고 나는 주장할 수 있다. 나아가 그것은 투항의 한 형식을 이루 게 될 것이다. 가라타니 고진이 '근대문학의 종언'을 말할 때, 그는 문학이 (물론 그는 소설에 큰 비중을 두고 말했지만) 사회에서 감당해야 할 정치적 역할을 하지 못하고 있는 상태를 가리킨 것이었다.

노예노동의 해체가 노동자계급의 전투적인 계급투쟁으로만 가 능하다는 시각도 단선적이지만, 현재의 주요 노동형태인 프레카리 아트적 노동이 19~20세기와는 다르다는 주장도 외형적 형태에만 천착한 결과라고 말할 수 있다. 고봉준이 인용한 아렌트의 '활동'마 저 노예노동의 해체 혹은 거기로부터의 이탈 없이는 사실상 불가능 한 것이고, 설령 세계 내부에 '활동'이 가능한 공백이 존재한다 하더 라도 그것이 노예노동에 대한 투쟁을 수행하지 않는다면 자본에 포 획당하는 수순을 밟지 않을 도리가 없을 것이다. 이것은 논리적 사 실이기에 앞서 경험의 누적이 알려주는 냉혹한 현실이다.

그러니 '노동시'란 19~20세기적 문제인 동시에 현재적 의제이며, 불행하게도 아직은 '노동시'에 충전될 전하량은 현실에 충분해 보인 다. 도리어 오늘날 시는 노동을 타자화하기에 앞서 자신의 내적 조건으로 삼음으로써 언어의 긴장을, 나아가 새로운 언어를 생성할 수 있는 토대를 마련할 수 있다. 이 말은 모든 시가 노동시가 되어야 한다는 말이 아니다. 죽은 시간으로서의 노동과 살아 있는 시간으로서의 '활동'이 삶의 내재적 지평에서 분열을 앓음으로써 다른 세계가 가능함을 시가 예시할 수 있다는 뜻이다.

결론을 미리 당겨 말하면, '노동시'의 폐기는 지난 80년대적 오류와 어떤 환원주의를 비난하는 데는 적합할지 모르나, 시적 사유에서 노예노동의 문제를 소거함으로써 시의 언어 자체를 자본주의적 기호체제에 배치시킬 수 있다는 우려도 가능하게 한다. 쓰는 사람마다 속뜻은 각자 다르겠지만, 시에서 혁명성을 제하면 시의 언어라는 것은 대체 무엇인 걸까. 그리고 시가 혁명을 포기하면 어김없이 나타나는 가련한 나르시시즘은 어떻게 해야 하는 걸까.

우리가 사는 자본주의 근대문명 세계는 끊임없이 죽은 시간을 창조해 냄으로써 그것을 제 자양분으로 삼는다. 자본에 의해 타살된 삶의 시간으로서의 노동은 자본과의 관계를 통해서만 만들어지므로 그것은 분명 역사적 개념이면서 동시에 우리에게 주어진 엄중한 조건이기도 하다.

앞에서 말했지만 '노동시'에 대한 조사弔辭는 사실 오래전부터 있어 왔다. 정확히 말하면 지난 90년대부터 '노동시'는 주변부로 빠르게 밀려나기 시작했는데 그것은 노동운동이 그 힘을 상실하는 것과 비례적으로 진행되었다. 다시 말하면 '노동시'가 노동운동의 힘에 의존하고 있다가 그 축이 무너지자 급격한 사태가 마술처럼 벌어진 것이다.

그렇다면 '노동시'가 노동운동의 구심력에서 얼마간 자유로워진 지금 '노동시'의 역할을 다시 물을 수는 없는 것일까? 오늘날의 노동운동이 그 급진성을 상실하고 제도에 대한 도덕적 비판에 함몰되었을 때, '노동시'가 다른 세계를 우회적으로 노래하는 것은 '노동시'임을 스스로 부정하는 일이 되는 것일까? 또 "'노동시'의 계보" 안에 있지 않은 시인이 노예노동에 대한 치열한 인식을 보여주는 작품을 남긴다면 그것은 '노동시'가 아닌 걸까?

'노동시'는 노예노동에 대한 시적 사유

자본주의 시장경제를 비판하면서 폴라니는, "노동이란 인간 활동의 다른 이름일 뿐이다. 인간 활동은 인간의 생명과 함께 붙어 있는 것이며, 판매를 위해서가 아니라 전혀 다른 이유에서 생산되는 것이다. 게다가 그 활동은 생명의 다른 영역과 분리할 수 없으며, 비축할 수도 사람 자신과 분리하여 동원할 수도 없다"라고 갈파한 적이 있다. 여기서 "인간 활동"으로서의 노동은 "생명의 다른 영역과 분리할 수 없"다는 말은, 노동은 다른 생명의 세계와 연결되어야만 온전한 '활동'이 된다는 뜻이라고 한 걸음 더 나아가도 무방하다.

실제로 그는 토지와 노동과 화폐를 시장에서 분리시켜 사회적 맥락 안에 위치시켜야 한다고 주장했다. 조심스레 생각해 보거니와, 폴라니는 노예노동을 해체하기 위한 근본적 토대에 대한 통찰력을 섬광처럼 보여준다. 그것은 죽은 시간으로서의 노동을 "생명의 다른 영역"과 연결시키는 일인데, 이는 당연히 상당한 '피 흘림'을 요구할 것이며, 지금처럼 노동운동과 생명운동이 칸막이 쳐진 상태에서는 결코 도달할 수 없는 지평이기도 하다.

다들 알다시피 시는 언어가 되기 이전의 삶의 리듬을 언어로 간취해내는 작업이며, 삶 혹은 생명의 리듬을 받아 적는 일은 명백히 노예노동의 반대편에 설 수밖에 없다. 여기서 '노동시'에게 주어진 과업이 드러난다. 인식의 도약을 이행하면서 죽은 시간을 다시 살리는 일. 그러니까 조금 추상적으로 말해서 '존재의 들림'을 작품을 통해 현현시키는 일. 물론 이것은 예술 자체의 존재 이유이기도 하지만 '노동시'가 단지 범주가 아니라 노예노동에 대한 시적 사유의 다른 이름이기도 하다는 것을 의미한다. 말하자면 자본주의 근대문명이 죽은 시간인 노예노동을 강제하는 한 '노동시'는 작품 이전에 잠재되어 있는 명백한 실재라는 것이다.

예전에 나는 표성배의 시집 『기찬 날』에 대해 이렇게 쓴 적이 있다.

언어는 단지 있는 것들을 지시하는 물건이 아니다. 새로운 관계, 새로운 관점을 얻었다 함은 최종적으로 언어의 갱신에까지 이르게 되어 있다. (…) 참고로 언어의 갱신은 유별난 어휘의 사용이나 이질적인 이미지의 발명에 국한되지 않는다. 언어의 갱신은 언어 자체를 새롭게 하려는 훈련이나 전략으로도 얻지 못한다. 그것은 언어를 생성시키는 층위를 새롭게 구성함으로써만 도달할 수 있는 것이다. 그것은 바로 삶의 재구성을 통해서만 가능하며 재구성된 삶-형식의 표면을 통해서만 발생한다.

그 글에서 내가 말하고 싶었던 취지는 복합적인 지층의 더께에 의해 은폐된 삶의 시간을 활성화시켜 죽은 시간인 노예노동과 맞서게 하자는 것이었다. "삶의 재구성"은 부서진 삶의 시간을 단순히 재조합해서 될 일이 아니다. 자본주의 문명에서 그것은 다시 상품이라는 거대한 블랙홀로 추락할 수밖에 없는 필연성마저 갖는다. 문제는 노예노동이라는 괴물에 맞서면서 동시에 삶의 시간을 어떻게 노래할 것인가, 이다.

자본주의 근대문명은 고작 200여 년의 역사를 가지고 있을 뿐이다. 우리가 상상력을 자본주의 200년, 아니 우리가 처한 현실에만 국한시킨다면 '노동시'는 점점 더 게토화되고 하나의 시대적 사건 정도로 치부되다 말 것이다. 지난 1만 년 동안 인류는 숱한 문명의 부침을 통과해 왔다. 자본주의 근대문명 이후가 어떤 모습일지 장담하기는 어렵지만, 이 지점에서 우리의 영혼에 새겨진 자본의 발자국도 역사적 단면임을 깊이 유념할 필요가 있다. 시간은 항상 '차이'를 생산하면서 출렁이는 것이지 곧장 앞으로만 내달리는 기관차가 아니다.

'노동시'를 고수해야 하느냐 마느냐는 어쩌면 부차적인 문제에 지나지 않을 것이다. '노동시'는 특정 진영에서 생산되는 시가 아니고, 노예노동이 강제하는 비극적 삶에 시인 자신이 감각을 어떻게 개방하느냐에 따라 나타났다 사라지는 것이지, 형식논리가 파생시킨 것들을 소거한다고 해서 그 존재의 의미가 달라지는 것은 아니다.

시의 소명

그간 '노동시'가 ('시와 정치'에 있어서) 문학적으로도, (실천적 맥락에 있어서) 사회적으로도 그 역할을 온전히 감당했는가 하는 질문도 있을 법하다. 그리고 양식style의 관점에서 보자면 대체적으로 리얼리즘의 테두리 안에 갇혀 있고, 현실 인식의 관점에서 보자면 계급의 울타리에 갇혀 있으며, 언어의 층위에서 보자면 재현의 굴레에서 아직도 빠져 나오지 못하고 있는 것도 '노동시'의 솔직한 모습이다. 이것들은 노동자대투쟁 이후 벌어진 노동문학의 교조화가 낳은 부정적 유산인 것도 분명하다.

시가 삶의 처처에서 때맞춰 봉기하는 새로운 주체의 문제라고 본다면 시 바깥에서 씌워진 것들은 봉기한 주체에 대한 사후적인 평가일 뿐이지 그것으로 인해 그 본질이 변형되지는 않는다. 다만 노예노동에 대한 사유가 내포된 것과 그렇지 않은 것으로 잠정적으로 분리 가능하다.

나는 신원주의를 어느 정도 신뢰하지만, 동시에 출신 성분을 통해서만 작품을 읽는 일도 편협한 일이라고 생각하고 있다. 시인이 생산하는 작품은 시인의 실존 조건과 경험에서 그리 크게 벗어나지 않지만, 그렇다고 그것을 동일하게 표현해야 하는 건 아니라는 뜻이다. 즉 경험과 표현이 동형성은 가질 수 있으나 동일하지는 않다는 것. 경험과 표현의 이 간극, 이 간극에서 부는 회오리바람, 두려움, 전율, 절규, 기쁨, 때때로 심장을 범람하는 신음소리, 이 모든 것이 뒤섞여 생성되는 언어!

감동적인 작품은 삶을 순간적으로 해방시킨다. 그리고 우리는 그것의 지속을 경험함으로써 우리가 사는 세계가 해방될 수 있다는 믿음을 갖게 된다. 들뢰즈의 말마따나 "실제로 위대한 작품이 낳는 것은 우리의 작은 나르시시즘으로부터 비롯된 불안이나 우리의 죄의식으로부터 비롯된 두려움이 아니라, 차라리 분열적인 웃음 또는 혁명적인 기쁨이다"(「유목적 사유」).

그나저나 우리는 노예노동을 넘어설 수 있는 것일까. 그리고 노예노동의 너머에는 무엇이 있는 것일까. 노예노동이라는 비극적 상황에 대해서 시는 아직 노래해야 할 게 많은데, 그러니까 우리는, '노동시'의 존폐 여부를 말하기 전에 '생명 활동'이 되지 못하고 있는 노동을 사유하는 게 윤리적으로도 정치적으로도 옳다. '노동시'를 죽이든 살리든 그게 무슨 문제이겠는가. 시의 일은, 노예노동을 제 실존 조건으로 가지고 있는 오늘날의 시의 소명은 무엇일까.

노예노동의 해체가 우리가 가 닿아야 할 궁극적인 역사의 종점이라고는 말하지 않겠다. 그렇잖아도 삶은 우글거리는 문제'들'로 구성되어 있으며 특정 문제에 대한 해解는 한시적 의미만 갖는다. 문제에 대한 해가 다시 다른 문제로 되돌려지는 이 지난한 과정이 연속된다 하더라도 우리에게 필요한 것은 울음 속에서 웃음을 터뜨리는 일이며 허무의 심장에서 빛나는 설렘을 발굴하는 일이다. 시가 삶의 복판에서 나타났다 다시 삶의 복판으로 사라지는 게 아니라면 시는 존재 의미가 없다. 물론 그 과정에서 시는 삶을 쉬지 않고 약동시킨다. 지금처럼 노예노동에 옥죄인 채 몸부림치고 있는 삶을 말이다.

작품은
어디서 와서
어디로 흘러가는가

1

　문학이 우리가 사는 지금-여기의 현실에서 어떤 의미를 갖는가 하는 문제는 앞으로도 사라질 것 같지 않다. 문학은 시공간을 초월한 세계와 관계하는 양식이 아니기 때문이다. 문학은 언제나 지금-여기에 멱살 잡혀 있으며, 간헐적으로 실존하지 않는 시공간을 작품 내에 구축할 때도 그것은 지금-여기에 대한 문학이 내놓을 수 있는 가설적인 답변 이상은 아니다. 심지어 그것마저도 다시 지금-여기로 되먹임되어 다른 물음을 생성하게 한다. 그래서 우리가 사는 세계는 언제나 미지를 향한 물음들로 우글거린다.

김수영이 산문 「시인의 정신은 미지」에서 시인의 "모든 관심은 내일의 시에 있다. 그런데 내일의 시는 미지未知다. 그런 의미에서 시인의 정신은 언제나 미지다. 고기가 물에 들어가야지만 살 수 있듯이 시인의 미지는 시인의 바다다", "기정사실은 그의 적이다. 기정사실의 정리도 그의 적이다"라고 말할 때 나는 그가 '미지를 향한 물음들'을 언급한 것이라고 이해한다.

종교가 그 물음들에 대한 하나의 해解가 될 수 있지만, 그럼으로써 종교에는 일종의 독단이 내재될 수 있다. 하지만 문학은 해와 독단에 대한 투쟁이어서 때로는 종교와 대립하기도 한다. 하물며 물음을 체제 내로 귀속시키려는 국가나 사회체제는 문학에게 무엇인지 명약관화한 일이다. 그래서 문학은 자꾸 국가나 사회체제가 제시한 의제에 무관심하려 애쓰거나 또는 반발한다. 국가나 사회체제가 제시한 의제에는 특정한 목적이나 방향이 내포되어 있기 때문이다. 그것들은 끊임없이 삶을 포획해서 자신의 신체적 요소로 동일화시키는 기계장치이다.

작가들은 일반적으로 문학작품을 '창작'創作한다고 사고한다. 새로운 것을 창조해 형상을 짓는다는 뜻 정도가 사전적인 의미일 게다. 그리고 그 새로운 것은 작가의 순수한 내면에서 발생된다고 어느 정도 전제되어 있기도 하다. 하지만 정작 새로운 것이 생성되는 바탕인 내면에 대해서 작가들이 얼마만큼 숙고해 봤는지에 대해서 어느 정도 이야기되었는지는 잘 모르겠다. 내가 말하고 싶은 것은,

만일 작가들이, 내면에 대해서 정말 아무런 의심을 가지고 있지 않다면 그것도 신화에 사로잡힌 경우에 해당된다는 것이다.

좀 일찍이 속내를 드러내자면, 인간의 내면이 순수하다거나 선험적으로 존재한다는 어떤 무의식은 내게는 난센스로 여겨진다. 단도직입적으로 말해서 내면은 선험적으로 존재하지도 않을뿐더러 순수하지도 않고 도리어 그것은 골목길 담벼락에 아이들이 휘둘러 쓴 낙서처럼 세계의 기호로 어지럽고 불순하다. 바로 여기가 잠재적인 상태에 있던 문학(모든 예술작품은 삶에 잠재되어 있다!)이 작품이라는 몸을 입기 시작하는 출발점이 된다. 다시 말하면 문학은 문학이기 '이전'에 이미 우리-안에 실재하고, 나아가 우리의 내면이 세계가 기입한 어지러운 기호에 다름 아니라면, 논리적으로 문학은 바로 세계로부터 발생한다는 가설이 성립될 수 있다고 본다.

그렇다면 문학작품이 작가의 내면에서 발생한다는 주장은 곧 세계가 문학을 이룬다고 말할 수 있게 된다. 문제는 정말로 인간의 내면이 세계가 쓴 기호들로 어지럽고 불순하냐는 점일 것이다. 여기서 어지럽고 불순하다는 표현은 도덕적 가치 판단 후의 술어가 아니라 단지 양태의 특징을 가리킨다. 양태는 존재가 밖으로 드러난 특정 상태를 말한다. 여기서 그 양태가 실체가 아니라 관계의 다른 이름이라는 입장에 서면 이야기는 많이 달라진다.

즉 현실세계에 드러난 존재의 양태는 시간과 공간이 짠 직물의 구조 및 운동에서 탄생한다는 테제도 성립 가능하다는 말이 된다.

비약컨대 우리의 내면은 하나의 개체의 것이 아니라 군집의 것이며, 개인의 것이 아니라 세계의 것이다. 비유적으로 말하면 자신과 무수한 타자의 상호작용 안에서 생긴 패치워크다. 숱한 서사와 침잠, 약동, 퇴폐, 뒤틀림, 싸움, 사랑, 절망, 설렘 등으로 짜여진 누더기. 그래서 우리의 내면은 본질적으로 분열적이며 우리가 삶을 사랑하는 일이란, 삶을 편안하고 안락하게 꾸려 나가는 것이 아니라 어지럽고 불순한 이 누더기를 뜨겁게 긍정하는 것이다.

국가나 사회체제는 이 분열적인 삶을 평평하게 하려 하고 허락된 길을 따라서만 흐르게 강제하나, 국가나 사회체제의 요구에 따라 흐르는 일은 분열적 존재인 우리를 국가나 사회체제의 일부 기관으로 유기화시키는 일이다. 이 과정에서 삶이 하나의 요소로 환원되면 삶은 국가나 사회체제의 부분으로 정의되고 결국 국가나 사회체제의 구심력 안에 머물게 된다. 하지만 창조는 이러한 상태에서는 불가능하다. 창조는 도리어 분열된 영혼의 원심력과 체제의 구심력 사이에서 시작된다.

만일 이 구심력과 원심력 사이에 어떤 힘이 팽배하다면 영혼은 이 힘이 발생시키는 전하電荷를 얻으며, 여기에 또 다른 사건이 충돌하면서 방전 운동이 일어난다. 그 운동의 결과로 작품은 탄생하고 동시에 영혼의 전하는 작품에 전이된다. 그렇다고 영혼에 고인 전하가 작품으로 아예 건너가 버리거나 전이 후에 전하의 양이 줄어드는 것은 아니다.

도리어 작품으로 영혼의 전하가 방전되는 일과 영혼에 전하가 새
롭게 충전되는 것은 동시적 사태다. 창작 직후 작가가 느끼는 전율
은 방전과 충전 사이의 차이와 정확히 비례하며, 여기서 차이는 양
적 차이가 아니라 질적 혹은 강도적 차이이다.

2

국가권력이 문학에게 공헌한 바는 작가들에게 그것을 사유하게
하는 외부 사건을 일으킨다는 데에 있다. 국가는, 특히 그 정부의 성
격에 따라 작가들에게 상처를 입힌다. 작가들이 우리 사회의 모습에
절망하는 것은 어떤 당파적 입장 때문이 아니다. 우리의 현실에 비
추어 말하면, 이명박 정부 이후에 우리 사회는 작가들에게 고통스런
기호를 기입했다.

어떤 면에서는 문학이 우리가 사는 사회가 이리 되는 데 무의식
적으로 일조했다는 부채의식, 이게 용산학살 현장으로 달려가게 했
고 파헤쳐진 강에게 참회하게 했다고 나는 믿는다. 문학 자체가 이
미 정치적인 행위임은 틀림없지만, 우리에게 뿌리깊이 일반화된 정
치에 대한 관념으로 인한 오해를 피하기 위해 한 가지 짚고 가야 할
게 있을 듯하다. 현실 속에서 어떤 문학-정치는 자신의 이해관계와
권력구조를 구축하는 데 진력하기도 하고, 또 어떤 것은 사라진 것

처럼 보이지만 어딘가에 잠재되어 있는 삶(생명)의 근원을 회복하는 데 애쓰거나 혹은 그것을 그리워하기도 한다.

물론 내가 말하려는 정치는 후자의 의미에 가깝다. 개인적으로 나는 문학은 '文의 學'임을 버려버리는 순간에야 삶(생명)의 근원에 대한 제대로 된 탐색, 즉 우리가 말하려는 문학-정치가 가능하다 보는 입장이다. 오늘날 (문학의 힘이 정말 있다면) 문학의 힘은 스스로를 구원하면서 파괴되어 버린 삶(생명)의 관계 구조를 재정립하는 쪽으로 방향을 잡을 것인지, 더 두터운 이해관계와 권력구조를 구축하는 데 쓰일 것인지 스스로 결정해야 한다. 이 잔인한 양자택일은 우리가 사는 세계가 요구하고 있는 것이지 도덕적·당위적 명령이 아니다.

우리는 현재 본격적인 계급사회로 진입하고 있다. 드디어 자본주의의 전일화가 완성단계에 도래했다고나 할까. 계급의 고착화가 불러올 폐단은 헤아릴 수 없이 많지만 그 중 가장 큰 문제 중 하나는, 자본이 우리의 삶을 소모품으로 전용할 것이라는 점이다. 소모품의 운명은 그 효능이 떨어지면 (혹은 떨어졌다고 판단되면) 쓰레기처럼 버려지는 것. 이것은 단지 비정규직 노동자 문제만을 가리키는 것은 아니다. 살아 있는 모든 것이 죽은 노동인 자본에게 귀속되며 자본의 증식에 소요되는 부품으로 변질된다는 것이다.

그러나 우리 사회에서 극단을 향해 가는 자본주의는 이미 세계적으로는 쇠멸의 단계에 접어들었다고 학자들은 보고 있다. 따지고 보면 대한민국 사회에 세계 자본주의의 폐수가 유입되고 있는 것이다. (나는 FTA 이후 가속되는 민영화 문제를 이러한 관점에서 바라보고 있다.) 경제적·사회학적 분석은 실력이 모자라 건너뛰겠지만, 직관으로 단언하건대, 이미 시한폭탄의 타이머는 돌아가고 있는데도 불구하고 우리는 여전히 버캐 같은 풍요에 중독되어 있는 것만 같다.

이제 자본주의의 문제는 단지 노동 착취의 문제만이 아니라 함께 거주하고 있는 모든 생명체를 죽임의 방향으로 몰아가고 있다는 데 있다. 삶의 근본인 생명의 세계가 파괴되어 가는 것과 동시에 문학이 갖는 체제에 대한 항체 자체도 빠르게 소멸되어 가는 것은 문학의 터전이 어디인가를 생생하게 웅변해 준다. 최근 벌어진 유명 작가의 표절 소동은, 이미 문학계 내부에서 누진적으로 반복되던 사태의 한 진행형에 지나지 않는다. 오늘날 표절은 아주 일상적인 문제이다. 그럼에도 불구하고 오늘날 우리가 표절을 무기력하게 작가의 윤리 문제로밖에 회부할 수 없는 것은, 문학작품이 상품으로 유통되고 문화가 산업이 되는 한 복제는 피할 방도가 없는 구조에 압도당한 채 살기 때문이다. (복제품 아닌 상품도 있던가?)

앞에서 얘기했듯 문학작품의 근원이 현실세계인 한 작품의 진짜 소유자를 가린다는 것은 원천적으로 불가능하다. 장물은 소유물의 짝패이다. 따라서 표절 논란의 잦은 발생은 단지 타락한 작가 의식의 문제라기보다 문학이 이제 상품으로 전락해 버렸다는 번복하기 힘든 증거이며, 지금 우리의 문학은 창조행위가 아니라 자기복제에 지나지 않음을 드러내는 장면일 뿐이다.

　앞에서 나는 인간은 분열적 존재라고 했는데, 이는 유기체의 통일성이 자기순환적인 동일성을 담지하고 있다는 문제의식의 토로였지 자본주의 체제가 삶을 부분으로 쪼개어 체제의 소모품으로 '갖다 쓰는' 현상을 받아들이기 위함이 아니었다. 자본주의는 자본의 동일성을 유지하기 위해 존재를 분열시키는 일방향성을 갖지만, 반대로 존재는 유기화하는 힘과 탈유기화의 힘 사이에서 형성된 긴장을 자신의 실존조건으로 갖는다. 이 긴장이, 이 긴장에서 발생하는 힘이 어쩌면 생명의 에너지일지도 모른다. 다만 이 에너지를 자본 증식의 에너지로 변질시키고 있는 게 바로 우리가 사는 세계의 모습이다.

　그를 위해서 자본주의는 고전적인 인클로저 운동을 전개해 용산과 두리반을 만들어 내기도 하며 배제를 통해 비정규직 노동자를 대량 생산하는 시스템을 구축하기도 한다. 가난은 결핍이 아니라 배제의 효과라는 주장이 있다. 그런데 이 배제는 우리에게 비루함을 이식시키고 이 비루함은 굴종과 원망을 동시에 배태시킨다. 여기서 자본에 대한 맹목적 복종과 타자에 대한 훼손(범죄)이 동시에 싹튼다. 지금 우리에게 남은 것은 바로 이 복종과 원망이라는 두 가지 르쌍티망뿐이다.

3

작가는 자신의 내면에 고여 있는 어지럽고 불순한 서사를 언어로 형상화한다. 어떻게 보면 작품은, 김수영에 기대 말하자면, 새로운 세계의 개진이다. 밖으로는 작품을 생성시키고 안으로는 자신의 다른 내면을 창조해 간다. 작가의 내면이 세계가 기입한 기호의 난립이라면 작가는 더 많은 세상의 기호와 연결되어야 한다. 내면의 끊임없는 이 일렁임은 곧 다른 삶의 탐색으로 이어지는 바탕이 되기 때문이다. 상상력이 오늘날 판타지로 곡해되고는 있지만, 그치지 않는 파동인 삶은 언제나 미래를 향해 열려 있다.

상상력은 오지 않은 시간에 대한 능동적인 그리움이다. 이건 의지나 심리의 문제가 아니라 존재의 문제이다. '문학은 꿈'이라는 명제가 성립되는 것은 바로 이러한 맥락에서뿐이다. 그러나 상상력이든 꿈이든 그것은 물질화되어야 한다. 간혹 문학작품이 그려낸 세계가 현재적 시간에 대한 비판적 혹은 성찰적 기능만 하는 것이라 오해되기도 하지만, 물질화되지 않은 상상력이나 꿈은 실질적인 삶의 층위에서는 "종이집"(백무산)에 지나지 않는다. 따라서 문학에서 정치를 논할 때는 문학적 상상력이 현실에 구현되어야 한다/될 수 있다는 믿음이 있어야 한다.

그러나 이것은 다시 문학의 상상력에 의해서 붕괴되어야 할 임시 가옥일 뿐이다. 이러한 과정이 생략된 문학의 정치는 하나마나한 소리라고, 나는 용감하게 말할 자신이 있다. 작가는 더더욱 세계 속으로 나와야 한다. 세계와 관계하면서 더더욱 자신의 내면을 복잡하게 변이시켜야 한다. 작가의 내면이 단순하고 맥락이 단출할수록 꿈꾸는 힘은 저하되며, 꿈꾸는 힘의 저하는 곧바로 자본의 복판으로 추락하는 길과 연결되어 있다.

나는 지금 저 고색창연한 참여문학과 민중문학을 신원伸冤하자고 읍소하고 있는 게 아니다. 도리어 문학 자체를 집어던지자고 주창하는 쪽에 가깝다. 얼마 안 가서 예술이나 미학은 부르주아의 액세서리로 전락하게 될 가능성이 높다. 이것에 대한 능동적인 반응은 문학을 갱신한다는 명목을 들어 언어로 개칠하는 것이 아니라, 오염되어 버린 언어를 혁신하거나 또는 언어가 생성되는 토대를 전복하는 것이다. 다른 말로 하면 문학을 버리고(?) 다른 세계를 창조하는 일이다.

그러니까 내가 지금껏 말했던 문학은 이 '다른 세계'에 대한 편의적인 명명인 셈이다. 다른 세계를 창조하는 방법론에 대해 말하는 일은 내 역할이 아니다. 그 방법은 무수히 많으나 어디에도 보이지 않는다. 보이지 않아서 우리는 괴롭고 고통스러우나, 무수히 많아서 기쁘다. 이제는 진부한 말이 되어 버렸지만, '오래된 미래'에 대한 감각의 개방은 작가들에게 아주 시급해 보인다.

바보들은 꼭 '오래된 미래'에서 형식을 차용하려 한다. 하지만 형식은 질료에 가해진 힘으로 인해 질료가 다른 차원의 공간에 도드라진 것에 지나지 않는다. 결국 삶의 물질적 층위를 떠난 새로운 형식의 창출은 본말이 전도된 현상에 지나지 않으며, 그것은 엄밀히 말해 양식style의 창조가 아니라 형식form의 개조에 가깝다. 질료와 힘은 작가에게 일차적이다. 작가는 이 질료와 힘의 세계에서만 살아갈 수밖에 없고 특히나 힘은 잠재된 세계를 물질적 세계로 현실화시키는 데 있어서 무엇보다도 중요하다.

세계는 우리가 알고 있는 것보다 더 거대하고 두꺼운, 그리고 풍성한 텍스트이다. 읽어도 읽어도 그 끝이 보이지 않는 것은 단지 세계의 두꺼움 때문이 아니라 거꾸로 우리가 지금도 생성 중인 존재라는 점 때문일 것이다. 세계를 읽는 일은 곧 우리 자신을 읽는 일이다. 우리 자신이 이 세계니까. 아니 세계가 우리 자신이니까.

문학은 이렇게 살아가는 수밖에 다른 방도가 없다.

글쓰기는
우정을 만드는 행위다

청소년들에게 주는 '문학이란 무엇인가'

이렇게 말하는 것도 퍽이나 조심스럽지만, 글을 쓴다는 것은 누군가에게 하고 싶은 깊은 말이 있다는 뜻인 것 같습니다. 단지 일상생활에 필요한 의사 전달이 아니라, 나 자신의 비밀스러운 이야기랄까 혹은 쉽사리 말이 되지 않는 내면의 더듬거림 같은 것 말입니다. 그게 어떤 외형을 걸치는가에 따라서 시도 되고 소설도 되고, 조금 더 차분하게 쓰게 되면 수필 즈음이 될 겁니다.

요즘에는 잘 모르겠지만 제가 학교를 다닐 적만 해도 소설을 쓴다는 일이 쉽지는 않은 일이었습니다. 이야기를 그럴듯하게 꾸리는 일은 적당한 기교를 가져야 가능한 것이니까요. 저는 고등학교 2학년 교내 백일장 때, 소설의 형식을 빌린 산문을 쓴 적이 있습니다.

특별한 의도나 마음을 가진 것은 아니었고 단지 산문을 써야겠는데 그 실마리를 찾지 못하다가 급히 국어 시간에 배운 소설이 생각나서 그 외형을 빌린 것입니다. 그 글을 쓰고 있을 즈음의 가을이었으니까 떨어지는 나뭇잎을 의인화해 방랑 비슷한 내용을 썼던 것 같은데, 기억은 나지 않지만 교훈적인 의미를 좀 감상적으로 드러내지 않았나 싶습니다.

왜냐면 지금도 별반 다르지 않겠지만 그 시절 교내 백일장에서는 늘 상 타는 것이 목적이었으니까요. 차마 제 마음의 격정이랄까 솔직한 속내가 드러날까 두려워 시는 쓰지 못하고 산문을 썼는데, 덜컥 2등 격인 차상을 받게 되었습니다. 혼자 노트에 비밀스럽게 끄적이던 시는 많았지만, 그 시절 제 생각으로는 시를 쓰는 시간은 혼자만의 시간이고 시는 일정 정도 혼잣말이라고 생각했었습니다. 똑같지는 않지만 지금도 그 생각은 크게 달라지지 않았습니다. 다만 고등학교 시절보다 약간 용감해지다 못해 뻔뻔해져서 지금은 시집도 내고 으스대기도 한답니다.

시와 산문의 차이가 정확히 어떤 것인지 구분하자면 아마 적지 않은 시간이 필요할 겁니다. 대체적인 차이는 국어 시간에 배운 내용으로도 부족하지는 않을 겁니다. 다만 앞에서도 말했듯이 제 구분 방법으로는 자기 마음을 어떤 외형을 빌려 표현하느냐에 따라 달라지지 않겠는가 하는 정도입니다. 실제로도 사람은 어떤 옷을 입느냐에 따라 마음가짐도 달라진다고 합니다. 그래서 옛날 선비들은 아침에 일어나면 먼저 의관(옷차림과 갓)을 정제한 다음에 부모님께 안부를 여쭈었다 합니다.

얼마 전 서거하신 우리나라의 전직 대통령도 군사독재정권에 의해 바깥출입을 제한받았을 때, 아침에 일어나면 정장을 하고 옆방인 서재로 출근을 했답니다. 사람의 마음은 그만큼 겉으로 표현된 것과 깊은 관계가 있습니다. (물론 겉 다르고 속 다른 사람들은 거들떠보지 맙시다.) 겉에 걸치는 옷이 그러할진대 마음을 가장 직접적으로 표현하는 글은 말해 무엇 하겠습니까. 그런데 여기서 중요한 것은, 몸에 걸치는 옷도 그렇지만, 자신이 쓰는 글의 형식도 자신의 마음에 가장 잘 맞아야 모양새가 난다는 점입니다.

보통 우리는 세상이 알아주는 혹은 세상에서 대접받는 것을 끌어다가 자신의 마음이나 몸에 걸치려는 경향이 강합니다. 물론 그래야만 하는 까닭은 충분히 이해합니다. 하지만 그런 행태는 나중에 내공이 달리면 금방 제 바닥이 드러나게 됩니다. 아이러니한 것은 부족한 내공으로 바닥이 드러날 즈음이 인생에서 가장 중요한 시기라는 것입니다. 거꾸로 말하면 자신의 내공이 건실하기만 하다면, 인생에서 가장 어려운 시기에 더 빛이 난다는 얘기도 됩니다.

지금 당장은 어눌하고 허술해 보여도 정말 자신의 마음에 드는 글의 형식을 택하는 것은 정말 중요한 문학 공부입니다. 사실 이런 예가 문학에만 해당되는 게 아닌 것은 당연합니다.

그래서 글을 쓸 때에는, 내가 이번에 시를 쓰면 상을 받기 쉽겠구나 혹은 내가 소설을 쓰면 폼이 좀 나겠구나, 하는 생각을 먼저 비우고 자신의 마음에서 뭐가 아우성치고 있는지 깊이 귀기울여보는 것이 무척 중요합니다. 물론 이는 쉽지 않은 일입니다. 저 자신도 고등학교 시절 틈만 나면 평행봉을 하거나 축구를 하고, 또 농구를 하며 놀았습니다. 또 친구들과 장난치고 간혹 쌈질도 하고 그랬지 제 마음 속에 무슨 하고 싶은 말이 있는지 차분했던 적은 별로 없었던 것 같습니다.

하지만 문득문득 쓸쓸함이나 풀지 못한 고민이 자기 자신을 휘감을 때가 있지 않겠습니까? 저는 그때가, 비록 글을 쓰지 않는다 해도, 가장 문학적인 순간이라고 생각합니다. 그 순간을 꿀꿀하다고 애써 회피하거나 멀리하면 안 됩니다. 그런 순간에 이런저런 고민의 축적이 없으면, 쓸쓸한 서정을 받아들이는 훈련이 되어 있지 않으면, 나중에 기회가 와도 글을 쓸 수가 없답니다.

왜냐하면 그 순간이 가장 자신에게 솔직해지는 순간이거든요. 그런 시간을 충분히 잘 활용하면 설령 백일장 시간이 왔다 해도 두려움 없이 그 순간을 다시 떠올리면서 펜을 움직이면 됩니다. 어른들과는 달리 청소년 시절에는 정서의 모드를 바꾸는 게 어렵지 않습니다. 그만큼 순수하고 영혼이 말랑말랑하기 때문입니다. 무엇보다도 중·고등학교 시절에는 자신의 순수함을 믿으시고 그것을 잘 가꾸어나가도록 하셔야 합니다.

이쯤 돼서 가장 중요한 이야기를 하고 넘어가도록 하지요. 저도 고등학교 시절 백일장 대회를 하면 상을 타는 게 목적이라 했는데 (사실 백일장이 가장 상 타기가 만만하게 보였습니다. 저는 고등학교 졸업할 때 졸업장 한 장 받았습니다. 그 흔한 정근상, 개근상도 없이), 글을 쓰면서 자신의 글을 누군가 어떻게 읽는지는 사실 무척 궁금하고 기대되는 게 자연스러운 일입니다.

그것은 다른 사람과의 만남이 늘 기대되고 설레는 것과 같은 이치입니다. 사람은 본능적으로 다른 사람이나 세상과 소통하고 싶어 합니다. 왜냐면 소통은 기쁨이기 때문입니다. 어른들에게는 사라져 버렸지만, 소통은 단순히 무슨 신호를 주고받는 행위가 아니라 우정을 구축해가는 과정입니다. 여기에는 이성간의 사랑도 포함됩니다. 넓게 말하면 모두 우정이지요.

그래서 공자가 하신 말씀 중 첫 자리에 "벗이 있어 멀리서 찾아오면 기쁘지 아니한가"라는 명구가 자리 잡은 것입니다. 글쓰기도 마찬가지입니다. 내가 내 진솔한 마음을 가장 적합한 형식으로 표현했을 때, 그것을 기회로 지금껏 없던 우정을 갖게 된다면 이만한 기쁜 일이 어디 있겠습니까. 그러나 사실 우리에게는 살아가면서 우정이라고 이름 붙일 만한 친구가 많지는 않습니다. 그렇게 원하면서도 말입니다.

이것은 아이러니입니다. 동시에 역설이기도 하지요. 문제는 이 아이러니/역설을 어떻게 이해하고 받아들이느냐가 정말 중요합니다. 원하는 대로 다 얻을 수 있다면 그것은 우정이 아닙니다. 자신의 능력이 원하는 대로 다 얻을 수 있는 것은 지구상에 상품밖에 없습니다. 우정을 원하는 대로 모두 다 얻는다면 우리가 우정을 그렇게 간절히 원할 필요도 없고 또 얻었을 때 기뻐할 까닭도 없을 겁니다. 소중한 것은 가까이에 있고, 가까이에 있는 것은 귀하지 않은 법입니다. 어쩌면 우정이 그것일지 모릅니다.

하여튼 글을 쓸 때 자신의 글이 가져다줄 결과에 대해 가슴을 졸이고 설레는 것은 자연스러운 현상입니다. 현실적으로 그것이 비록 '상'으로 또는 대학 진학에 필요한 가산점으로 나타날지라도, 글 쓰는 이의 속마음은 자신의 글을 통해 맺어지는 새로운 관계에 대한 기대라고 믿으셔도 됩니다. 정작 여기서 제가 하고 싶은 말은 아직 더 남아 있습니다. 앞에서도 얘기했듯 자신이 쓴 글은 바로 자기 마음의 표현물이라는 것입니다.

그럼, 꼭 자기의 마음을 글의 형식을 빌어 드러내야만 하는 것일까요? 이 질문에 대한 답은 '그렇다'도 '아니다'도 아닙니다. 누구든 자신의 마음을 표현할 수밖에 없다는 의미에서는 '그렇다'이고, 그 방식이 글이어야 하냐는 맥락에서는 '아니다'가 제가 갖고 있는 답입니다. 그러나 정답이라고는 장담하지 않겠습니다.

살아 있는 것은 누구나 자신이 가진 것을 표현하게 되어 있습니다. 수컷 공작새가 그 아름다운 꼬리를 펼치는 행위나 비버가 물가에 댐을 짓는 행위, 까치가 미루나무 높은 곳에 얼기설기 집을 짓는 것도 다 자신을 표현하는 것입니다. 물론 이런 동물들의 표현은 짝

짓기나 생존을 직접적인 목적으로 하는 것이니 글쓰기와 차이는 있지만 말입니다. 그럼에도 불구하고 저는 글쓰기 또한 자연스러운 표현행위라고 생각합니다. 그게 답답한 여러분의 마음을 드러내는 것이든 선생님이나 학교에 대한 서운함을 토로하는 것이든 말입니다.

이성 친구에 대한 말 못할 마음을 드러내는 것도 마찬가지라고 생각합니다. 그렇게라도 하지 않으면 견딜 수 없을 것 같은 막막함에 빠졌을 때 글을 쓰게 되고 그림을 그리게 되는 것입니다. 이것은 어른들이라 해도 크게 다르지 않습니다. 사실 글을 쓴다는 행위의 궁극적인 목적이, 비록 평상시에는 의식하지 못하지만, 이런 것은 아닐까 생각합니다.

이제 결론을 짓겠습니다. 시를 쓰든 산문이나 편지를 쓰든, 글쓰기는 자신을 진솔하게 드러냄으로써 우정을 구축하는 것이며 우정의 대상은 미지의 인물이거나 또는 잘 알고 있다고 생각하는 사람 안에 있는 또 다른 타인입니다. 물론 우정 자체가 글쓰기의 목적은 아닙니다. 그러나 저는 글을 쓰는 자신의 삶이 더 풍부해지고 기쁨으로 충만해지는 것이 아니라면 글쓰기는 단지 겉치레에 불과할 뿐이라고 생각합니다. 글을 통해서 얻는 기쁨 중에 우정이 그 중 크다고 생각하는 편입니다.

강을 버린 세계에서 살아가기
황규관 산문집

초판 1쇄 발행 2015년 10월 26일

지은이 **황규관**

펴낸이 **오은지**
책임편집 **변홍철**
펴낸곳 **도서출판 한티재** 등록 2010년 4월 12일 제2010-000010호
주소 42087 대구시 수성구 달구벌대로 492길 15 전화 053-743-8368 팩스 053-743-8367
전자우편 hantibooks@gmail.com 블로그 www.hantibooks.com

ⓒ 황규관 2015
ISBN 978-89-97090-52-5 03810

이 도서의 국립중앙도서관 출판예정도서목록(CIP)은 서지정보유통지원시스템 홈페이지
(http://seoji.nl.go.kr)와 국가자료공동목록시스템(http://www.nl.go.kr/kolisnet)에서
이용하실 수 있습니다.
(CIP제어번호: CIP2015026315)